暴力史

手指 著

作家出版社

手指

原名梁学敏，1981年生于山西阳城。2004年开始在《收获》、《人民文学》等文学刊物发表小说多篇。曾多次被转载。有小说被年度小说选本选载。曾获『2010~2012年度赵树理文学奖』短篇小说奖。

目 录

寻找建新

是在二○○四年的十月份，建新又回到了我们中间。

他操着听上去十分古怪的普通话，对一切都充满好奇。不过就是几年没回来，张城已经变成这个样子啦！建新一边东瞅西看边感叹道。他在这个城市唯一的大学附近租了一套房子，两室一厅。当我们在他的邀请下，过去登门拜访时，不由得感到惊讶。要知道我们那时候都还没过上好日子，租的房子一律都是城中村的简易房，我们其中许多甚至都还没坐过电梯，没有坐过出租车，连抽水马桶，都让我们感到手足无措。我们在建新的房子里，对自己的鞋子在木地板上踩出的鞋印感到万分不好意思，每个人的动作都显得十分生硬。

建新仿佛预料到我们会这样似的，他得意扬扬地看着我们。我们这些平时说话习惯了大嗓门的家伙，扭扭捏捏地试着让自己优雅起来，避免在这房子里显得过于突兀。有明亮的落地窗、巨大的软硬适中的沙发，还有抽油烟机，这一切都让我们感到十分陌生。

更让我们意外的是，在我们端坐在沙发上，试着像建新那样小口小口地喝了半天茶水后，突然，靠近走廊的一间卧室的房门打开了，从里面走出一个睡眼惺忪，还穿着睡衣的女人。她高大的身材，旁若无人的神色，不由得就让我们感到十分压抑。建新站起来，拉住那个女人的手向我们介绍，这是他的女朋友。我们嫉妒得都快发疯了，怎么也平静不下来自己的心情。每个人都往后缩，以免露出自己裂开缝了的皮鞋、皱巴巴的劣质西装，还有满嘴的大白菜气味。就这样，沮丧笼罩在了每个人头上。

后来我们才知道，那个女人是旁边那个大学的代课老师。当我们终于让自己放松了下来之后，大家急切地向建新打听，这一切到底是怎么发生的，建新笑眯眯地坐在我们中间，一丁点消息都不给透露。在那个时候，我们中间有好几个，都有自己的女朋友。但是和我们接触的女人，一律和我们一样，眼神里闪烁着畏缩的目光，经过装修豪华的大商场时，连双腿都感到发软。当然，也有些例外的，比如麻子的女朋友，她穿着总是可以露出肚脐的紧身衣，头发黄得像乱麻一样，大冬天，她还穿着丝袜，抹着浓烈的口红，在大街上自以为是地走过。多么不一样，我是说建新的女朋友，没有人反对我的意见。

建新带我们去吃自助火锅，可以肯定的是，建新是第一个给我们展示真正的城市生活的人。虽然之前我们大部分已经在这个城市待了不下四年，但是，我们从来没有真正地消费过，下的馆子一律是拥挤狭小的城中村街道边的大排档，一顿饭一碗面就可以把我们交代掉，偶尔控制不住也顶多搞盘凉菜，炒个过油肉而已。一个人三十八块，建新毫不在意地从口袋里掏出钞票付了账，我们连小声交谈都觉得心虚，安安静静地坐着，尽量不发出嘴巴狼吞虎咽的声音。

相信别人跟我一样，接下来好多天，连做的梦都比以前多了许多内容。我女朋友李玲比我受到的刺激还要大，在冬天刚刚到来的时候，她死活要去买一件价值三百多块的羽绒服。你不想让我看上去更像样一点么？她这么问我。我当然想，有好多次，当建新的女朋友出现在我们面前时，我总是控制不住地对李玲感到厌烦和自卑。那件羽绒服李玲穿起来后，就再也没有脱下来过，如果条件允许，我想也许她会在睡觉时候都穿着它。我从来没见她对什么东西那么认真细心过，甚至可以因为我不小心坐在她的羽绒服上，她就跟我大吵大闹。

毫无疑问，建新给我们带来了许多我们意想不到的东西，他让我们的生活变得不确定起来，当我们坐在一起的时候，没有人像以前那样投入地胡撒海侃，每个人脸上都出现了焦虑不安、随时都想站起来干点什么的表情。我们觉得，就在这一会儿，我们显得多么游手好闲，一定有什么东西，一定有敞开的机会大门，正在迅速地消失，我们得抓住它。

在这里，我也许得给你介绍一下我们都是些谁，我们都是些什么玩意儿了。当然，最先得从建新开始，建新只比我们大一岁，他是我们的初中老师，教英语。我们每个人都得感谢这个家伙，尽管他学历仅仅是初中，但这并不妨碍他当一个恰当完美的老师。也许他朝我们每个人的脑袋上都扇过巴掌，有时候暴跳如雷时，他也许还拿脚踹过我们的后背。但是，不得不承认，建新对付我们的方法是对的，在他的课上，我们全都集中精力，以免一不注意，黑板擦啊什么的就会砸向你的脑袋。尽管我们私底下讨论建新时，都是一副咬牙切齿的模样，但当我们跟别人谈论起学校生活时，只会提到一个人，那就是建新。你能想到么？一个初中毕业生，刚毕业一年就回来教初中，还是英语，并且比所有其他老师都教得好。

你能想到么？当你老师听说了那些被开除了的家伙把你逼在墙角落里，让你交出了零花钱时，他在讲台上暴跳如雷，居然鼓动你们说，下次不论什么人敢这么做，就拿起砖头砸上去吧！教室里到处都是砖头，用来垫桌子的，用来暖手的。如果你做不到这点，尽管砖头就在手边，你还是不敢，低头流下眼泪，建新就会出现，尽管他身材和我们差不多，尽管他瘦得跟玉米棒子似的，但是他没有丝毫犹豫，就冲上去了，当然，手里真的拿着砖头。

你能想象到，一个你的老师，和你们躲在宿舍里赌博么？当望风的人打起事先约好的暗号，告诉你有别的老师来查房了的时候，建新就会走出去，装作什么事情也没有发生似的，跟那个人聊上半天。当然，不得不承认，建新打扑克实在是太烂了，我们从来不记得他有赢过。输到后来，他的脸色就会变得很难看，愤怒地把扑克扔在地上，发誓再也不会赌钱了。可惜的是，这样的誓言从来一点作用也没有。没几天他就痒痒起来，在宿舍里围观了半天后，还是坐到了牌局中间。

你绝对想不到，建新在我们初二时做的那件事，他在我们那里见到了一个美国人，这个美国人刚下车，建新就扑了上去，不一会儿，他又返了回来，跟我们要了纸和笔，然后我们就看见他跟美国人钻进了轿车，然后就失踪了。过了一个星期建新才回来，他告诉我们，美国人是去旅游的，建新自作主张给他做了导游，并且不收钱。建新拿出纸，上面密密麻麻地布满英文字母。他对我们说，跟美国人聊了一番，他才知道自己的英语多么可笑。

那是在九七年，我们还从来没见过外国人。建新走上前去，比那个美国人低了整整两头，但是这丝毫没有影响到他跟对方交谈了起来。我们那么多人站在操场上，感到这一切多么不可思议，又为建新感到不好意思，和美国人相比，他显得多么的简陋。真的，当时我们的感觉就是这样。

当建新被学校开除的那天，我见到不下十个人流下了眼泪。当天晚上，我们在宿舍里根本没有睡觉，那是我们第一次体会到一种叫做友谊的东西，这么概括也许太过简单，但是，你还能怎么说呢？我们第一次货真价实地谈论建新，谈论建新的未来，我们为建新感到担心，他能干点什么呢？难道跟别人一样，去下煤窑么？难道跟别人一样，去砖厂背砖么？这些不适合建新，我们当时觉得，建新和我们认识的所有人都不一样，所以，他不应该干和其他人一样的事情。

最起码有半年的时间，我们一直期望着建新回来，哪怕是露上那么一小面，我们都觉得，即使建新不回来看看我们，他也应该回来看看李露。李露就是建新被开除的原因，她是我们的同学，看上去极为普通，我们宁愿和建新一起躺在他办公室的人是另外一个女的，比如长相漂亮、身材丰满的西亚，哪怕是比我们都高过一头，让我们觉得自己是小鸡的程菲也行。但是，建新的口味太独特了。出乎所有人的意料。要知道当他和我们在宿舍里聊起来时，从来没显得不同过，他对大乳房大屁股的兴趣，比我们每个人都要激烈。当李露的父母带着校长，撞开建新的办公室门时，听说李露吓得大哭起来。她马上就把责任全推给了建新。还好的是，通过大家的说情，这件事情最后私了了。建新没有跟我们任何人打招呼，就离开了我们。

二〇〇四年的十二月二十四日，建新把我们一个一个从被窝里拉了起来，要我们穿戴整齐，对我们说，今天，我带大家去开开眼。建新满嘴的酒味，之前我们大部分人都还没喝过酒。建新醉态的吆喝让我们感到十分不安，就跟一群小鸡跟着母鸡似的，我们跟在建新身后上了街。这确实是个值得出来遛一遛的日子，大街上到处喧闹非常，尽管寒风挤着我们的身体，但这丝毫没有影响到我们逐渐兴奋起来。看看吧，建新对我们说，圣诞节。这个节日我们听说好多遍了，但是从来没觉得它跟自己有什么关系。现在，建新要我们好好地打量商场门口的圣诞树，要我们仔细端详圣诞老人的模样，这个遥远的、来自西方的、打扮古怪的、莫名其妙的家伙，尽管毫无心跳的迹象，还是把我们盯得坐立不安

　　　　　　　　　　　　　　暴力史

起来。

有很长一段时间，建新是我们的主心骨。是的，我们需要一个为我们做主的人，带领我们的人，他有勇往直前的勇气，他敢于打开麦当劳、夜总会的玻璃门，他敢于和每个擦肩而过穿着光鲜的人们对视，就好像眼睛里有一双坚挺的拳头，他还敢于在名牌专卖店里一件接一件地试衣服。当然，还有一点，当他抬起胳膊拦出租车的时候，动作是那么的自然，他能让我们安下心来。

那天，建新跟我们说了许多话。我们在歌厅的大包间里，南腔北调地唱遍了所有会唱的歌，建新不停地叫服务员给我们端上啤酒来，然后和我们一起举着瓶子，撞得咣当乱响。当喝得差不多了的时候，建新突然做出了我们谁都没有想到的举动，他把服务员叫进来，大声吆喝，来，给我这些哥们儿一个人来一个小姐。我们马上变得鸦雀无声起来，扭捏的神态再次回到我们的骨头里，不对，它就没有离开过。建新一点都不在乎我们假惺惺的反对，固执地领着一排高低不一的女的站在了我们面前。

我们没有勇气站起来，建新了解我们，他替我们做了主，把一个又一个肉体送到了我们身边。除了建新，接下来的一个小时，我们谁都没有异动。当建新把灯光给关暗时，我突然听见角落里传来低低的哭泣声，我不知道是谁发出来的，但是，当时我使劲控制，才没有让自己跟着发出抽咽的声音。

总之，那是一个非常充实的下午，我们每个人都被填得满满的，不是被钱填满的，也不是被啤酒填满的，更不是被饭菜填满的。只是一种美好的感觉，一种好像所有人都亲如兄弟，一种心虚，一种悲伤，这些复杂的东西不停地涌到了我们的脑袋里，让我们觉得时间结实得跟砖头似的。当听到我们还没有一个人出过省时，建新站到沙发上，对我们发表了慷慨激昂的演说，他说，我要让你们每个人都出去一趟。他真的就是这么说的，我要请你们每个人出去玩一玩。

我记得在那段时间里，我们曾经讨论过，为什么建新看上去那么有底气。大家的一致结论是，因为他有钱。我们想尽了一切办法，拐弯抹角地想让建新告诉我们，他是怎么赚到钱的，我们也想找到这个社会的入口，也许在建新出现之前，我们也有这样的想法，但是从来没有现在这么迫切过。我们需要那种底气，我们需要那种尊严，被人尊敬的感觉。

但是建新，他从来不在我们面前诉说自己。之前是这样，现在也是这样。当麻子的女朋友离开的时候，麻子哭得一塌糊涂，见人就说。建新和我们一起陪着麻子，最起码见识过十多次，他在饭店的卫生间里一把鼻涕一把泪地捏着卫生纸不放，吐得遍地都是。建新在麻子需要他的时候，没有一丁点的犹豫。但是，当一个月过去后，麻子再次跟我们倒苦水的时候，建新突然跟我说道，人总得自己私下里承受点东西。他针对的当然是麻子。我等待他继续说点什么，但是他什么也没说，站起来就去结账了。

关于建新，我们知道点什么？在建新从我们学校离开之后，曾经有许多人声称自己见过建新，其中有一个说法是在县城里的大街上看到过建新开摩的。这让我们感到非常悲伤。我们难以想

　　　　　　　　　　　　　　　　　　暴力史

象出这样的建新，叼着烟头，穿着拖鞋，由于长久被风吹，脸色发黑粗糙，过不了几天，他的牙齿就会变成黄色。大家的情绪一连低落了好几天。但是，没过多久，就有另外的人带来了确切的消息，他是建新的邻村，说建新早就离开我们这里了，去了南方，具体是南方的哪个城市，他也搞不清楚。

南方！南方！多么遥远的距离。许多年后，当我们也离开了自己的家乡，来到张城之后，坐下来曾经讨论过南方的事情。多么神奇！在建新之前，在建新之后，我们那里的人从来没有一个人去过南方，不是说那种旅游，是货真价实地去南方，背着行李，茫然地走在南方的街头，一副准备生活下去的模样。没有人有这种勇气。我们那里的人，即使出去打工，也绝对不会跑到县城以外，即使跑出了县境，也绝对不会跑出市境。

我们根本想象不出来南方是什么模样，但是我们为建新感到自豪。不过，我们都觉得，再也不会跟建新有什么关系了。要知道即使是过年，他也不会回来。他是我们那里第一个过年不回家的人，那一年春节，几乎所有我认识的人都在谈论这个话题，人们难以想象，在南方阴冷潮湿的街道上，在别人点燃鞭炮的瞬间，干瘦的建新在干点什么；人们难以想象，一个人居然可以这样背井离乡？

在冬天即将来临时，我们盯着天空中那些候鸟，它们也将到南方去，飞过无数座山顶，经过无数条河流，还有村庄、铁路、城市，甚至还有荒漠。我们把所有没见过的东西，全放进了到南方的迁徙活动中，我们想象那种在路途上的快乐、美好；当然还有勇气、历险。

在好长一段时间里，关于建新的话题比什么都吸引我们。

当我们终于坐了八个小时的火车，和大量的民工、汗臭、吵闹声、阴郁的脸一起在二〇〇〇年夏天从张城火车站走出来时，毫无疑问，我们第一个想到的肯定是建新。我们感觉自己离建新如此的近。当我们看到那么多的人，那么多的汽车，那么多喧闹的时候，忍不住感到那么多的兴奋。我能记得第二天晚上沿着街道在路灯里经过一家又一家灯火通明的商店的感觉，还有我的那些同学，大家结伴而行，新奇和激动鼓舞着我们，事后我不止一次想起这些情景，如果是有旁人经过，看到这一群衣着土了吧唧的乡下人，会不会觉得很可笑？

从什么时候开始，我们回到地上？谁也说不清楚。我们逐渐地不再谈论建新，尽管这样会让我们感到难受。但是现实告诉我们，建新的结局不会像我们想象的那么美好。

你敢说建新不是那个吊在二十层大楼外面清洁玻璃的工人？你敢说建新一定不会成为拉着平板车收垃圾的男人？你敢说建新的头像不会被贴到商场门口，以提醒人们，当他过来的时候，你就得捂紧自己的钱包？你敢说建新不会是昨天那个被人暴打的穿着劣质西装的出租车司机？你敢说建新不会坐在火车站门外的台阶上抽两块钱一包的香烟？你敢说建新没有一张平常的脸？一张麻木的没有自尊的脸？你敢说建新不会在身后的喇叭尖锐地响起时，吓得茫然失措脸色发白？你敢说建新不会在人才市场里失声痛哭？你敢说建新走过时，不会有漂亮的衣着光鲜的女人厌恶地

暴力史

皱起眉头？你敢说建新不是电视里出现的那张强奸犯的脸、抢劫犯的脸？

我们不敢。城市和我们小时候设想的不一样，它和梦想无关。我们甚至发现每一个擦肩而过的陌生人，看上去都那么的像建新，为此我们每次都担心得要命。如果现在建新像眼前这个头发乱糟糟的男人一样走过来，像他一样对我们说，他已经好几天没吃饭了，他来找朋友，却和朋友联系不上时，他需要我们给他点钱，我们该怎么办？如果建新跟昨天那个蹲在地上的男人一样，叫住我们，给我们推销他的安利时，我们该怎么办？

但是，当四年之后，大学毕业时，我们还是留了下来。尽管每一份工作都是随时都有可能结束的那种，尽管每一个人都被老板拖欠过工资，尽管房价一天天地高涨起来，尽管夜晚的公交车上我们被挤得双腿酸痛，几乎站立不住。尽管听说某一个城里同学，因为家里的关系，迅速地考上了公务员，别说房子了，他连二十多万的车都开上了时，我们会无穷无尽地表达自己的愤怒。但是，我们都还留下来了。能坚持到什么时候，这是谁也说不清楚的事。

也许，建新已经死了。

毫无疑问，建新是我们中间最明白自己在干什么的人。在他刚回来的那几个月，我们其他人全部失去了思考能力，就是张大嘴巴一个接一个地迎接新玩意儿。一直到建新的婚庆公司开张后，我们才不得不一点一点把自己从建新那里拿回来。这是没办法的事，站在鞭炮巨大的响声以及喧闹的锣鼓声中，远远看见建新脸上挂着的笑容，还有他忙碌地迎接他的客人，天知道他从哪里认识这么多人的，我们不由自主地就感到沮丧和伤心。我们没有想到，建新还有另外一个世界，比我们要重要得多，也比我们要强大得多。

可以肯定的是，麻子是第一个跟建新借钱的人。春节刚过，他就跟建新嘀嘀咕咕上了。拿上钱他辞职去了趟广东，等一个星期之后他回来，就开始扭扭捏捏地站在体育馆前面的广场上，卖起了毛巾，我们每个人都从他那里买了一点，不得不承认，这些毛巾太方便了，只要你把它放到头发上，不到一分钟水分就会被吸干。

谁都说不清楚，我们是从什么时候有了那个心思，就是想从建新那里捞点什么。在麻子的带领下，每个人都控制不住地找到了恰当的时间，跟建新开了口。有些像麻子一样，干了点什么。有些人像我一样，什么也没干，我拿到钱后就去给自己买了个手机，这是我第一次用这玩意儿，当我在公交车上，被它的铃声给惊动时，动作不由得就变得非常不自然起来。

我们的女朋友或者跟我们有点关系的其他人，全都认为，我们应该跟着建新混下去，看看你们的其他朋友吧，一点前途也没有，他们这么对我们说。对此我们表示同意。

但是，我们逐渐感到心虚和陌生起来，我们都有了欠债的感觉，为此我们甚至在建新面前抬不起头来了，说每一句话，都会在心里考虑很久，以免会让建新不高兴。相信我们中间的每一个人都下过不止一次决心，在建新下一次请我们的时候，果断地拒绝他。但是这是一件困难的事情，需要有个带头的人。

第一个离开的人是谁？肯定是麻子。他的第一次生意以亏本告终，一直到夏天过完，他租来的房子里还堆满了毛巾。你难以想象，他每天晚上是怎么找到睡觉的空隙的。

在他的带领下，我们其他人也都开始尽量避免和建新见面了。

如果我没有记错的话，我们最后一次和建新待在一块儿，是麻子和他的新女朋友分手的时候。建新是这么安慰麻子的，女人嘛，就是钱。有钱她就能跟你一起走下去，没钱屁也不成。那天晚上建新居然喝醉了，回去的路上他一路走一路吐。我们都想不到，建新会记得那么多东西，后来他躺在他家沙发上，不停地给我们回忆小时候的事：秋天站在后山河边被傍晚的夕阳照耀着的景象；每年暑假开学时，学校院子里成群的麻雀；还有，他上小学时，在下大雪的傍晚送他回家的邻村的老伯，毫无疑问，那个老伯早已去世了，建新还会提到上学路上看见的对面山顶的狼；夏天晚上，他和他爸住在玉米地的茅草屋里驱赶山猪；跟着表哥提着猎枪在山上打野兔。我们每个人都经历过建新经历过的这些，到后来，我们被他的情绪感染得一塌糊涂。关于童年的美好记忆没完没了地涌了上来。

那天晚上建新还跟我们说了什么？他说本来以为回来会好一些，回来会有朋友。谁能想到，到哪里都一样，从来没有真正的朋友。我们张了张嘴，想反驳他一番，但是却发不出声来。建新还说，不过老子不在乎！他就是这么说的，老子一点都不在乎。

我们躺在建新家的地板上，一宿都没睡着。第二天一大早，就听见建新在打电话了，什么头车宝马、什么乐队现在就给我走。他的语气如此熟练，敏捷地移动脚步，从我们身上跨了过去，不一会儿他又返了回来，站在镜子前，赤裸身体开始选择合适的衣服，紫色的有格子的衬衣、羊绒马甲、很宽的领带，当然还有一丁点褶皱都没有的西装。在这个过程中，我们觉得压抑极了，甚至开始为自己毕露的肋骨感到不好意思起来。

后来，我们就跟一盘散沙似的，掉进了城市里，灰突突地不见踪影了。

　　　　　　　　　　　　暴力史

疯狂的旅行

在我八叔再次住进了医院两个月后，亲戚们终于还是下定决心，去看望一下这个家伙，但是我爸除外，他站在灰突突的医院门口，对大家说，我说话算话，这辈子我不会跟他说话的。有人试图劝说一下我爸，被另外的人拉住了。于是在那个不起眼的下午，我爸蹲在医院外边的台阶上抽了两支烟，后来他说他看到了一个被抱在怀里的长尾巴的毛孩，父母像是木偶似的，动作缓慢。他还说他看到了一个足足有三百多斤重的胖子，人们不得不把急救车的车门给摘掉，好多人一起喊着号子，才把胖子抬了下来。

就在那个不起眼的下午，我八叔死掉了。人们刚到病房门口，就听到了我婶婶突然发出的号啕大哭。犹豫了好一会儿，这帮脸色发黑、双手粗糙的亲戚们，还是下定决心走了进去。我八叔瘦小干瘪的身体放在白色的病床上，他右嘴唇上的血瘤看上去比任何时候都要显眼。还有他的脚底，上面布满污垢，看来以前的传言并不假，我八叔曾经尝试过无数次，跳过并排的两张病床，踏到窗台上，他想把自己扔到下面去。

在这个传言刚来时，我爸曾露出不屑的表情来。他是这么说的，狗日的还来这一套。我爸的意思是，我八叔只是在故作姿态而已，他只是希望通过这种方法来吸引一下别人的眼球。

对于我八叔的死，大家显得极为平静。就我所见，除了我婶婶在葬礼上流了点眼泪之外，就没有人有所表示了。就好像对于亲戚们来说，这是最好的结局了，还能有其他办法吗？难道一直让这样一个家伙躺在医院里，每天打几百块钱一针的药？再说了，我八叔又不是什么值得期盼的家伙，他只能给大家带来更多的麻烦，这下所有的人都该松口气了，没什么可担心的了，我婶婶年纪还不大，这就意味着她再找一个合适的丈夫，绝对不是一件困难的事情。

这下他可安稳了，大家都这么说。这么多年，大家一直在期盼着这个小个子安稳下来，为了达到这个目的，亲戚们用尽了各种办法，可惜我八叔软硬不吃，每次你以为他会消停一点的时候，他总是能折腾出更大的动静来，直到现在，人们还是搞不懂我八叔，你说这个留着八字胡、走起路来外八字那么厉害的人，到底想要什么呢？他一辈子搞来搞去，图了个什么呢？

我相信，让任何一个熟悉我八叔的人，来描述一下他，首先肯定会提到的，就是他黑不溜秋的下体。这是没有办法的事情，在我八叔生前的最后两年，几乎每一次跟人吵架，他都要脱掉自己的裤子，高高举起自己的鸡巴，用一种蔑视的眼神看着对方。

　　　　　　　　　　　　　　　　　　　暴力史

因此他肯定会遭到对方更加激烈的暴打，但是，即使如此，他还是不肯放弃自己这个习惯性演出。有时候，如果对方稍微迟疑一下，我八叔就会成功地尿出尿来，黄色的液体哗啦啦地流个不停，在场的人都下意识地捂住自己的鼻子，妇女们马上就会把脸扭过一边，你讲不清楚他到底是怎么想的。

当然，我八叔还有许多其他花样，比如躺在公路上一动不动，把光着上身的司机给吓出了一身冷汗。这个壮汉把手里的烟扔在了自己裤子上，用尽全力手忙脚乱才把车刹住。日你妈的狗日的，他从驾驶室跳下来，惊魂未定地破口大骂，不想活了啊？我八叔一下跳起来，提了提自己的裤子，说，就是不想活了，有本事你把老子撞死，没种你就给老子闭嘴。尽管这样的戏我八叔过段时间就会玩一次，但是围观者还是很多，大家兴高采烈地等着我八叔和司机干架，事实上我八叔也从来不会让他们失望，每次都把司机给搞得火冒三丈，举起拳头冲上来。

在我八叔下葬的那个下午，亲戚们全都来了，在这么多年里，其中许多人甚至已经没跟我八叔说过话了。当时天空太阳高悬，刚挖出来的泥土散发出一股子怪怪的气味，水汽盘旋在人群的头顶，不一会儿，汗水就挂满了每个人的脸庞。我婶婶穿着一身白色，你可以看出来，连她都松了口气。这几年里，每一次，当人们听见我八叔暴跳如雷的大叫夹杂着我婶婶的干号声传来时，大家都认为，这一次，我婶婶肯定会离开我八叔了，但是结果却恰好相反，第二天，人们就又看见我婶婶早早地就在河边挑水了，就好像什么都没发生过似的。

应该说，当你仔细端详我八叔的相貌，就会发现，他长得其实蛮不错的，尤其是头发，即使是躺在坟墓里时，看上去仍然那么的乌黑浓密。当年，读完师范学院的我八叔，顶着这么一顶头发回来时，没人想到，这家伙有一天会落得这么个下场。大家都认为，这狗日的这下该安定下来了。我爸尤其为此得意，见人就说这是自己的功劳。确实如此，如果不是我爸，我八叔肯定是上不了师范的。要知道当初我八叔已经复读两年了，还没有考上。我爷爷拄着拐杖，找到正在玉米地锄草的我爸，用谁都可以听见的声音说，这次我绝对不供他了，我没钱了，他也不是这块料。我爸把我爷爷送回家，然后和我身材瘦小、脸色苍白的八叔在家里谈了一宿的天，第二天一早，他宣布，接下来一年，我八叔复读的钱由他来出。

我妈跟我爷爷之所以认为我爸是在瞎费劲，主要原因在于他们相信，我八叔之所以要一读再读，并不是因为喜欢学习，或者说是对上师范有多大兴趣，他只是找理由不干活而已。我爷爷的原话是这样的，懒汉，读个屁书啊，每天就知道睡觉。事实上有一段时间，我也这么认为起来，从我记事起，就从来没见我八叔下过地，刚开始我爷爷还踢门、踹缸子什么的，但是到后来，他已经不这么干了，一是因为我爷爷人老了，没什么力气了；二是因为他无论怎么折腾，我八叔还是不会在太阳还没升起之前就起床的。那时候我爷爷也不大干活了，每天起来就晒晒太阳，拄着拐杖，睁着一双灰突突的眼睛，呆呆看你半天，让你误以为他灵魂出窍了似的。但是过那么个把钟头，他会突然长长地出一口气，声音之大，把在场的人吓一大跳。当我八叔从床上爬起来时，他连看都不看我爷爷一眼，找到剩饭，都懒得热一热就吃了起来。

我记得刚上班时的我八叔，他每天骑着崭新的自行车，头发打上摩丝油光发亮，皮鞋总是一尘不染，见谁都会停下来打个招呼。并且，他把原来跟玻璃瓶底似的眼镜给摘掉了，这让他看起来精神了许多，虽然看东西总是眯着眼睛，但是没有人为此而觉得有什么不对。我那时候恰好在初中读书，我八叔顺理成章地成了我的语文老师。几乎我的每个同学都为我八叔着迷，尤其是当每次有什么联欢晚会时，我八叔都会给大家表演抽筋舞，女生们看得目瞪口呆，下来跟在我八叔屁股后，死缠烂磨，非要我八叔教她们学。

可惜的是，这种积极的态度并没持续多久，新鲜劲儿一过，我八叔就又恢复原状，头发也不大打理了，见了人也没那么多话了。当你在校园里看见这个懒洋洋的家伙，肯定会误以为他连觉都还没睡醒呢。唯一让我八叔感兴趣的事就是打扑克赌钱，每天一有空，就到处找场子，有时候连续几晚上不睡觉，连课也不来上了，钻在被窝里让我们背课文给他听。

我有时候会站在一边看我八叔打牌，他脸上一点笑意都没有，也不跟周围的人说话。刚开始大家往往会被他吓住，大家的原话是，这狗日的，太疯狂了。有时候他连牌都不看，就从口袋里拿出钱来，十块十块地往上扔。后来，人们对他熟悉起来后，就不再每次都迅速地举手投降了，事实证明，他们的这个选择是对的，不一会儿，我八叔就会把钱输得一干二净。在这个过程中，我激动得手都抖动起来，喉咙又干又渴。

当我爸他们发现我八叔疯狂赌博时，后者已经臭名昭著了。我爸不明白的是，为什么我八叔这么容易拐弯，你说你好好上班，攒工资，然后讨老婆，像大家一样过日子，是多么好的一件事情，现在你居然赌博赌到到处借钱的地步。不行，我爸是这么对亲戚们说的，咱们得救救这个家伙。于是，亲戚们每天在我八叔可能出现的赌窝蹲上了点，碰到了二话不说，就把他扭送回家来。

但是，即使这样，也没能阻止得了我八叔。他宿舍床底下放满了各种扑克秘笈，每天都把自己关在房子里研究扑克。有一天下午，我八叔把正在操场上打篮球的我叫到了他宿舍。来，他神秘兮兮地对我说，你任意抽一张扑克给我看。我照做了，令人惊奇的是，我八叔只需要盯着扑克的背面看一小会儿，就能知道这张扑克是什么。怎么会这样？我好奇极了。我八叔神气地把扑克收回去，不论我怎么哀求，他都不告诉我到底是怎么做到的。

事后我才知道，这扑克是我八叔花八十八块钱，照《故事会》里面的广告邮寄来的，所谓魔术扑克，背后都做了手脚。让你能轻易地辨别出是红桃呢还是方块，是3呢还是10。我八叔拿着这副扑克，跟人赌起钱来十拿九稳。这种情况让我八叔误以为，能通过一副魔术扑克来发家致富了。

但是，谁都不是傻逼，也没过多久，就被发现真相了。大家并不知道到底怎么回事，但是没人再拿这副扑克跟我八叔赌了。

我八叔照例又开始一塌糊涂地输钱。虽然我们那里打扑克的人多如牛毛，但是，像我八叔这样，没完没了，就像生活中只剩下这一件事情了的人，还没有过。这种情况让我八叔成了人们眼中的一个怪物。这个怪物每天鼻子跟狗一样灵敏，不论哪里，只要有人有了打扑克的念头，我八叔马上就会出现。

没人打扑克的时候，我八叔就会跑到商店里玩老虎机。在我初中毕业时，在一个商店里曾经看到过我八叔，那时候家长们已经集体给校长抗议过了，谁都不愿意让我八叔代他们孩子的课，于是我八叔成了一个无所事事的人。他神情严肃地坐在角落里，不停地把手里的硬币投进老虎机去。那种情景里显露出一种让人害怕的疯狂来，他太集中精力了，根本没有注意到我的存在，老板！过了一会儿，我看见他一边把上衣口袋里的钱包往出拿一边说，都给我换成硬币。那感觉就好像他会在那里一直坐下去似的。

我爸和亲戚们每次和我八叔谈心，我八叔都低头不说话，一副诚恳的模样。有时候还会给大家表现出一点洗心革面的假象。在反复多次之后，我爸觉得这样下去不是办法，他认定，我八叔现在的问题，是另外一个问题，就是女人的问题。这么多年了，他问亲戚们，见过加强搞对象没？大家一听，好像真是这么回事，从来没见我八叔领回过女人来，相反，在大家的印象里，我八叔是个一见女人就会脸红的家伙。所以啊，我爸无比自信地说，给加强找个女人，所有的问题就都不是问题了。是的是的，大家点头认同。

过了没多久，我婶婶终于出现了，这是大家所有人的功劳，所以看到这个女人迅速地成功地坐在了我八叔的自行车后座上时，每个人都像功臣那样发表了许多看法。总之，大家相信，这次，我八叔是跑不掉了。当大家七嘴八舌讨论时，总让我产生一种错觉，就好像所有人费了老大劲儿，终于布好了一个完美的大口袋，而现在，我八叔半截身子已经伸进袋口了。

　　我婶婶每天下班时都会站在学校门口等我八叔，经过的人没有不看的，一是因为我婶婶那时候比较时髦，二是因为她腿长。没多久，我婶婶就隔三岔五地在我八叔宿舍住一宿。这事情当初影响很大，老多人嚼舌头，说我婶婶作风不好。甚至有人挖出我婶婶过去的一些事，说她在城里的录像厅当售票员时，跟自己的胖老板搞过。还有人传言，我八叔是我婶婶的第三个男朋友了。之类的话很多，刚开始传来时，我爸他们还有点紧张，这事情还真不好说，你说它假的吧，还真有点影子，你说它真的吧，又有点于心不甘。对于我来说，我还是很喜欢我婶婶的，一是她把我八叔的宿舍收拾得整齐干净，过去一进去就扑鼻而来的怪味道一去不复返；二是现在我八叔每天都待在宿舍，很少出去打扑克了。人们惊奇地发现，我八叔的气色再次好了起来，照我爸的原话说就是，整个人气质都变了。

　　更让大家满意的是，我八叔好像没听到传言似的，或者说听到了并不在意。即使有人拐弯抹角地跟他开玩笑，你知道的，总有这样的人出现，他们一听到别人的隐私，尤其是事关女人，就激动得手脚发抖，总得盘算着抖搂出来，即使这样的人，当面敲打我八叔，他都不会出现一丁点的不适症状。

大概过了半年，我八叔找到我爸，说是他想结婚了，但是我婶婶提出了自己的要求，得在城里买一套房。那时候兴这套，不过得花一大笔钱。看我爸有点为难的表情。我八叔说，要不算了吧，不行等几年我另找一个？我爸一听这话就火了，你这叫什么话？活人还能让尿憋死啊，钱算啥，亲戚们凑凑就够了。于是召集亲戚们开了次会，出人意料地遭到了大家的一致赞成。大家是这么说的，好不容易出了个国家人，给咱们挣了脸，这个忙当然要帮。

没过几天，我爸就把大家凑的六万交到了我八叔手里。

此后许多年，我爸一直为此感到懊悔不已。你说我，为什么要把钱交给他呢？自己留着，该买房就买，该结婚就结，我为什么要交给他呢？

这其实不能怪我爸，谁都想不到我八叔会做出那么疯狂的举动来。就在我爸把钱交给他后不到一个星期，他就失踪了。该找的地方都找遍了，包括所有定点赌钱的地方，见的人都说，没见过我八叔。还有人说，我八叔还欠他们钱呢。

即使如此，大家还是理解不了，为什么呢？不就是输点钱么，又没有多少，再说了，他每个月还有工资呢，不至于跑啊。

是真跑了，确定这一点之后，大家不知道该怎么办了，有人认为，可能跟我婶婶有关。于是拐弯抹角地去打听，我婶婶哭得稀里哗啦，都好好的啊，她这么跟我爸说，前一天晚上还商量着进城去买点东西的，第二天他下班时我过去，就不见影子了。

我八叔为什么要逃跑，直到现在都仍然是个谜，不过可以肯定的是，这次逃跑，是我八叔这辈子的转折点，如果说原先他的人生轨迹是一条弯弯曲曲，但是总体向上的曲线的话，那么这次旅行之后，他就开始了飞速的直线降落。

在我八叔失踪的那段日子里，我未来的婶婶大着肚子，走路时用手扶着后腰，一不留神，眼泪就会掉下来。如果不是她极力阻挡，她的亲戚们早把我家的房子给拆了。我爸小心翼翼地给这些暴怒的黑脸人们端茶倒水，做了一万个自己都没底的保证，比如我八叔肯定会回来的，一定会和我婶婶结婚之类。

一直到三个月之后，我八叔才往家打了个电话。在电话里，他对我爸说，他现在人在深圳。你跑深圳干什么去了？我八叔说，我打电话就是告诉你们一声，我没死。接着我爸还想多套点情况出来，结果我八叔迅速地挂了电话。

不过，这终归是个好情况。我爸甚至燃起了一些不该有的希望，比如，他坚决认为，听我八叔的口气，他在那边过得很是不错，说不定，回来的时候他就成了富翁了。

可惜的是，又过了三个月，我八叔就又打来了电话。他让我爸再给他寄点钱，因为他没有回家的路费了。对着电话我爸没敢发火，一放电话他就把手边的一只碗给摔得粉碎。六万块啊，每天吃钱他也吃不完啊，几个月的工夫这才。

当然，结果他还是把钱给我八叔寄了。

在我八叔回来后很长一段时间，大家都尽量不去提他失踪的事，我记得当时我爸跟亲戚们和我八叔在房子里谈了好久，大家都说，六万块没什么，几年的工资也就回来了，主要是以后一定要好好工作，安心生活，积极向上。

不过还是有传言出现，一说是，我八叔之所以要出去，是因为他上师范时的女朋友叫他出去的。但这一点遭到了我八叔的否认。还有另外一种传闻，说是我八叔去外边，钱全给小姐花了，他每天泡在歌厅，跟大款似的。对于这后一个传闻，刚开始我爸持怀疑态度。不过，后来我们才发现，并不是空穴来风，肯定是我八叔亲口说的。

说也奇怪，在大家集体不提他失踪之事后，我八叔自己倒忍不住说起来了。整整一个夏天，你都能听见他到处吹牛逼，尤其是跟小年轻们，三句话就有两句是关于女人的，什么二奶、小姐之类，一说起来就没完没了。

这是一个很微妙的过程，不知道从哪天开始，大家逐渐拿我八叔的事开起玩笑了。再接下来，大家跟我八叔说话时就用上了嘲讽的语气。越是如此，我八叔越是想告诉大家，他出去得是有价值的，自己是一个见过世面的人。他终于从一个一本正经很少说话的人，变成了一个喋喋不休的家伙。

在我婶婶嫁过来的第二年夏天，一连下了一个星期的大雨，就像有人拿着巨大的瓢子从天上直接往下灌水似的，所有的道路都被冲毁了，甚至有的地方还发生了滑坡。村子里的人比任何时候都多。洪水是在有一天晚上到来的，事先人们已经一直在谈论了，肯定会发洪水了，肯定会比以往的每一次都大。还有人传言，上游的村子已经有人被洪水给冲走了，更离谱的传言是，有一辆停在村口的拖拉机，一夜之间就不见了。当洪水真正到来时，尽管是半夜，外面还是发出嘈杂的人声。我连忙从床上蹦起来，挤到大门口的人腿中间，天哪，整个河床都是白茫茫的，河水发出巨大的轰隆隆声响，我可以看见河滩里我家种了十多年的杨树一棵接一棵地倒掉，还有公路，很快就被大水给漫得没了踪影。

第二天早上，人们惊奇地看见我八叔，在河水里走路，虽然他所处的地方离中心还远，但是水浪还是很大，不一会儿，他就会打个趔趄。这情景把大家都吓坏了，我婶婶高声呼唤他的名字，人们费了九牛二虎之力，才把他劝回了岸上。没事的，他这么跟大家说，我心里有底，怕什么啊，大不了一条命嘛。

你讲不清楚，我八叔为什么对洪水感到那么兴奋，他每天都要蹲在河边观察好久，有一天晚上，他整夜都没睡觉，第二天向大家宣布，他一共看见了十二头牛，两个死人，其中一个只穿着红裤衩，还有各种瓜果蔬菜，为了证明自己没说谎，他给我们展示了捞到的一只柜子，很神奇的是，经过了那么久的颠簸碰撞，柜子还完好如初。我八叔把柜门打开，里面甚至还有一瓶辣椒酱。

就是在那天下午，我八叔和人打了个赌。他认为，现在的河水已经没有什么力气了。狗屁，有个人说，照你说的，你敢跳进去游个泳么？我八叔把手里的烟一扔，说，如果我游到对岸去，你叫我三声爸爸怎么样？对方说，叫爷爷都行。还没等大家反应过来，我八叔突然一跃，落进了河水里，人们只看见他的脑袋在浑浊的河水里露出来了两次，接着就不见了他的踪影。

不知道谁跑着来告诉了我爸这个消息。当时我爸正在把从河里捞出来的木头往顶棚上背。一听到这个消息，他把木头一扔，跟着那人匆匆赶到了河边，在河沿上转了半天，连根我八叔的毛都没发现。你他妈的，我爸冲那个和我八叔打赌的人发火，他脑子有病，你脑子也有病啊。那个人也被吓坏了，嘟嚷着说，谁能想到他真敢跳呢。

还好的是，我八叔命大，在下午的时候，大家惊讶地发现，我八叔在对面的山上，脱光了衣服烤火呢。那边村子的人在他身边围成一圈，兴奋地跳起来朝我们挥舞手臂。

一直到十多天后，我八叔才又横穿洪水，游了回来。嘴唇发青的他，一上岸就吐个没完没了。后来我们才知道，如果不是水面下乱七八糟的树根，我八叔早没命了，他就是扒着那些树根到了河对岸的。当洪水退去，那些树根全露了出来，黄白色密密麻麻布满了整个河滩。

许多年后，当我爸终于能心平气和地谈论我八叔时，他是这么说的，这狗日的老是和大家对着干，跟你爷爷对着干，要他好好读书时，他不好好读，不让他读了，他又非要读；也跟我对着干，本来我以为他成了国家人，年龄大了，就会改变脾性，但是他偏不，你以为有个好姑娘跟他一块儿，他就会顺理成章地结婚生子，他竟然莫名其妙地玩失踪。我爸说完这些话，显得有点伤感，用手摸摸自己一根头发都没剩下的脑袋，说老实话，他说，我搞不懂他，你总以为差不多了，这次应该能够满足他了，情况却恰好相反，你完全不知道他到底想要什么。

我对我爸的话表示怀疑，这么多年，我真的没有感觉到，我八叔想要过什么。他就是什么也不想要。相比较而言，我觉得我爷爷说得很对，这家伙就是懒，一感觉到麻烦，他马上就会装疯卖傻，让自己消失掉。

比如我婶婶生孩子的时候，因为难产，血流了一地，昏过去了无数次，接生婆都吓得面无表情起来，人们都以为，我婶婶会就此完蛋了。就是这种时候，我八叔居然跑到隔壁村子打扑克，连着一天一夜没回家。

我爷爷气得话都说不出来了，拄着拐杖，冒雨去找我八叔。但是硬是没敲开门。后来据人们讲，我八叔不仅不让人们开门，还要大家继续打扑克，并且，那天他的手气之好，让所有人都招架不住。直到把每一个人的口袋都掏空了，我八叔才从地上站起来，由于长期保持一个姿势，双腿都站不稳了，一下摔倒在地。

这次大家不再跟我八叔客气了，不仅亲戚们，连邻居都看不过去了。等我婶婶终于稳定了点，大家轮流对着低头不说话的我八叔，开始了漫长的谈话过程。我记得那段时间，家里的气氛实在太古怪了，每个人都摇着头从屋子里走出来，如果不是有人拉着，我爷爷肯定会冲进去，用自己的拐杖把我八叔放倒在地。

事实证明，大家一点办法也没有。不论谁出面，我八叔都是一句话不说。到第三天的时候，他再次失踪了，人们惊奇地发现，他竟然把房子背后的窗户摘了下来，同时失踪的，还有我婶婶压在床下的二百块钱，是给医生付账的时候才发现的，这钱是我婶婶用了两个多月的时间，每天起早摸黑上山打五味子赚来的，我婶婶差点哭得再次昏了过去。

就当我没有这个儿子！我爷爷这么说。我爸说的是，如果这辈子我再跟这狗日的说半句话，我就不信吕。大家群情激愤，都认为就该如此。我爷爷说的第二句话是对我婶婶说的，你放心，这么多亲戚，就别指望那货了，以后我养活你，你哥，说着指了指我爸，我养活不动了他养。我爸马上点头称是，只有我妈没说话，她脸色发黑，过一会儿就不满地瞪我爸一眼。

大家都认为，这次我八叔是没脸回来了。也确实有很长一段时间，我八叔没有露面。再次出现时，他就躺在了担架上，是被人抬回来的。这时候我堂弟已经可以在地上跑了，他奇怪地看着这几个陌生人，不明白到底发生了什么事情。直到大家把我八叔放到了院子里，我堂弟好奇地走上前去，一看见我八叔，他就哇的一声大哭起来。

我八叔就这么回来了，再也没有离开过。因为他脑子里生了个瘤子，医生说已经是晚期了，就别治了，没什么用，瞎费钱而已。我爷爷和我爸把我八叔抬回了家，这是没有办法的事，你总不能把一个快死的人丢出自己的院子吧。

没人能想到，我八叔还能再活两年多。在这两年多里，我八叔过段时间就能从床上爬起来，活蹦乱跳地到处乱窜，每次他都像过年似的，兴奋得无以复加。

就是在那两年时间里，我八叔无师自通学会了跟人吵架时，露出自己的生殖器。他上蹦下跳的模样，总是能让人忘记他是一个病人。几乎村里的每一个人，都和这家伙干过架。

我记得最清楚的是，我爷爷去世的时候，我八叔流泪流得比谁都多，甚至号啕大哭。当时人很多，我八叔眼睛里布满红丝，双手不停地在地上抓来抓去，远远地看上去，就好像要挖出个洞，把自己给钻进去似的。没有人过去劝他，大家都站在原地，好像被这情景给吓住了似的，天气十分阴沉，几只苍蝇正在棺材上盘旋，一点要离开的意思也没有。

你夏天看世界杯吗

之所以会突然想起老虎，是因为电视上开始了铺天盖地的世界杯新闻。

不到一个星期的时间，我已经在有意无意之间和人们谈论了不下十次世界杯了，这是除了天气之外，最常见的话题，也许有时候我们会聊聊房价，女人已经不再是合适的谈资了，还有，有些人也许会谈到气候。

天气有点反常，往年的三月份怎么会下雪呢？知道不，东北那边刮大风，街上的人们不得不抱成一团，以免被吹倒。

电视上的人讨论的也无非这些，一个肥胖的专家慢条斯理面带微笑，太折磨人了。

上一次和老虎见面，是什么时候？我一边手拿遥控器换台，一边想。

我结婚的时候？他没有来，我记得很清楚。

他在电话里跟我说，太忙啦太忙啦，放心吧，我的礼会到的。他送给了我十箱十年陈酿的好酒。够用吧？他再一次给我打电话问。足够了！我对他说，多少钱改天我给你。他破口大骂，操！你别给我来这套，放心吧，我这酒不要钱，一哥们儿给的，他有关系，不缺这个。

结完婚后，他给我打过好几次电话，在QQ上也给我留言过，表达过无数次愧疚，并且给我打包票，要找个时间，请我和我老婆吃个饭。得我们请你们，我对他说。那不行，他说，我没去参加，就得我请。

我们还约定过时间，下个星期日，或者明天之类。有一次，我和我老婆都到达指定地点了，结果他打来电话，说是得跟老板出差，马上就得往飞机场赶。他沮丧得大骂不止，老子真想辞职不干了。

约老虎吃饭，你得说清楚，不要带外人。不然在他身后，总会跟着一个态度无比谦逊的家伙，对谁都笑脸相迎。及时地给大家倒酒，在适当的时机说一句俏皮话，逗得大家哈哈大笑。最主要的是，在饭局快结束时，他就会借故上厕所，顺道悄悄地把单给买了。

相比较而言，在电话里的老虎让我感觉更熟悉一点。因为我看不见他的脸。还因为，在电话里他说的话像以往一样，一点都不避讳粗口。

让我想不通的是，为什么老虎真的站在你面前时，他会让你感觉到这么有距离。

一张非常官僚的大脸，一身肥肉，走路向后倾斜身体。

就像嘴巴上有个过滤器似的，他不会讲黄色笑话，不会说粗口，不会谈论男女关系，彬彬有礼。

他的微笑不远不近，他喝的酒怎么也不会多到让舌头大起来。

每个人说话的时候，他都会做出认真听讲的样子，适时插上一句，恰到好处。有时候他也会口若悬河地说点什么，你并不需要竖起耳朵，他的话不带一点感情，尽管很长，但是一点具体有所指向的内容也没有。

就像跟陌生人聊天一样。

我想起来了，上一次见到老虎，应该是前年的六月份。他大张旗鼓地邀请我们所有人，去他供职的厂里玩。一条龙服务，从你出门那一刻开始，所有的费用都由他来负责，回来的时候你还能提上点价值不菲的礼物。

一桌饭花了六千八百多，他熟练地签单。一瓶酒一千多，过一会儿他就会向服务员喊道，再来再来！

天气突然变冷，他给没有准备的人送来还没撕去商标的名牌衣服。

就跟旅游区似的，我们大呼小叫。电瓶车用恰到好处的速度前进，早晨的阳光明亮得近似于无，空气新鲜得跟金黄色的麦地似的。大片的人造林，看不到边。草地、清澈的小河，还有漂亮的女讲解员，她穿着黑色的套装，面带微笑地看着我们。

我们住了三天，老虎让司机把我们一个一个地送上长途汽车站的大巴。他有一个非常重要的会议，给我们真诚地道了不止十遍歉。

一个忙人，一个重要的人，一个有用的人。

四年前，我的朋友老虎坐在一张红色的沙发上对我说，总有一天，我要去现场看一次世界杯。

说这话的时候，老虎的表情十分认真，带点赌咒发誓的味道。

那张老虎坐着的沙发，是我刚买来的，那是我第一次添置新家具，说来好笑，那时候我非常固执地认为，只有有了沙发的生活才像那么回事，一个月一百块租来的房子里，放着一张一千多的沙发，这情景多么怪异。

一千多？当老虎第一次听到沙发的价钱，送货的工人刚刚离开，他就瞪大了眼睛。

我轻轻地把自己放到沙发上，感觉到一种幸福涌了起来。

这不仅仅是一张沙发，这是一个标志，它告诉我，我的城市生活真正开始了，它让我有了点感觉。

为了给老虎讲明白这个道理，我一开口就刹不住车了，忍不住就想抒情。

老虎你知道么？在我此前的半辈子里，我的屁股仅仅挨过沙发一次，还是在别人家里，心惊胆战，连屁股都在颤抖，在我那遥远的老家，别提沙发了，连条像样的马路都没有。

无数次看电视或者看电影时，甚至读某个小说时，"沙发"这两个字都会凸出来，击中我的内心。

怎么像写诗似的？老虎歪着嘴耻笑我道。

好像你没写过似的。我回敬他说。

老虎连忙投降，高举两手，把发黄的枕巾当成白旗。他害怕我给他朗诵他那些让人起鸡皮疙瘩的诗歌。

大学里整整有两年的时间，老虎坚持每天写诗，全是给沈雁的，他一次又一次把我们拉住，要给我们朗诵，现在我还记得其中许多片段，比如："就把我当成一根狗尾巴草吧"，或者"你在春天盛放，让我充满忧伤"。只要有机会，我们就会偷偷地溜开，谁也受不了在大庭广众之下，做一个诗歌听众，尤其是还是爱情诗。

当老虎不得不放弃沈雁，因为她挂在了一个其貌不扬，但是据说非常有实力的青年偏中年，开着辆富康车，有事没事就在校园里晃来晃去，头发总是油光发亮的家伙胳膊上时，老虎拉着我们去学校门口的小饭店喝了顿酒，他给自己灌了多少瓶，谁也想不起来了。

那天晚上他是这么说的，我知道，你们都当我有病。

我们纷纷表示了自己的愧疚。

不是你想的那样老虎。我们的安慰老生常谈，隔靴搔痒。

有时候，我真想扒开她那小脑瓜，看看里面到底在运转些什么。当一个人站在你面前，你却找不到一丁点的入口，真他妈让人绝望。

那天晚上是平安夜，我们都以为老虎会大哭一场，也已经做好了准备。但是没有，老虎只是不停地说话。

你说吧，人跟人为什么不能像电脑一样，像机器一样，通过数据线进入对方，那该多好。

我用了所有的方法，用了这么长时间，没有离她近一点，却越来越远。

我现在还有四年前和老虎的合照，看上去，我们那么消瘦，尤其是老虎，自从断了追求沈雁的心之后，他就留起了长头发，披散在脑袋上，随风乱舞。他再次回到了足球场上，奔跑起来真的跟一只老虎似的，仿佛有用不完的精力。

他不能忍受我们的疲倦，使劲吼叫，起来，都给我起来。

那是我踢过的最漫长的一场球赛，足足有四个多小时。

从三球落后开始，就不停地有人离开，老虎咬着嘴唇，仇恨地盯着那些背影。

算了，不就是一场球么？有人对老虎说，我们认输吧。

连下大雨都阻挡不了老虎。我们来回踩着泥泞的操场，最后只剩下五个人了，但是我们胜了，比分7∶4。

穿着湿衣服，我们坐在学校背后胡同里的小饭馆里，一瓶接一瓶地喝啤酒。最后老虎哭得一塌糊涂。但是他一句都没提沈雁。跟我们每个人拥抱。

许多年后，当我和老虎聊起沈雁的时候，老虎说的却是另外一回事。

得了吧，现在想起来，那妞也太没前途了，一个破富康就把她搞定了，真是鼠目寸光。

电视上开始出现那些我们熟悉的脸庞。

罗纳尔迪尼奥、罗纳尔多、贝克汉姆，老的老，胖的胖，西装的西装，胡子的胡子。

对于球迷来说，这个夏天将是一个沸腾的夏天，将是一个不眠的夏天，将是一个狂欢的夏天，南非，世界杯……

主持人一边说一边摇晃肩膀，如果我没记错的话，当年他只是一个记者，偶尔才能在连线前线时，看到他慷慨激昂的表情。最主要的变化是，现在他的发型看上去这么端庄。

他没有提到啤酒，没有提到咣当作响的电风扇，没有提到水龙头下的冲凉。

四年前的夏天，我和老虎就是这么度过的。

尽管毕业正在进行工作还没找到，但是这并不妨碍他做个疯狂的世界杯观众：狂欢、焦虑、烦躁、大喊大叫、日夜颠倒、绝望。

他穿着　百多块的白衬衣，打着别扭的领带，在没有比赛的空闲时间去找工作。

大家都一样，跟没头苍蝇似的，不放过任何一次机会，从电视上报纸上甚至是街边的小广告上寻找招聘信息，每天都会早起，挤在宿舍的镜子前打理自己的头发，身上都散发出怪里怪气的香味。

我们像小鸟一样，黑压压地飞出去，又零零散散地飞回来。

当我们疲惫地打开宿舍门，准备在床上好好地躺上几个小时时，一下被眼前的一幕给震撼住了：地上整齐地垒着一摞一摞的书，屋子里的油墨味甚至盖过了鞋臭味。

愣了半天之后我们才发现，老虎正蹲在自己床上，眼睛里散发出一种有点害羞却又充满期待的目光。

这是我的诗集！老虎满脸青春痘，郑重其事地给我们一人手里递了一本，请大家多多指教。

出于礼貌，我们翻开诗集，没想到，竟然是连页的，再换一页，还是一样。

老虎，印刷得也太差劲了吧？

没办法，钱少，找的小厂子，就这么粗制滥造。

老虎拿出一把小刀，在桌子上一本一本地给我们割开连页，后来实在看不下去他那弯腰驼背的模样了，我们不得不自己动手。

用了好几天，老虎终于把诗集手动切割好了。

我们也断断续续地看完了老虎的诗。

怎么说呢？你不能说它不好，但是也不能说它好，对于诗歌，我们实在讲不出一点道理。再说了，我们中间的许多人，甚至连一本文学作品也没看过，要我们发表意见，那是逼我们说谎。

这是沈雁给老虎留下的后遗症，我们都这么认为。奇怪的是，为什么在这个时候犯病呢？之前不是挺好的么？在足球场上生龙活虎的那个家伙到哪儿去了？难道是找工作受了刺激？

老虎猛摇头，你们都说得不对，我就是想给自己的大学留个纪念，留不住女人，只好留诗了。

这样啊，蛮好。谨慎的意见终于出炉。

对，如果我会写，我也来这么一本，拿手里，多有文化。

靠！你们这不是埋汰我么？老虎面红耳赤。

接下来，老虎每天出去找工作之前，都会在包里放一本自己的诗集，刚开始他把目标转向一些文学杂志，或者报社，给每一位老师恭敬地递上自己的心血，希望他们能发现自己的天分。

老虎应该是最后一个找到工作的人，反正我们有很长一段时间没有他的消息。

他在大家那里都借住过，我买沙发那段时间，他跟我睡在一张床上。

他采取各种姿势躺在我的沙发上，一边通宵看世界杯，一边发表自己没完没了的看法。

总有一天，我要去现场看一次世界杯。

这句话就是那段时间里他说的。

那天晚上看电视的时候我想起了老虎，我没想到一个星期之后，他会出现在我面前。

是一个下午，他敲开了我家的门，手里提着啤酒。大概是体重的关系，脸上冒出一层冷汗。我已经好久没见过他这么冒失的样子了。

怎么了老虎？

什么都别问，先喝啤酒！

我洗了两个杯子，坐在茶几前，一人先灌了一大杯。

现在可以说了吧？

老虎低头叹了口气，举起杯子对我说，来，干！

一直喝到不得不上了两次厕所，脸上的汗已经完全不见了时，他才靠在沙发上打开了话匣子。

我离婚了！

不是吧，前几天不还是好好的么？

最近有什么事么？

倒也没有。

那一起出去玩玩？

去哪里啊？

去张城吧。

张城是我们上大学的城市，现在仍然有我们的许多同学还驻扎在那里。

我经常会想起张城，总想回去转转，现在终于有机会了。老虎的脸上写满期待。

那天他聊了许多大学时候的事，但是没有聊起为什么离婚。这个胖子抒情得一塌糊涂。他问我，记得咱们结伴去草原么？现在咱们再来一次。记得咱们步行十多公里，就为了找卖毛片的音像店么？现在咱们再来一次。记得咱们喜欢过的那些女孩么？说到这个，老虎的脸明显地抽搐了一下，我想，他也许是想起了沈雁。

我记得张城那么多的公园，那么多的绿地，那么多高大的树木，那么宽阔以至于荒凉的街道，我还记得学校门口卖鸡蛋饼的妇女。后来再也没吃过那么好吃的鸡蛋饼了，那时候我总是一次要放俩鸡蛋，一星期只敢吃一次，改善生活哪。说完这个，我俩都笑了起来。

　　　　　　　　　　　　　　　　暴力史

我都安排好了，机票什么的，老虎这么对我说，就看你了。

我站起来，激动地在房间里走了两圈，对他说，去，请假也要去。

下星期一吧？他问。

我说一点问题也没有。

这么多年，一个假期都没有过，几乎一天真正意义上的休息也没有过，老虎感慨道，没想到，离婚还有这好处，老板二话没说，就放我出来了，并且让我想玩多久就玩多久。

我想问问他，为什么离婚，但是最终也没有说出口。

老虎在附近的酒店住了下来，他等着出发的那天。

他把每一个能想起来的同学都叫来，换着地方举行饭局。

淋巴发炎的他，房间里全是药的味道，行李箱放在一边，一切都十分整齐。还要喝酒！他比谁都能闹，嬉皮笑脸，胡搅蛮缠，用花言巧语把女同学逗得哈哈大笑，脸上的粉掉了一地。

有一天大半夜，他给我打电话，大呼小叫，天哪，贝克汉姆都老成这样了。

我打开电视，贝克汉姆留着精致的小胡子，穿着得体的西装，看上去人模狗样，但是就像老虎说的，他老了，再也不是原来的那个贝克汉姆了，奔跑着的年轻的英气逼人的贝克汉姆没有了。

我对老虎说，还记得你说的那句话不，有生之年一定要去现场看一次世界杯。

老虎说，都好多年没看过足球了。

第二天一大早，老虎就上街买回了一套运动装，换下自己贝克汉姆一样的西装。他在房间里对着镜子，神情羞涩。在他脸上我隐约看到大学生活的影子。

我们在通往张城的天上，高过云层，高过世界。

在机场时，他做着各种和体形不相称的鬼脸，动作那么夸张，像个小孩子似的。

走前一天，老虎终于控制不住了，只喝了一瓶啤酒，就在湘菜馆光洁干净的卫生间吐了半个多小时。等我进去看他的时候，不免大吃一惊，他正把脑袋伸在水龙头下，当他抬起头时，我发现他已经泪流满面。

不停地有人进进出出，大家都用好奇的眼神看着我们。

我给他一张一张地抽纸，他一边擦脸一边问我，你说是为什么呢？这么多年里，她要什么我都会满足她，她说想登山我就给她买装备，她想自驾游我就给她买车，她想搞摄影我就给她买最好的相机，她又想读书，我二话没说，就给她报了名交了学费。她开新车不到一个月，就在高速公路上着火了，我说什么没有？我什么也没说，马上又给她买了一辆一模一样的。只要我能做到的，我都给她做了，你说这是为什么？

他尽量控制自己的哭声，一下一下缓慢地抽泣。

后来，老虎的话就有了表演的性质。他好像不知道怎么给自己收尾了。

她把我的存款全拿走了！老虎用卫生纸蒙着自己的眼睛说，

二十多万块，她一声招呼也没打。就好像设计了好久似的，前几年她就闹着要去北京读书，我没同意，今年我心里想，想去读书是好事，但是没必要辞去工作，于是我就把她的关系给办到我们厂驻北京的办事处了，这样，不但可以深造，还可以领到工资。

没有任何征兆，前一天我们还去游泳，她想学游泳，我几乎一有空就陪她去，那天下午她那么开心。

当时我还在睡觉，她突然就对我说，咱们离婚吧。

老虎终于平静了下来。

当我们返回饭桌的时候，大家丝毫没有感觉有什么不对。

老虎端起杯子，我还来不及阻止，他已经再次把啤酒灌了下去。

到了十二点多，老虎突然清醒了过来，看见我，他着实吃了一惊，脸上流露出一副不知道自己在哪里的表情。我告诉他是我打车把他送回来的。

可以看得出来，他的酒还没醒，在瞪着天花板看了半天，要把一切都搞明白的神态还是没变化。

我老婆的电话一个接一个，我对老虎说，我得回家去了。

老虎突然抢过我电话，跟我老婆说，嫂子，我是老虎，让老大陪陪我吧。

没问题了！挂了电话后他对我说。仿佛一瞬间，有什么东西在老虎身体里发动起来了。

他把枕头垫到床头，上身斜靠在上面，一副要好好谈谈的模样。

那天晚上我们谈了什么？肯定出乎所有人的意料，我们谈到了沈雁。

老虎告诉我，就这几天，他打了无数个电话，不知道为什么，迫切地想知道沈雁的消息。结果还真被他给找到了，他把手机给我递了过来，上面是沈雁的电话号码。

但是我怎么也鼓不起勇气给她打电话。

老虎的表情，跟大学时一模一样。

有一瞬间，我觉得这家伙还爱着沈雁。马上，我又觉得这有点可笑。

我们是中午十二点降落在张城机场的。

刚拿上行李，就看见一个戴墨镜的家伙迎了上来。

我一下子没认出是谁，等他站到我们面前大笑起来时，我才听出来，是我和老虎大学时候的班主任，毕业后我就再也没和他联系过了。

从来没有想到过，还有机会一起站在机场握手。

在他的带领下，我和老虎钻进了一辆红色的Polo。

一坐下，老虎就左右观察，然后说，耿哥，你还这辆车啊。耿哥说，可不是。老虎对我说，你还记得我在大学时候印的那些诗集么？都是耿哥帮我从印刷厂拉回宿舍的。

过了半个小时，到了饭店的时候，我才知道，原来老虎和张城还保持着这么密切的联系。满屋子的人，有男有女，有些我认识，有些我不认识，他们脸上充满热情，和老虎跟我握手握个不停。

照例喝酒，你可以听到"年少有为""有能力""前途无量"之类的词语不停出现，当然，跟我是没有任何关系的。

后来我才知道，在座的甚至有，张城的一个宣传部副部长，张城一个区的区长，还有我们原来那个学校的教务处主任，还有许多有职务的人。

他们叮嘱耿哥，小耿，你可千万要把咱们的小虎给接待好。

慢慢地，从老虎脸上你一丁点迹象都看不出来了，我的意思是，谁能看出来这是一个刚离婚，并且为此号啕大哭过的人呢？

半中间，他出去打了个电话，不一会儿，他们厂驻张城办事处的人就来了，是个女的。她身后跟着个年轻人，手里搬着两箱子酒。

那个女的年纪大概四十多岁，进门就热情地向老虎打招呼。老虎给大家一一介绍。这是吕姐。

握手，互相夸赞。

感谢老虎那次热情的接待，耿哥已经喝多了，舌头大得可以，相当给我面子，耿哥算什么，一个小人物，但是老虎居然让他的董事长出面接待，人家可是全国人大代表，老虎你给耿哥长了面子啊，现在耿哥那些朋友提起来，都还念念不忘，觉得耿哥办事有一套。

老虎摆摆手，示意耿哥别说了。

这次一听说是老虎要来，徐部长、李区长，马上就表态，要接待老虎，但被我给抢了，我跟他们说，轮不到你们接待，下次再说，耿哥还是明白这点的。

当有一个家伙，搬着椅子坐到老虎身边，开始和老虎谈论，能不能给他们的一个活动弄点赞助时，我终于忍不住了，冲到厕所，甚至还没对准，就稀里哗啦地吐了出来。

对于我来说，这是一个酒精超过量的晚上。

人们举起酒杯时，我半点都不好意思推辞。

你就喝吧！老虎的口气里有了命令的意味。

对这样的口气，我能做点什么呢？只能小心翼翼地盯着大家，尽量使自己表现得更得体一些。不要犯错。

十二点多，耿哥送我们去宾馆，老虎有点微醉，耿哥搂着老虎的肩膀，说，老虎，这就是你的不对了，说好了是耿哥接待，怎么又让吕姐给掏钱呢？不过人家带的酒可真是不错。

老虎说，耿哥，你就别说这些了，反正是公款。再说我也帮了她不少忙，应该的。

耿哥掏心窝子似的唾沫飞溅了一路，老虎，耿哥只是随口一提，他们就都来了，说是要好好跟你这个小兄弟聊聊，你不知道大家多喜欢你。

在宾馆里，耿哥开好房，对我们说，今天也不早了，你们先休息吧，我就回去了。我看见他跌跌撞撞地下了楼。

老虎先去洗澡，到了一半，竟然没有热水了。

只好用冷水冲掉泡沫。他一出来，就钻到被窝里打了好多个寒战。

我看见老虎的肚子，你连他的肚脐眼都找不到了。

肥腻的身体。

好像在克制着什么，老虎半天没有说话。

我刷了刷牙，出来时发现他变得怒气冲冲起来。

老虎骂骂咧咧了一会儿，把我从床上拉起来，他用命令的语气对我说，收拾一下东西吧。

我根本不知道发生了什么。

老虎把房卡还给前台的服务员，说是明天有人来取押金。

接着他带着我坐上出租车，对司机说，去海外海。

大学四年里，我们经常会听到海外海的消息，它将是张城最高的建筑，将是张城最豪华的酒店，一直等到毕业，它都没有建好。

现在我们站在它的门口。老虎抬头看了看说，也不过如此嘛。

他迅速地开了房。把自己躺到床上，对我说，这才像个住的地方嘛。

狗日的耿哥，老子平时是怎么对他的？老子是怎么接待他的？让老子住那样的宾馆，怎么好意思呢？他依然充满愤怒，肥胖的身体里散发出一股酒臭味。

我不知道该说点什么。

半中间我醒来了一次，发现老虎正在打电话。

尽管我在场，他也丝毫不在乎。对着电话说，沈雁，你不知道现在我有多想你。我去找你吧。

他的脸上没有一丝忐忑，就好像面对的是一盘子西红柿炒鸡蛋，你需要做的，仅仅是张开嘴巴，动动筷子而已。

那天晚上接下来，老虎一次又一次拨打电话，一次又一次被挂掉。等对方关机后，他把手机摔在了地上，操你妈，当自己是什么玩意儿啊？如果老子告诉你老子有多少存款，你还不是屁颠屁颠就跑到老子的床上来了？操你妈，你给老子等着。

后来，后来张城的同志们就发现自己的错误了，他们给老虎道了无数次歉，带我们去了草原，我们还吃了烤全羊，喝了许多的什么奶酒。耿哥被骂得几乎抬不起头来。我逐渐发现自己是多余的，太多余了，可是有什么办法呢？只好慢慢地挨下去了。唯一让我感到有点兴奋的事情是：世界杯越来越近了，这个夏天又有事情可以做了。

　　　　　　　　　　　　　　　　　　　　暴力史

我们为什么没老婆

　　我和麻子，还有老正，一起去参加胖子的婚礼。前一天晚上，麻子给我打了个电话，说他和老正一人准备了一百，问我打算出多少。我说我本来准备出五十，不过你们都一百，我也就一百吧。就这么说定了。早上我们各自在家吃过早饭，然后在村口碰了头。

　　狗日的天气真好！老正眯着眼说，然后他打量了我和麻子一会儿，说，你俩看起来不错。这是当然的，我们都做了准备，麻子甚至在头上打了啫喱，三七开比任何时候都整齐。你也不错，麻子对老正说。就这样，我们穿着一新，连内裤都是刚买的，肩并肩向胖子家走去。

　　老正说得对，那天天气出奇的好。本来因为大雨，所有人都做好了参加一场湿淋淋的婚礼的准备。这下好了，我说，是个好兆头。我这话一出口，老正和麻子禁不住眉开眼笑。是的，他俩接口道，是个好兆头。

在我出门之前，我妈刚打麻将回来。她数着钱一头撞到了我身上。我丝毫没有在意，对她说，我去参加胖子的婚礼。我妈吃了一惊，胖子也结婚了？我说，是的。这下好了，她说，既然他能找到老婆，你也不成问题了。我说，麻子老正也不成问题的。麻子可不一定，我妈说，他跟你们不一样。我丝毫没有在意，对她又说了一遍，麻子不成问题。

我知道麻子跟我们不一样，因为麻子不仅跟他爸打过架，不仅蹲过牢，不仅不下地干活，不仅和我们一块儿鬼混，他还是个跛子。跛子怎么了？打起架来没人能打过他，每次都冲在最前面，如果他朝谁瞪眼，没人敢有二话。所以，麻子绝对不成问题。

现在，不成问题的麻子在最前面，老正次之，我跟在最后。正走着，一条狗迎面过来。这是豆芽家那条骚狗，麻子回过头来跟我俩说。是的，正是那条。我们把手上的烟一扔，低声喊了"一二三"后，同时大喝一声。那狗猛地一抖，被吓出了尿来。骚狗！老正叫道，过来！那狗抬头看看我们，见不是开玩笑的表情，壮了壮胆，挨了过来。

这是条公狗，但是长得不错。我认为，如果把我们三个也弄成狗，或者把它弄成人，我们肯定没它长得好。

我们摸了摸它的脑袋，又摸了摸它的屁股。看看这膘，麻子说，这狗日的比我们过得都好。老正接口道，不仅过得比我们好，女人也比我们多。这是实情，附近的母狗几乎都跟这家伙有一腿。麻子说，所以我们见它一次揍它一次，这道理搁哪儿都说

　　　　　　　　　　　　　　　　暴力史

得过去。是的，说得过去。

不过今天例外，今天天气不错，胖子结婚，是个好日子。所以我咽了口口水说，今天放过它吧。他俩没有犹豫，答应道，放过它了！

我们接着往前走。

那天是八月八号，天气正热。前三天我们刚给老正过了生日，在饭店吃了顿，喝了点酒。没多喝，因为胖子要结婚。无论如何，这段日子得注意点，图个吉利。老正，我们问道，你这是几岁生日？老正答，三十二。这个数字让我们感到悲伤。我三十一，麻子说，腊月的生日。三十三，我说，正月的生日。胖子没说，我们都清楚，他三十八。

应该有个儿子，老正道。应该有个老婆，麻子说。然后我们碰了下杯。完了各自回家。当然，回家解决不了问题，我们都知道这个。但是，在一起会悲伤。

我和麻子顺路，老正和胖子顺路。出了饭店，我们兵分两路。是这样的，两个人在一起难免要说话，可以说说搞过的女人，这个是麻子的强项，他讲起这个来总能吸引我，一边听一边咽口水。也可以说说揍过我们的人。这个我们都比较在行。揍过我们的人不少，但现在大都老了，有老婆有孩子。照老正的话说，如果他们不老，就要找他们好好地打几架。现在那些揍过我们的人，见了我们都很客气，递支烟什么的。或者，我们还可以说说钱，这东西很重要。

我和麻子一边抽烟一边说钱。麻子说，混了这么多年，我连一分钱也没攒下。我说我也是。没钱很难搞到老婆，麻子这么说。我说，是，终归还得落实到钱上。说到这里，我们不由得开始佩服胖子，这家伙不声不响，就有钱了。这事情很怪。胖子是个聪明人！麻子说。过了会儿，麻子又补充道，胖子有点操蛋。以前从来没人说过胖子操蛋，但是麻子这么一说，我马上觉得确实是这么回事。

是的，我说，胖子真他妈操蛋。这话一出口，我俩不由得一愣，盯着对方的脸看。接着我俩站在路边，解开裤子撒了泡尿。

麻子叹了口气说，胖子老婆还不错。嗯，我道，胸大，屁股也大。我还没搞过这么丰满的，你搞过没？我说，没。真想搞她一下。你觉得胖子比咱俩，强在哪里？强个屁，我说。

操他妈的胖子，我俩说完这句，就分开了。也没分多久，吃过饭，麻子就来叫我打麻将，于是就打。一直打到第二天天亮，我运气不好，输了二百多。

如你所知，那时候我心情很不好。二百都够我去找一次女人了，但是不到一夜工夫，这钱就跑进了别人口袋。

麻子，我说，给我拿点钱。

麻子看了看另外两个人，说，咱们散了吧，都一晚上了，还打啊？

这话搞得我很生气，不行，我盯着他说，谁走老子敲断他的腿。

麻子马上跳了起来，你再说一次？！他瘸掉的那条腿抖个不停。看这架势，我知道需要跟他打一架了。于是站起来，把眼镜摘了放桌子上，冲上去把麻子撞到了地上。

我和麻子打过无数次架，每次我都讨不到便宜，那天也不例外。有时候麻子会跟我摊开来谈，你知道你为什么总也打不过我么？他问我。我说我不知道，我想过好多次。你想吧，麻子个子没我高，麻子腿有问题，麻子肌肉也没我发达，可是我就是打他不过。

因为你怕死！麻子说。

我确实怕死，从小就怕。经常性的，我会想到自己死时的境况，也许我会被人给打死，躺倒在地，鲜血直流，在这个慢慢失去知觉的过程中，我会想些什么呢？这个问题比较无聊，想多了也就没意思了。最好的莫过于活到七老八十的，正吃着饭，突然脖子一扭，就过去了，儿孙们满脸严肃，送我进入天堂。这个确实不错。

但是，我对麻子说，你也怕死。

是，麻子说，我也怕，但是打架时我就不怕了。这话有可能是假的，但是也有可能是真的。没法查证。

如你所知，我和麻子在前两天打了一架，我吃了亏，所以我现在胳膊上打着绷带。如果把绷带去了，我的手臂并不会受到影响，因为我并没有受多大的伤，当时是疼了点，但一觉睡起来就好多了。出门前，我想了一会儿，决定还是把它系上，并且要搞得像那么回事。

事实上，我的打扮很快就起到了效果。麻子终于忍不住了，他给我抽了三支烟后，问我，没事吧？

没事，我对他说，断不了。

我这样一说，麻子就显得不好意思起来。

他对我说，那天是我不对。

是你不对！我说，我输了二百多，还挨了顿打。

麻子说，我一分没赢，都让别人赢了。麻子就这德行，每次打麻将，他绝对不会跟你说实话，总是把钱东藏一点，西藏一点。每次他都会露出"我输惨了，我一分都没赢"的表情，搞得你一点办法也没有。

别说废话了！我对他说，你看着办吧。

好吧，麻子这么说，听你的。走了一截，老正突然说话了，猜猜下个人是谁？我和麻子刚才有点走神，于是问他，你说什么？他说，猜猜下一个过来的人是谁。麻子想了一会儿说，赌钱？老正说，也行。然后他俩看着我，我说我不赌。为什么？麻子问我。我说，就是不赌。

你狗日的真没意思！老正这么说。

是！我对他说。

你狗日的就会扫兴。

对！我说。

于是他俩赌，一次十块钱。麻子说下一个过来的是女的，老正持相反意见。他俩要我给作证，我说，好吧。一人交给我十块。

结果是，老正赢了，过来的是麻子他爹。

如你所知，无论看见我仨谁的爹，都不是一件自在的事情。我把拿钱的手往回缩了缩，麻子忍不住就整了整自己的衣服领子。这样，当麻子他爹到我们面前时，我们已经显得格外正式起来。

去哪里？麻子他爹问，很明显，他知道我们是去哪儿，但，还是问了。

胖子结婚。老正一边应一边往前两步，更加靠近麻子他爹，掏出支烟递了过去。然后回头，给我们一人扔了一支。现在的情况是这样的：麻子他爹和老正面对面，我和麻子站在老正身后，相比较而言，麻子离他爹的距离更远一点。如果现在是老正他爹迎面走来，那麻子和老正的位置就会相反，换成我爹，照此类推。麻子他爹说，老正。老正说，叔你说。麻子他爹说，过两天准备去哪儿干活？老正说，还不知道。麻子他爹说，有合适的把麻子也叫上。老正点头，那当然。继而麻子他爹眯着眼睛，用力地吸了两口，一根烟就完了。靠，真不是盖的，你看我们，每个人还有一大截呢。

定不会长谈。无论谁爹，都是这样。所以，在麻子他爹把烟头扔到地上时，我们就都松了口气。果然，麻子他爹说，那你们走吧，我也回呀。至于他回去干什么，他没有告诉我们。

于是，我们告别，一边抽着剩下来的烟，一边往前走。

走了一截，老正突然问麻子，你爹多大了？麻子愣了一下，问这个干什么？老正说，没事，就是问问。麻子说，有病。

我们继续往前，没有人说话。老正在最前面，这家伙一会儿眯着眼看看太阳，一会儿用脚踢地上的小石块，装出一副沉思的狗模样。

老正！我叫他。

他没听见似的，继续看太阳。

太阳有个鸟看头，我不明白，太阳又不是女人，又不是钱。

老正！麻子叫他。

老正还是不说话。

麻子说，别理他，他有病。

你才有病了！老正突然笑了起来。这笑来得太莫名其妙了，他笑了半天，才停住，然后对麻子说，再来。

再来什么？麻子问。

再来赌！

好。

于是他们再次各自给了我十块。老正给的钱很新，一下就让我觉得麻子的钱实在太脏了，上面竟然有一块黄色的斑点。我忍不住把它拿起来，放在鼻子下面闻了闻，然后对麻子说，狗日的，你怎么把钱弄这么臭？麻子说，不是我弄臭的。老正凑过来看了看，说，麻子你对这钱干了什么？老正的意思是，要让麻子换一张。但是麻子不同意，他说，再脏也是人民币。这话倒也没错。反正，老正这么说，这张钱我不要。麻子说，还不定你能要到。确实如此，我也认为，这次过来的应该是个女的。当然，我不能发表自己的看法。于是就什么也没说。

由于麻子他爹过去得已经太久了，所以我们就放松了下来。麻子前后摆动的幅度大了许多。事实上，如果麻子稍微加以控制，他走路的姿势并不多出格，问题是这家伙不仅不控制，还喜欢放任自流。这样，就有点难看了。

看上去，我们三个人的姿势有一个共同点，就是：脖子都往前稍微伸出了那么一点。这表示，我们都对赌这回事带了劲儿。这还说明，现在没有其他事需要我们认真对待。有那么一会儿，我甚至想加入进去。但是摸了摸口袋里的钱后，我决定还是算了。要知道，每次我和这两个家伙赌点什么，结果总是输得乱七八糟，不成规律。

操，不一会儿他俩就叫了起来。我也叫了，但是慢了一步，没和他们保持一致。

我们叫的原因是，豆芽家那条肥狗正出现在前方，并且速度飞快，一身肌肉在太阳下活蹦乱跳。你说也怪，这狗日的刚才不是经过我们，现在应该在我们后面了么？怎么会迎面而来？反正，这是一件很奇怪的事情。我们互相看了一眼，谁都想不出答案。想不出来就不想了，我们扭头向前，专心地等待那条狗过来。

离我们不足十米的时候，那狗停了下来。大概它也没有心理准备：怎么搞的，一会儿的工夫，就碰上这三个家伙两次。不过很明显，它也懒得动脑筋，一下子没想通，就不再想。继而油头滑脑地左右看了看，装作没看见我们的样子，好像突然尿急，往路边移去。

狗日的学会装糊涂了，麻子忍不住骂道。并且装得这么像，老正道。是的，如果你对情况缺乏了解，还以为真的就像它装得那么回事似的。

但是，这次它分明对情况估计失误，这次，我们不会睁一眼闭一眼，让它糊弄过去了。我们不打算跟它相安无事，我们要找它的麻烦。麻子已经把石头准备好了，并且胳膊暗暗用力，做好了随时扔出去的准备。你过来！老正双手做捉状，腰往前微倾，然后这么叫肥狗。你过来！麻子也这么叫。他们两个的语气都很温柔，我的意思是，他俩也装上了，打算糊弄一下这条肥狗。

令人失望的是，他们装得实在不怎么样。并且豆芽家的狗很了解我们，它知道接下来不会有什么好事，于是它朝身后叫了两声。这个动作大概是告诉我们：后面有它的靠山。我们很快就领会了它的意思，并且，有那么一会儿，我们差点被这狗日的给骗住了。麻子狐疑地看了看我，我摇了摇头。我的意思是，这狗日的在虚张声势。麻子也这么认为，所以他这么说道，一条狗，都学会跟咱们斗智了。这话让我和老正忍不住笑了起来。狗日的，老正笑完道，这次绝对不放过你了！

确实有人，过了一会儿，我们才看见，一个穿红衣服的，下面是条超短裙，远远地看上去，凹凸有致，并且风情万种，跟周围的环境实在不协调。我的意思是：这样的打扮，应该待在繁华的大街上，吸引路人目光。

是豆芽。刚才被树挡着，现在完全暴露出来了。麻子把石头一扔，说，是豆芽。这是废话，我们都有长眼睛。

尽管我们放松了下来，那条狗还是摸不准情况，它仍然待在原地。你就揣摩吧，老正说，累死你个狗日的。我和麻子幸灾乐祸地看了看那条狗，没几眼，就忍不住又去看豆芽了。

在豆芽扭着屁股向我们走来的过程中，老正突然说，其实还不错。这话没有任何征兆，突然就出来了。你什么意思？麻子问。老正说，我是说，豆芽挺不错。是不错，就是眼睛有点问题，但，忽略这点后，你就能发现豆芽甚至比胖子老婆都好看。

我突然想起，前段时间，曾碰到过豆芽一次。也没多久，就是上上个月。

是在城里，那天下午，我去要钱，玻璃厂欠的，都要了十多次了，胖胖的经理每次都说没有。那天也不例外，我对他说，我那就那几个钱，你就给弄了吧。胖经理做出为难的样子说，现在不好啊。他的意思是，现在厂里的情况不好。如果情况好的话，我肯定会一直干下去，问题是突然就发不起工资了，我等了两个月才走。于是，就欠了两个月的工资。

结果是，没要上，所以我的情绪很低落。沿着街道去车站的过程中，一连抽了三支烟。就在我抽第二支烟的时候，突然看见了豆芽。当时我并不知道前面这女的就是豆芽，因为这背影穿得比较少，裙子离膝盖足有两拃那么远，造成的效果是，我被她的两条白皙的大腿给吸引住了。于是跟着走，反正也没什么事，看看。

还好的是，豆芽虽然绕了一截路，却也是去车站。绕的那截，去了家杂货店。我站外面又点了支烟，仍然不知道那就是豆芽。直到出来，看了正面，不由吃了一惊，嘀！是豆芽。我搞不清楚为什么，忙往旁边躲了一下，就没被发现。

那天接下来的情况是：豆芽从杂货店出来，手里就多了个麻袋。可以看得出来，非常重。她先是用左手提了一会儿，然后又换到右手里了。终于，她还是把麻袋放到了肩膀上，就像扛着一捆麦子似的,头往另外一边努力地扭着,双手往上伸,捉住麻袋。

这情景看上去很怪。我的意思是,这么一个时尚性感,并且染成黄头发的背影,做出一副干农活的姿势,让人感觉到怪异。还有另外一种感觉,可惜我说不清楚。

由于穿着高跟鞋,豆芽移动得很慢,过一会儿,就放下来歇一下。而我,没做任何举动。当时我想:如果我上去帮忙,也说得过去,毕竟是认识的,并且同学多年。但,结果是,我就是没动,只是在后面跟着。

现在迎面走来的豆芽没背麻袋,提了个黑色的小坤包。很明显,这样的包和豆芽的裙子显得更协调一些。但,讲不清楚为什么,我更喜欢背麻袋的豆芽。

你说过豆芽么?麻子问,你搞不清楚他在问我,还是在问老正,所以我们就都没吭声。麻子的意思是,如果能娶豆芽这么个老婆,也挺不错。废话!老正这么说。

这种说法今天第一次出现,以前,我们在一起这么多年,从来没这么说过豆芽。那个斜眼?通常我们会这么说。那试试?麻子这么说。

我突然就紧张起来了。就是上个月,我妈托人去给我说过豆芽。当然,我也同意了,不仅同意,还希望能成,抱了很大的希望。但,被一口拒绝了。搞得我心情很是不好了一段时间。

问题是,我从没和任何人说过这事。现在豆芽迎面走来,尤其是麻子说完试试之后,我的紧张多么正常。我的想法是,如果豆芽抢先透露,我肯定会很丢人。

于是，我连忙接住麻子的话说，别试了！什么意思？麻子问我。我试过了！

麻子和老正马上就扭头向我，好像从来没见过我似的。

没听你说过！老正看了看麻子，然后问我。

我是没说过，我说。

那就是，麻子看了看老正道，你的意思是，没成？

是没成！这时候，豆芽已经走到我们面前。

她看了看自己家的狗，然后抬头瞪了我们一眼。是条好狗！麻子突然说。豆芽根本没想到，麻子会说话。以前我们碰到时，从来不说话。说也怪，从小到大，我们同学多年，并且住得也不远，就是没打过交道。即使是我妈托人给我说豆芽时，我也没跟她说过话。

你什么意思？豆芽问麻子。

麻子说，没什么意思，就是说，你的狗很好。

你能感觉到，麻子的语气突然就虚弱起来了，并且非常明显，傻子都可以听出来。

对此，老正的反应是，用手捅了捅我。他的意思是，让我说话。但，我也是一句话也说不出来。

然后，豆芽就走了，走得还十分好看，搞得我们突然就无地自容起来。

那天接下来的情况是这样的：我们在胖子的婚礼上喝得一塌糊涂。如你所知，老正赢麻子的钱，又被麻子给赢回去了。在这个过程中，麻子那张很臭的十块钱到了我手里，这很奇怪，当我发现的时候，怎么也想不通，这张钱，应该是在麻子手里的，换成在老正手里，也可以理解。问题是，它现在在我手里，当时我蹲在厕所，刚吐完，并且看样子，还需要再吐，在两次吐的中间，我拿着那张很臭的钱，想了好一会儿，妈的，我听见自己嘟哝道：怪事一桩。

还有另外一件事，我们三个在胖子的婚礼上，都有点不高兴，因为胖子突然就不搭理我们了。这么说有点不准确，他也给我们敬酒了。问题是，我们马上就感觉到，这狗日的有变化。反正，跟以前不一样了，就是少了热乎劲儿。要知道以前我们可是每天都泡在一块儿的。这种情况让我们有了点被抛弃的感觉。

所以，在回去的路上，麻子说，操他妈胖子。老正的说法是：狗日的胖子。他们说完，就一起看着我。我说，是，胖子实在不是个好东西。说完这个，我们就到村口了。麻子说，我回家了。老正也这么说。于是我们就各自离开了。走了一截后，我回头看了看，发现，麻子和老正也正回头，于是就喊：回头见！他们俩异口同声地应道：好，回头见。

就这样。

齐声大喝

1

照我爸的说法，我刚生下来就像我爷爷。这让他感到害怕。因为我爷爷刚死，并且死得很不光彩。不过，他和我妈商量了一番，还是决定养我。就是这样，他俩这么说，天注定的，没办法。

有关我爷爷，说法很多，并且各走极端。一说我爷爷人不错，并且会轻功，飞檐走壁，看上去跟个大侠似的。二说我爷爷就是个瘪三，每天晚上爬人家房梁，偷听人家的私房话，第二天公布于众。因为掌握着大家的秘密，所以看上去总是扬扬得意的。还有一说是这样的，我爷爷是个贼，从七八岁就开始偷邻居东西，一直偷到死的那天。偷贯穿了他的一生，并且臭名远扬。

相比较而言，持最后一种观点的人最多。所以他们见了我，总要拍拍我的脑袋，说，要好好做人，不要跟你爷爷学。这话不好听，所以我爸就显得很不高兴。有时候，他还因此跟别人打一架。

我爸爸身材矮小，打起架来注定吃亏。每次打完架，他都会鼻青脸肿地回到家。我妈问他，又打架了？我爸说，关你鸟事。这下搞得我妈心情也不好了。她心情一不好，就会钻到被子里睡觉，不给我们做饭。所以，我小时候营养不好，还三天两头地发病。

话扯远了，回过头来说我爷爷。我对我爷爷很感兴趣。于是问我爸，轻功到底是什么？我爸懒得跟我说话，他正在自己动手烧饭，虽然如此集中精力，还是常常犯错，有时候放多盐，有时候烧焦，难以下咽。后来我再也忍受不了了，于是自己动手，没想到的是，我做的饭一天比一天好吃。对此，我爸感到高兴。于是他对我说，轻功沾不得。

真的么？我问他。

是的，我爸说，沾不得，你爷爷如果不是学了轻功，他就不会死。

我爷爷不是小偷么？我问他，到底是轻功，还是小偷？

这话问得很蠢。我爸听了很生气，就狠狠地揍了我一顿。

如此反复了几次，我就不问我爸了。他打定了主意跟我打呼呼，我也没有办法。

确实，我爷爷是个小偷。我叔叔这么跟我说。他的话我信，因为他人老实。不像我爸，总想跟别人打架。如果有人当我叔叔的面说我爷爷，我叔叔基本上不会发恼。这个很重要，所以他和大家的关系很不错，经常跟大家扎一堆聊天。

如你所知，我们家有钱，这个可以从穿着上看出来。比如我妈，基本上一天换一件衣服，每天都不重样。我叔叔他老婆也是。但是，这钱不是他们这一代搞到的，也不是我爷爷那代搞到的。这个是可以肯定的。至于到底什么时候，我家就有钱了，这个谁也说不清。

我叔叔跟我说，这个没必要去追究，有钱就行，你管它从何而来。

这话不对，我对他说，如果是爷爷偷来的，这钱就有点虚弱。用起来肯定不爽。

对，我叔叔说，我们用钱很随便，不避讳人，就因为这钱不是你爷爷的。

我叔叔的意思是，不要跟他说钱的事，这个没有争辩的必要。不然，他也会揍我。

那好，我说，不说钱。

我叔叔接着给我讲我爷爷。

确实，你爷爷会轻功。我叔叔这么跟我说，但是，轻功并没有你想象的那么厉害，也就是身体比较灵巧点罢了。

爬个房，有个借力的地方，可以轻松上去。就这么回事。

这也不简单。

是，我叔叔说，不简单。说完他喝了口茶，然后把牙缝里的一块青菜给抠出来，弹到地上，让猫舔着吃了。这让他感到很爽。眯着眼看了老半天太阳。

对你爷爷，也就是我爸，我叔叔说，我所知并不多。可以看得出来，我叔叔很得意，跟写了篇小说似的那么得意，这可以理解，因为以下部分，全是他自己虚构出来的，就我所知，虚构个东西出来，这事情是很让人有成就感的，并且，毫无疑问我叔叔虚构得不错，也许，事实跟这个也差不了多少。

2

从来没有人抓到过我爷爷偷东西。如果他不说，就那么老死，大家肯定永远无法知道。问题是，他说了，并且说得比较早。

但是到底是什么时候说的，我叔叔也搞不清楚。有一点可以确定，没跟大家说以前，我爷爷的脾气很坏，每天在家里摔锅打碗，跟老婆吵架。说了之后，我爷爷就像变了个人似的，走到哪里嘴里都哼着歌。

你爷爷个头不高，我叔叔说，这个是一定的，因为练轻功的人个头高了不行，身体就会僵硬。这个道理我懂。我叔叔说，你懂就好。你爷爷身体偏瘦，脑袋小，眼睛大，这让他有时候看起来像个老鼠似的。当然，大部分时候，你爷爷看起来还是很体面的，如果你不仔细盯着他看，你会觉得他跟大部分有钱人没什么区别。

我爷爷的情况是这样的，他很小就开始偷东西，这个就跟天生的似的，没人教他这个，他却无师自通。每天晚上天一黑，他就跳墙出去，每天晚上并不多偷，也就一两样东西。开始的时

　　　　　　　　　　　　　　暴力史

候，他把偷来的东西全部藏于自己床下。后来床下藏不下了，他只好到处乱扔。

尽管如此，却没人发现我爷爷偷东西。这个大家谁都不会想到。但是东西一直丢，这让大家很难受，很愤怒，脾气都忍不住暴躁起来，互相怀疑着邻居，走路的时候眼睛总是朝旁边斜着，总想着抓住那个家伙。甚至晚上睡觉都不闭眼，直到现在，我们村的几个老家伙，仍然每夜睁眼瞪着天花板。

大概有两年的时间，我爷爷心情很不错。他每天在村子里转悠，看着大家互相对骂，互相指责对方为贼。每一次吵架，"贼"这个字都是相当有杀伤力的武器，只要你张开嘴巴，把这个字从口里送出去，对方立马就会暴跳如雷，而围观的群众，也马上就双眼放光，竖起耳朵。

这让我爷爷爽极了。尤其是当有人打架的时候，他一般都会挤到最前边。或者爬到高处。阳光很好，风迎面吹来，他解开扣子，大声歌唱。最终，一方被摁倒在地，鼻青脸肿，神情却极为气愤。这是可以理解的。我叔叔说。如果是你，你也肯定会跟那个人一模一样，站起来后仍然要接着打，等着再次被摁倒在地。

如前所述，我爷爷最终站了出来，承认了自己是小偷。因为前一天，他跟人打了一架。这场架并不出奇，围观者也不是很多。你爷爷刚开始并不想打，我叔叔说，因为他见了太多次打架后，对打架一点兴趣也没有了。这是一种很奇怪的感觉，他总感觉打架是别人的事。确实奇怪，我插嘴道。我叔叔瞪了我一眼，他说得正爽，脑袋里各种念头纷纷乱窜，下一句话马上就会脱口而出，却被我给打断了。闭嘴。我叔叔这么跟我说，平时我叔叔从来不跟我这样说话，他对我总是很和气。看来这次他确实被我气得不轻。

我说，好吧，我闭嘴。

问题是，自此，我的嘴巴就痒了起来，我用手使劲地拽住它，才没让它胡言乱语。

我说到哪里了？我叔叔想了半天，恼怒地问我。

到了我爷爷也就是你爸打架。

你爷爷并不想打那场架，我叔叔接着说，当时的情况是这样，对方五大三粗，并且练过几天。也就是说，打起来你爷爷肯定吃亏。所以，你爷爷最好的选择就是走开。走开就没事了，打架这种事，你躲一躲，完全可以躲得过去。但是，没等你爷爷走，对方说话了。他是这么说的：贼！我爷爷火冒三丈，他回过头站住说，你他妈才是贼！你是！对方说，并且越发用力地大声喊叫，看啊，这里有个贼。这句话马上就起到了效果，旁边的人马上就看了过来。这时候就没有选择余地了，只有开打。于是我爷爷扑了上去，跟那人扭打在了一起。

丝毫不出我叔叔所料，我爷爷完全不是对手。他连着三次被鼻青脸肿地摁倒在地，但是都没认输。和他平时看到的那些打架一样，每次他都奋力站起，再次扑过去，一边打一边还叫，你他妈才是贼，你这个贼！事实上，我爷爷打的这场架比平时的都要精彩，因为我爷爷很愤怒。最后，对方扛不住了，说，不打了行不行。我爷爷却越战越勇。他说，不行。你不是贼！对方说，我是，不打了行不？那也不行！我爷爷说。

围观的人也都看不下去了，对我爷爷说，我们都知道，你肯定不是贼，这架就打到这儿吧。

这样的情况让我爷爷很苦恼。他简直要疯掉了。把衣服脱掉，来回跳动，挑逗对方，硬是要跟他打。他觉得自己不能停下来，一停下来他就觉得难以忍受。

如他所愿，对方又跟他打了起来，但是没打多久，很快就躺在地上爬不起来了。围观的群众冲上来，把我爷爷扭送回了家。

这是我听过和见过的最奇怪的一场架。此后许多天，我一直忍不住去回味。甚至做起了相关的梦。在梦里，我爷爷变成了我。于是我被迫打跟他一样的那场架。细节越来越真实具体，周围人的吐痰声，对方的眼神，秋天空气冷清的味道，远处小孩子尖叫着跑动，一只母鸡混在人群中……这一切在我的梦里如实再现，我觉得我的脑袋都快要爆炸了。你他妈才是贼，我朝对方大叫。但是没有一点效果，我还是得打。这样的梦让我难受极了。

3

我爷爷被送回家后，一句话也没说。躺在床上蒙头睡觉。但是睡不着。蛐蛐的叫声搞得他心烦意乱。我操你妈的！我爷爷朝着墙壁喊，刚开始他喊得很小声，接着就越来越大声了，我操你妈的！喊了会儿他就忍不住兴奋起来，跳到窗户前，看着外边，等着天亮。

时间仿佛又回到了童年，几乎静止不动。我爷爷连着抽了一包烟。要知道原先我爷爷并不抽烟的，所以，等天蒙蒙亮，他急不可待地冲到村子里的时候，感到头脑发晕，舌头干燥。

大家都还没起床。我爷爷在路上来回走了几次，终于鼓足勇气，敲响了最近的邻居家的门。邻居很不满意，他打着哈欠，毫不客气地把臭气喷到我爷爷脸上，你想干什么？是这样的，我爷爷结结巴巴地说，我就是那个小偷。去你妈的，邻居非常生气，老子还要睡觉呢，说完就把门关上了。

其实，我叔叔跟我说，你爷爷是个有钱人，所以，不可能有人这么不礼貌地跟他说话。以上对话是我想出来的。

我说，没事，你接着讲。

我爷爷很沮丧，他继续去敲另一家的门，但是还没等他说完，就又被人赶走了。如此三番五次，我爷爷终于停了下来。他突然觉得肚子饿，于是大步往家走。并不远，一会儿就到了。我爷爷对我奶奶说，饭好了没？好了，我奶奶说。于是我爷爷端碗吃饭，一边吃一边笑个不停。出了什么事？我奶奶问。没事。

吃过饭，我爷爷开始打扫房间。至少我奶奶是这么认为的。他把家里床底的东西全搬到马路上，然后用布把它们擦得干干净净，好像刚从杂货铺里买回来似的。在阳光下，这些东西反射出各种颜色的光芒。我爷爷坐在凳子上，等着人们围来。

那时候，我叔叔在这里补充说，他看上去就跟只鸟似的。

怎么会跟只鸟似的？我不懂。

暴力史

我也不知道，我叔叔说，别人给我讲的时候，全是这么跟我说。他坐在那里，跟只鸟似的，翅膀耷拉着，脑袋却高高仰起。并且，那感觉就像，只要有一丝的响动，他就会展开翅膀，飞上高空。凳子好像一根随便的树枝，他只是熟练地落在上面歇歇脚。

　　我试图学出我爷爷的样子来，却怎么也学不过来。不像，我叔叔说，他肯定不是这个样子。还是不像，他比你更像一只鸟。

　　我不是鸟，我是人。过了会儿，我就厌烦了。我把凳子还给我叔叔，老老实实地蹲在了地上。

　　我爷爷也并没有飞走。他只是坐在那里。坐了整整一个上午，一直等到大家全部把他们的东西拿回家。中间发生了一点小小的纠纷，一只水缸，毫无疑问，它是这堆东西里最普通的一个，但是有两个主人来认领它。大家看着我爷爷，他突然站起来，对其中一个说，这是你的，我记得很清楚。另外一个马上就红了脸，但是又马上假装好像什么事情也没发生似的。他对着空气说，他妈的，那是我的。就像你想象得到的那样，他把声音控制得很好，有部分人可以听见，但是又不至于引起骚乱。

　　那天天气很好，我爷爷把东西送还别人，站在原地，做了一点保证。他是这么说的，我黄阿三保证，以后绝对不再偷东西，老天作证！说完他松了口气。这口气松得很彻底，前一天打架留下的伤痕马上消失得一干二尽。

　　接着，我爷爷又说，为了表示我的歉意，我决定请戏班子给大家来唱台戏。这句话刚一说出口，小孩子们马上就高兴地跳了起来。

关于戏班子来唱戏的事，我叔叔并没有多说。事实是，唱戏的时候出了些事，不过跟我爷爷无关。在我的另一篇小说《大摇大摆地离开》里，我详细地叙述了那次事故。有兴趣的朋友，可以参照阅读。

总的来说，我叔叔这么跟我说，你爷爷是个好人。只是他的爱好有点太特别，这让他的人生不得不草草了事。

是的，我听说了，我爷爷死得不光彩。

关于我爷爷是怎么死的，我以前已经有所耳闻。

在我爷爷做了保证后不到一个月，村子里再次发生失窃案。毫无疑问，大家马上就能想到，这是我爷爷干的。

确实，我爷爷每天晚上照常行动。他趁黑爬上别人的房梁，等别人睡着后，拣贵重的东西拿一件。只有这样，他才能睡得着觉。等别人着急地找上门的时候，他又说，不是我偷的，我已经做过保证了，怎么可能再偷。别人不相信，堵在家门口，不让他出去。他说，你看见我了么？你没有看见我，怎么就能说是我偷的呢？没办法，丢东西的人只好回家。

但是，过不了几天，我爷爷就又把东西偷偷地送回去。他干这个入了迷，每一个环节都不能少。有一段时间，大家知道反正他会送回去，也就不再找，不再惊慌失措，哪怕我爷爷故意在他们面前晃来晃去，他们也装作没看见的样子。他们甚至都懒得提丢东西这事。

我爷爷那些天睡得很少，只要有个人出现在大街上，他就会贴上去。你丢东西了么？他问那人。没！那人说。真的没有？真的没！那别人丢东西了么？不知道！这回答让我爷爷难受。

他不得不做出些更大的事来。他偷的东西越来越多，并且不再把它们送回去。终于有一天，大家发现这样下去，自己的家都快要被偷光了。于是再次惊慌起来，在大街上满脸通红，气愤地骂那个偷东西的贼，甚至还学着以前那样，互相指责，有几次还动起手来。

每当这个时候，我爷爷就会爬到高处，看别人打架。在夜里，东西就会物归原主。

这样搞了好多年，我叔叔说，在我小的时候，你爷爷经常带我去看热闹，我们站到屋顶，或者后山上，看着村子里的街道上闹哄哄的，人们大声叫嚷，你爷爷就会高兴起来。

我爷爷死的那天，跟平常并没有什么区别。他晚上胃口很好，吃得不少。那时候他已经长成个大胖子了，抽的烟一天比一天多，牙齿发黄，头发差不多都掉光了。你们早些睡吧！他这么说。大家对此已经习惯，各自回房睡去。

到半夜，有人来叫我爸和我叔叔，说，死了个人，可能是你爹。我爸和我叔叔连忙穿上衣服，赶到邻居家。村里的人都在，大家一言不发，盯着邻居家的床。我爸连忙弯腰，把床底的人拖出来。正是我爷爷。

他是被人们用棍子捅死的。大家已经对他感到厌烦极了，好多人一看见他，就感到浑身难受。就是这么回事。大家终于下定决心，轮流值班，夜里不睡觉，看着他再次爬上房梁后，齐声大喝，贼！我爷爷吓坏了，首先想到的就是躲起来。于是，钻到了床下。

我叔叔说到这里，用手摸了下鼻子，满把的鼻涕。然后他说，我瞌睡了。说完，就回家睡觉去了。

我只好也回家。我爸正在做饭。我说，我来吧。好！他说。

我们干点什么吧

　　仿佛约好了似的，我们的女朋友相继离开了我们。我们包括我、老鸟、李东和赵小西。走了就走了吧！老鸟这么说，旧的不去新的不来。李东有点伤感，他说，话不能这么说，鸟哥，我还真是挺爱她的。这家伙就这德行，每天有事没事总把爱挂在嘴巴上。赵小西没有说话，一个劲儿地喝酒。说句什么吧，李东把手放在他肩膀上，晃了他两下，没想到他低下头哇哇大哭起来。我们还真没见他这么哭过。

　　我们几个人从小就认识了，其间分开过一段时间，我去外地上学，老鸟和他爸跑车，李东在街上混了段时间，混进去了几年，而赵小西在这段时间一直待在家里。等我们再次回到这个小城市时，都一致觉得赵小西是我们中最会享福的人。你看看你看看，咱们转了一圈还不是又回来了，连个屁都没捞上。说这话的老鸟眼睛一直在赵小西女朋友小麻身上溜达。那天我们把赵小西灌醉了，开他玩笑，脱他裤子，就像小时候干的那样。赵小西女朋友被喝高了的我们给搞得生起气来，这些都是我哥们儿，好朋友，赵小西对他女朋友说。好朋友也不能乱摸啊！他女朋友气得双眼发红。后来我们背地里一致认为是老鸟摸了赵小西的女朋友。当然，这只是一种猜测。如果要一个肯定的答案，我只能说，我没摸。

照老鸟他爸的话说，我们这是活该。他跟我们当面这么说，也跟我们的爸爸这么说。在他眼里，老鸟本来是乖孩子，都是被我们给带坏的。想当初，他对我们说，你们不在那几年，老鸟多听话，每天天不明就起来，等我起来东西都准备好了，车也热好了。你们一回来老鸟就坏了，晚上不睡觉白天不起床，你们都干了点什么呢？

是啊，我们都干了点什么呢？每天下午，我们之中的一个人就会打电话给其他人。干尿什么呢？啥尿也没干。打麻将？不打，这几天手气不好。那去小香港？不去，上次那女的倒了我的胃口，一想起来我就会吐。我靠，啥也没尿意思，你想干啥？啥也不想干，就想待着。我操，总得干点什么吧？我操，你说干啥？我也不知道，你说吧。我操，那你先出来吧，出来了再说。人都叫上了？叫上了！那好，我一会儿就到，老地方，不见不散。我们总得干点什么吧？接下来我们一边打麻将一边讨论这个问题。要干就干大的，老鸟说，咱们开个歌厅吧，这个来钱快。开歌厅得有后台，你又不是不知道。那咱们挖煤去，老鸟说。去你妈的，你有力气没处使啊。

说到要干点啥，我们每个人都跃跃欲试。得找个靠谱点的项目，赵小西说。这家伙总把自己当成老板，开口项目闭口项目。他爸问他，你狗日的，每天把项目咬在嘴巴里，也没见你吞下去过，也没见你拉出来过。

有一次，我们差点就以为自己成功了。事情的起因是：李东原来的一个狱友，有一天突然给李东打来电话。有发大财的机会，对方神秘兮兮地说，干不干？李东一听，马上就从床上跳了下来，你说你说，什么机会，哥们儿马上杀过去。对方说，来了再说。接下来李东消失了一个多星期，然后给我们分别打了电话，也用神秘兮兮的口气说，有发大财的机会，干不干？我们一听，二话不说就杀过去了。老鸟的路费还是跟他爸拿的。这次我真是干大事，他对他爸说，李东已经干上了，我再迟去就没机会了。他爸最终被他说通。不过他说，你小子，别被人卖了还以为对方是为自己好呢。

老鸟他爸说这话是有原因的，在于：李东名声不好。这是可以理解的，坐过牢嘛。坐牢是因为打架，这就更加好理解了。老鸟经常对李东说，反正是坐牢，你为什么不把小兔子给上了呢？李东说，我操，不是我不想上，是人家不让上。反正就是坐牢嘛。老鸟这家伙脑筋比较简单，他认为，反正都要坐牢，把小兔子上了就等于赚了。小兔子是我们的高中同学，长得好，大家都喜欢。但是她爸脾气比较火暴，谁如果敢打小兔子的主意，他就会找到对方，然后简单利索地把他放倒在地。只有李东例外，小兔子她爸一直对他不错。我们都想不明白为什么，照理来说，李东长得又不是十分好看，家里也没什么钱，不应该的嘛。后来我们才知道，李东抓住了小兔子她爸的把柄，至于什么把柄，李东死活不说。我们猜测了好长时间，也没猜个所以然出来。

我们满身尘土杀到李东那里，很快我们就又杀了回来，在回来的路上我们把李东扔下了车。李东满脸羞愧地说，哥们儿也是没办法啊，你们不来，哥们儿逃不出那黑窝啊。你啥都别说了，老鸟对李东说，这下我爸彻底不相信咱们了。就当旅游好么？咱们长这么大还没旅游过，李东说，就当出来散了散心。我们回去后，没跟任何人说我们干了什么，但是还是有人知道啦，那段时间人们见了我们就捂住肚子哈哈大笑。笑得最厉害的就是小兔子她爸，他把嘴巴里的酒喷了一地，然后对李东说，听说咱们东哥发财去了。李东装成不在乎的样子，说，谈了个项目。小兔子她爸憋着笑问，大项目？李东说，可不是。我们一个接一个拉了拉李东的衣角，别装了哥们儿，大家都知道咱们被搞传销的给骗了。

那天下午，赵小西哭起来就没完没了，这很过分，大家的女朋友都跑了，凭什么你就要比大家表现得更夸张呢？我们一边找干的一边给他讲道理。李东说咱们还是去打麻将吧，老鸟马上否定了这个方案，原因是他没钱了。我借给你！李东说。老鸟说，我不借。去你妈的，李东说，老子还不想借给你呢。那咱们干什么呢？我们从城市的东边溜达到西边，又从西边溜达到东边，由于喝了太多的啤酒，我们互相听到肚子发出咣当咣当的声响。最后我们疲惫不堪地坐在了中央广场喷泉旁边的烧烤摊前。还是吃点东西吧，吃点东西大概我们就能踏实下来。

赵小西的情绪已经平静了下来，他默默地低头吃羊肉串，看他的样子，好像三天没吃东西了似的，左手拿一大把，右手也拿一大把，嘴巴里还塞了好几根。小西！我们叫他。嗯！他应道，连头都不抬。操你妈的小西！李东突然破口大骂，你有完没完了，不就是一个破女人么?！赵小西没说话，继续吃东西。我们向李东做手势，示意他别叫唤了。还是吃东西吧！老鸟说，来，给你。李东一把把老鸟的手打开，操你们这帮傻逼。

说老实话，那天我连一点打架的心思也没有。但是我知道李东想打。这狗日的是我们中间最喜欢打架的。跟我打过，跟老鸟打过，如果赵小西愿意配合，他肯定也跟小西打过了，可惜的是，每次他还没动手，小西就软得一塌糊涂了。李东无数次对赵小西说，小西你就跟我打一架吧。赵小西问，为什么？没什么为什么，李东说，打一架你会舒服点。赵小西说，不会的。你不打你怎么知道？李东跳起来问他。我就是知道，小西说，人和人的情况不一样，打架解决不了我的问题。操你妈的，李东说。赵小西说，你可以找老鸟打啊。老子就要跟你打，李东说。赵小西说，我不打。如果我硬要打呢？那我就跑！如果你跑不了呢！那我不还手。李东站起来，把小西的肩膀扳住，看着他的脸说，小西，如果我把你女朋友睡了，你打不打？小西求援似的看我和老鸟。我们装作没看见。你打不打？李东说。我不打！小西说。为什么？李东问。因为你没睡！操！李东说，我就是睡了，你就说你打不打吧。小西的泪马上就流了下来，接着就上气不接下气地抽泣起来。李东把手一松，他就一屁股坐在了地上。

曾经令我们不爽的是，赵小西女朋友小麻比我们女朋友都漂亮。每次他俩并肩出现，老鸟都要咂嘴巴，好像他嘴巴里有一只苍蝇似的。而李东就会习惯性地说，操，插着鲜花的牛粪来了。还好的是，尽管我们第一次见面就让小麻感到不愉快，但是后来，她和我们熟悉起来后，对我们还是不错的。这个身材高大、双腿修长的女人坐在我们中间，让我们每个人都蠢蠢欲动。许多次，喝了过多的酒后，老鸟都会趁小西去上厕所的机会问小麻，跟了我吧，小麻，跟小西没前途的。小麻朝小西的方向看了看，然后问老鸟，跟你有什么前途？老鸟把目光投向我和李东，说，我们会发财的，你说是吧李东？李东灌口酒说，是的是的，老鸟你会发财的。小麻不屑地摇头说，屁，你们的前途就是混来混去。同样是混来混去，老鸟问小麻，你为啥不跟我要跟小西呢？小麻喝得也不少，这姑娘很能喝酒，她看了看我们，说，我迟早会离开小西的。她就是这么说的，我会离开小西的。后来她又补充了一句，我迟早会离开你们的。

不仅小麻要离开，我们的女朋友也都要离开。对此我们清楚得很。我们嘴巴上说，走吧走吧，我们不在乎。甚至当她们真的收拾好行李，假模假样地在我们面前大声或者小声地哭泣，流下几滴莫名其妙的眼泪之后，我们还是这么说的，走吧走吧，旧的不去新的不来。想这些事情让你头疼，但是又解决不了什么问题。咱们应该干点什么？李东无数次这样说，咱们干点什么吧。我们知道他的意思，再不干点什么，也许连我们自己也要离开自

　　　　　　　　　　　　　　暴力史

己了。

现在我们坐在烧烤摊前，一串又一串地吃着羊肉，我们不停地对那个戴鸭舌帽留大胡子的老板说，再给我们添点辣椒吧。我们需要更多的辣椒，也需要更多的啤酒，我们需要刺激，需要不停地流汗，希望这样可以让我们感觉踏实一点。这样一个炎热的下午，我们穿着短裤背心，脚上是拖鞋，这身打扮很适合不停地吃烧烤喝啤酒。旁边有许多跟我们一样装扮的年轻人，每个人好像都愁眉不展。兄弟们，李东突然跳了起来，咱们干点什么吧。大家抬头看了这个怪物一眼，又低头吃自己的羊肉串。看样子这家伙喝得太多了，我们拉住他让他坐了下来。

生我气了？过了一会儿，李东问赵小西，哥们儿跟你开玩笑呢。小西不停地给自己灌啤酒，再这样下去，他肯定会像上次一样，吐我们每人一身。那次我们的女朋友都还在，不过她们的情绪明显不高，用一种怪异的眼神打量着我们。我们知道她们在想什么，但是我们一点办法也没有。我们心怀愧疚。在过去的两个月中，她们先后打了胎，其实也有其他选择，比如和我们结婚，那样过十个月我们就会成为爸爸，带着我们的儿子或者女儿，偶尔在一起聚聚，大家得意扬扬地炫耀自己儿子的能干，或者让这些小家伙在地上给我们唱歌或者跳舞，这样的情景想想也还不错。

但是，我们的女朋友没有选择这个，提都没跟我们提，她们毫不犹豫地赶到医院，在回来的路上号啕大哭，弄得我们手足无措。我们用尽一切办法安慰她们，却一点用处也没有。最后还是她们自己平静了下来。

现在她们一会儿看我们，一会儿低头窃窃私语。我们觉得浑身难受，找借口一起跑到了厕所。大家站了半天，连一滴尿也撒不出来，这太奇怪了，我们往肚子里灌了那么多啤酒，它却像消失在大海中了似的，我们把背心翻起来，看见自己的肚子平坦如初。天哪，小西叫了起来，那些啤酒去了哪儿？我们尽量想使自己放松下来，可惜毫无效果，我们在厕所待了很久，如果不是外边大量的急着排出肚子里啤酒的家伙的高声抗议，我们希望能在厕所里一直待下去，一边抽烟一边聊天，总比在外边轻松一点。

这样下去可不是个办法，李东忧伤地说，咱们总得干点什么吧？

最后小西终于跳了起来，他对李东说，李东你这个傻逼，你知道不，你女朋友跑是对你的报应。李东已经疲软了，他说，是的。小西说，李东你狗日的，老子要跟你打一架，一边说一边把李东往起拉，你起来。我和老鸟对小西说，小西你别叫了，你打不过他。没想到小西却说，你们俩别说话，我也要跟你俩打，你们这群狗日的。我们不说话了，我们很内疚，我们知道小西为什么这样，于是对他说，小西我们真的不像你想的那样。去你们的，小西说，当我是傻逼啊，老子闭着眼也知道你们在想什么。

照小西的说法，我们都和他女朋友有一腿。老鸟说，小西你别瞎说，我们都有女朋友，各人连各人的问题也应付不了，哪儿还会招惹你的问题呢。你老鸟有几根鸟毛老子都一清二楚，小西说，老子知道你干了什么，别说了，李东你说吧，跟不跟老子打？

事实上小西真的误会我们了，尽管我们都想从他女朋友那里

　　　　　　　　　　　　　　　　　　　暴力史

捞点什么，我们想尽了办法，我们试探了无数次，在这点上，我比老鸟和李东更卑鄙一点，他们俩从来不避讳我，而我每次都躲着他俩，我觉得像他俩那样肯定不会有效果，并且，我觉得那样对小西太过分了。有一次，我差点以为自己成功了，那次他们都喝多了酒，东倒西歪的，我偷偷地摸了摸小麻，但也就是摸了摸而已，当我以为小麻没说话就是默认想进一步的时候，小麻坚决地拒绝了我。她是这么跟我说的，好好跟你女朋友吧。这话说出来，我就不敢有所动作了。

小西也就是叫一叫，我们了解他。我们把他摁回凳子，对他说，我们真的什么也没捞到，小麻你比我们了解，你觉得她会让我们得手么？小西说，你们这些傻逼。我们点头，是的，我们都是傻逼。

我们这些傻逼掏了掏口袋，剩下的钱还足够我们再吃好几十串羊肉串的，这种情况在我们的女朋友离开之后，变得十分罕见起来。所以我们应该感到高兴，老鸟的声音就显得格外地大，他朝大胡子老板叫道，再来四十串！大胡子老板连头都没抬，回道，好嘞！说完他更加用力地把自己朝焦炭里埋了进去，鼓起的嘴巴像风扇似的，把火焰吹得都跳起来了。

操！李东喝了口啤酒说。

你什么意思？老鸟问他。

不是说你，李东说，是说那胡子。

你说人家干什么？小西问道。

是啊，你为什么操人家大胡子，人家每天准时出现在广场上，每天见了谁都笑呵呵的，每天都把头埋在焦炭里。虽然全身散发出让人腻歪的羊肉味，但是那是人家辛勤劳动的标志。你说，老鸟的表情变得严肃起来，你凭什么操人家大胡子？

大家都没想到老鸟会突然较起劲来。李东张了张嘴巴，没说出话来，接着他又张了张嘴巴，说，我爱操谁就操谁，关你什么事？老鸟不屑地盯着李东，说，我知道你是怎么想的。我是怎么想的？李东问他。由于莫名其妙的激动，老鸟的脸都通红了，他说，你这个傻逼觉得人家大胡子低人一等。操，李东的脸也有点红起来，这是你说的。老鸟说，你一张嘴我就知道你要放什么屁，我就不明白了李东，你有什么资本看不起别人？我没有看不起谁，李东说。老鸟却不放过他，说，你这个傻逼，连个女朋友都看不住，连吃羊肉串的钱还得跟你爸要，你说，你有什么资本？

本来作为刚失去女朋友的几个家伙，我们已经够绝望的了，老鸟的话让我们更加绝望起来。大家沮丧地低下头，不知道该说些什么，只能听见小西把啤酒灌进喉咙的声音。

小西，啤酒是填不满你的，啤酒也解决不了你的问题，啤酒只能让你再次吐起来，吐得一干二净，最后你什么也落不下。不过我们都没把这话说出来，我们只是静静地看着小西，等着他把剩下的半瓶灌进高高仰起的喉咙里去。在他继续灌下一瓶之前，停顿了有十来分钟，在这十来分钟里，小西跟我们说了如下一段话。

小西说他去找过小麻，并且不止一次。有一次半夜睡不着，他穿上衣服走去了小麻家，路上用了四个多小时，到的时候天已经快亮了。小麻跟你说什么了？我们问他。小西说，我没进去，就在外面站了一会儿，又回来了。

其实我们都去找过女朋友，尽管我们知道，她们已经铁定不会回来了，但是还是死不了心。我甚至还给我女朋友写过情书，这事情我已经好久没干过了，所以干的时候把自己搞得很激动，但是我女朋友连看都没看，就给我扔到了路上。李东的做法更离谱，他说他每天给他女朋友打一个电话，不接就发短信，在短信里他甚至要挟他女朋友，如果她不回心转意，自己就从东桥上跳下去。结果，李东说，她给我回的短信是，跳时通知我一声，我去看个热闹。

老鸟说，别说了哥们儿，喝酒吧。

后来，出乎意料的是，尽管喝了许多啤酒，小西却没有吐。他只是把通红的脸在丢满卫生纸的桌子上放了会儿，盯着对面的马路看了会儿后说道，我看见了小兔子。

我们都看见了，比较而言，小兔子比小西的女朋友还要好看，她穿着超短裙高跟鞋，看都没看我们一眼，就吧嗒吧嗒地走过去了。我们本来想跟她打个招呼，后来又放弃了，因为我们注意到她身后的那个异常精神的家伙，足足有一米九高，和我们不一样的是，他穿得很正式，白衬衣黑西裤，还打着领带，头发也十分的整齐有形，他走路的姿势，夹在腋下的公文包，还有胳膊上的手表让他更加的正式，这个相当正式的人让我们不由得自惭形秽。

关于这个很正式的人，大家应该都早有耳闻，你没法不听到关于他的消息。每天小兔子她爸都会奋不顾身地钻到人堆里去，满嘴巴喷唾沫地给大家讲起这家伙的故事，是的，这家伙混得不错，年纪轻轻的，就已经在我们这巴掌大的城市成了个人物了，更为重要的是，他每天都会到小兔子家给小兔子她爸送点东西，有时候是一瓶酒，有时候是一条好烟，还有的时候是一箱子饮料。小兔子她爸因此风光无限，如果不是考虑到舆论压力，他肯定会毫不犹豫地把小兔子用精致的包装盒给装起来，然后再在上面捆上红色的丝带，然后爽快地塞到这家伙口袋里去。我们可以想象他满脸堆笑地对这家伙说，小小意思，不成敬意。最后，两个人在握手中达到高潮。就是这样。

　　小西突然爬了起来，走！他说。我们只好跟着站了起来，接下来我们像是刚从洞里钻出来的老鼠，东藏西躲地跟在了小兔子的身后，这时候，那个很正式的人赶上了小兔子，用胳膊搂住了小兔子的肩膀。小兔子连象征性的拒绝动作都没做。操！李东说。操！我们跟着说。

　　还好的是，虽然他俩的速度很慢，但是并不东张西望，这样我们跟踪起来难度并不是很大。我们经过废弃了的电影院，小时候我们经常偷偷爬墙进去，看一场电影就能让我们兴奋好多天，现在我们对电影都没兴趣了，你说这是怎么回事？我们经过二轻商场，它已经淹没在周围的越来越高大的建筑中间，几乎没人走进去买东西，倒闭看来是迟早的事；我们又经过了刚刚剪彩完毕的香港大酒店，据说投资了两千万人民币，两千万？那是个什么概念？现在它的外面停满了各种高档轿车。操！李东说。操！我们跟着说。

我们还经过好多年前就存在的污水沟，依旧恶臭，依旧有野狗出没。当我们走到新建的公园，可以看见正在建的据说是本省最大的立交桥的时候，走在前面的李东停了下来，他坐到路边，当时天已经快黑了，我们挨着他坐了下来。小兔子的背影依然那么迷人，走路的姿势比布拉德他老婆还要性感，可惜的是，我们已经失去再追下去的兴趣了。我们干点什么吧！李东点了支烟说。我们都没说话，各自把烟点上。

当时我们已经走了很远的路，一想到还要走回去，我们就觉得头大，天哪，我们这是干什么呢？我们为什么要给自己找麻烦呢？你说我们好好地吃次烧烤，像往常一样喝得烂醉，然后在半夜回家把自己放到家里的床上，舒舒服服地睡上一觉，那该多好？小西这次真的平静下来了，他把脑袋往后靠在墙上，好像马上就要睡过去的样子。老鸟踢了他一脚说，醒醒哥们儿。隔了好一会儿，我们听见小西说，咱们还是去打麻将吧。老鸟说，操，我没钱了。我借给你！李东把手里的烟扔掉，然后站起来说。好吧！老鸟跟着也站了起来说。接下来，我们沿着来的路，慢腾腾地走了回去。

大摇大摆地离开

现在关于我三叔的传闻仍然很多。有的说他早死了，也有的说他发了大财。有一段时间不知道是谁说，在电视上看到了我三叔。那时候我们那儿只有土胖子家有电视，还是黑白的，尽管如此，传闻却有鼻子有眼，说我三叔在香港街头，穿西装打领带，胳膊上挎着个金发女郎。大家着重描述了我三叔从豪华轿车上下来的派头：头发油光发亮，肚子像孕妇似的隆起，手里拿着大哥大，更令人惊奇的是，我三叔从小就跛了的右腿已经恢复正常，他行走自如，旁边的人打伞的打伞，扶胳膊的扶胳膊，还有一个家伙，大家都说那是保镖，戴墨镜，身材高大，肌肉结实，大家相信只要有稍微的异动，这家伙马上就会像导弹似的准确地扑过去。

类似的传闻太多了，我爸已经习以为常，再也不会像当初那么激动了。当第一次有人传闻在广州街头看到我三叔时，我爸连着好几天没睡好觉。他甚至打算去趟广州，把在街头衣不遮体乞讨的我叔叔送进旅馆，让他好好洗个澡。可惜的是，那时候他连去广州的车票钱都不够。广州太远了，不过还是比我三叔近。后来，我爸宁愿相信那些好消息。每天早上醒来，都会一边坐在门槛上吃饭，一边给别人讲昨天晚上的梦：我三叔混得很好，荣归故里，开着小车领着漂亮的老婆，我爸惊讶地发现，我三叔儿子个头已经长得比我还高了。我家刚装电话那会儿，那已经是好多年以后了，先是电视，然后是电话，时间飞快，四十五岁的我爸在梦里接到了我三叔的电话：他说要给我们打一大笔钱过来。天哪，我爸照例感叹：那数字大得把我都给吓住了，足足有五分钟说不出话来！

那是一九九八年快秋天的时候，我爸讲完自己的梦，把刚从鼻子里挤出来的鼻涕抹在鞋底，你可以清楚地看到他袖口那里破烂的蓝色秋衣。在他讲梦的过程中，我妈好几次不耐烦地打断他的话：屁！我爸他对我妈的话很不满，你再说一次，他瞪着我妈说。屁！我妈又说。接下来他们俩就会照例打上一架，照例我妈会被揪掉几根头发，我爸脸上会多出现几道红印子。

我妈之所以会这么说，是因为我三叔跑路的时候拿了我家的钱。具体多少我也不知道。问题出在我爸给我三叔拿的时候没跟我妈打招呼。为此，我妈总是找着机会跟我爸干架。你看看你！干完架后我妈一边号啕大哭，一边骂我爸，只有你跟傻瓜似的，说不定小三现在在哪儿花天酒地呢！去你妈的，我爸骂道，小三不是那样的人。

据我爸说，他把信用社的钱取出来给我三叔的时候，我三叔差点给他跪了下来。我三叔说绝对会还给我爸。我三叔还说，他一定要赚大钱回来，让我们全家都过上好日子。

这个场景我爸跟我讲过无数次：那天早晨，我爸看着我三叔一瘸一跛地上了灰突突的公共汽车后，终于忍不住哭了起来。当时，太阳还未升起，到处蓝蒙蒙的一片。公共汽车上就我三叔一个人，售票员再次趴在座位上睡起觉来。当我爸回到家时，村子里还没人起床。从村口到我家，我爸只听到了三声睡梦中的咳嗽。躺到床上后，我爸发现自己怎么也睡不着，窗户外边的麻雀太吵了。他跳了起来，拿着我的弹弓，到院子里打起了麻雀，他打得异常的准，充满愤怒。等我们起床后，院子里已经有了几十具麻雀的尸体。下午的时候我爸把这些麻雀全剥了毛，开了肚，撒上调料放在火上烤，不一会儿就散发出诱人的香味。此后许多年，我爸都以卖烤麻雀为生，他的烤麻雀远近闻名，许多人慕名而来，由于生意实在太火爆，我爸不得不一家接一家地开分店，最终开到了十二家。关于我爸和烤麻雀的故事，我在另外一个小说里提到过，有兴趣的朋友可以找来看看。那篇小说的题目是《大胡子烧烤要多香有多香》，写于一九九八年。

回过头来说我三叔。

我曾经跟许多人打听过我三叔。大家的说法都相当一致，在我三叔犯事之前，谁都想不到他会杀人。尽管他的口头禅是：老子杀了你！尽管他老在裤腰里别着把弹簧匕首。大家还是照样开他玩笑，三句话中就有一句跟他的腿有关，女人们甚至合伙把他关到屋子里，然后把他裤子脱了，小孩子们老跟在他后面丢他石

　　　　　　　　　　　　　　　　　　暴力史

头，学他走路。我三叔涨红了脸，愤怒地大叫，但是大家都不当回事，也从没见他真的扑上去过。过不了半天，他就又恢复正常，凑到女人堆里，继续说带色的小笑话，或者跟小孩子们打听他们父母的床事。大家骂他，滚远点！他笑着说，我就不滚，你能把我怎么着？大家是这么跟我说的，谁会想到啊！

如果说你爸杀人，我觉得可能，你爸喜欢打架。对他们的这个说法我表示怀疑，因为除了跟我妈，我从来没见我爸跟其他人打过架，每次一跟别人发生冲突，他马上就低头躲开了。大家哈哈大笑，那是现在的你爸，你三叔跑路之前他比谁都冲动，一句话不对头就要冲上去。你二叔也可能，他脾气也不好。谁能想到居然是你三叔。大家还说，我三叔从小就不爱说话，更不喜欢跟人打架。经常有人笑话他的跛腿，也从来没见他生过气。据他们说，我爷爷从来没让我三叔下地干过活，什么好吃的都给他留着，在我们连肚子都还吃不饱的时候，你二叔甚至就有了自己的小玩具摩托车。我向我爸确定这点，我爸说，这倒是真的，你三叔这个人啊，你真搞不懂他是怎么想的，他每天把好吃的藏在口袋里带出去，给这个吃，给那个吃，就是不给我吃，也不给你二叔吃。为此我们还跟他干过好几架，也对你爷爷满肚子意见。

那时候我爸头发还没白，还喜欢跟我谈论我三叔。过了会儿，他又补充说，你说你给别人吃别人说你好也行，别人为你出头也行，问题是别人还照样欺负你，替你出头的还是我。这么说，我问我爸，你经常替我三叔打架？我爸说，那当然，说着他把自己的头发拨开，你看这个疤，就是替他挨的。

你不要跟人打架。我爸这么说，打架没什么好处。你想想你三叔，有什么好结果呢？大家都说三叔在香港发财了呢！我对我爸说。屁！我爸道。如果我把眼睛闭上，肯定会认为这话是我妈说的。我爸接着把烟点上，然后说，如果你三叔不打架，就不会出那件事，不出事也就不会跑路。待在自己家里多好。

你别听你爸瞎说！我二叔跟我说，他屁本事没有，就会惹事，要我说，架该打还是得打，总不至于别人在你脑袋上拉屎，你还笑嘻嘻地接着吧？我二叔跟我爸关系不好，他认为，如果不是我爸，我三叔就不会出事。你看吧，这辈子我绝对不会跟你爸说一句话。大家都说，我不应该相信我二叔的话，他这人喜欢喝酒，一喝醉就喜欢乱说。有一段时间，他甚至说杀人的不是我三叔，是我爸。我三叔为我爸背了罪。我没敢跟别人求证这点。也不想跟我二叔争论，他这人急了跟谁都敢干。不过话说回来，过了会儿我二叔平静下来说，你三叔还是跑路比较好。为什么呢？我问他，听说他现在在外面讨饭呢。你想吧，我二叔这么说，如果你三叔不跑路，能有什么下场呢。他又没钱，又喜欢赌博，腿又不好，还不喜欢出力，每天就使嘴巴吹牛逼，老觉得自己会发财。说到这里我二叔叹了口气，谁都知道，如果你三叔不跑路肯定连个老婆也找不上。像上边村的瞎子一样每天打麻将混日子，有什么意思？那瞎子很厉害，我打岔说。我二叔瞪了我一眼，我马上闭上了自己的嘴巴。我二叔说，所以我说，你三叔还是出去的好，哪怕是像别人传闻的那样，衣不遮体，哪怕饿死在街头，也比待在咱们这里好。

我三叔喜欢赌博当初在我们这里可是出了名的。他几乎逢赌必输。那时候他住我家，每天晚上都能听到他翻墙进来，我爷爷每次都要冲出去，朝他喊，你怎么还没死，你咋不死在麻将桌上！我三叔不吭声，那时候我爷爷已经很老了，没人跟他说话，所以他每天总想找着跟人干架，他就等着你搭腔，只要你一张嘴，他就会连续骂你一整天，连觉也不睡了。尽管我三叔不出声，我爷爷也要接着骂好几个小时，搞得大家都睡不着觉。白养你们这帮狗日的了！到末了，我爷爷就来来回回地说这句，都给我装，我知道你们听得见，白养你们这帮狗日的了，你们这些狗日的，看老子不顺眼，把老子给弄死算了！

我三叔跑路的时候，我爷爷已经快不行了，他躺在床上，对我爸说，把小三给我找来。没人敢跟他说实情。去啊！我爷爷大叫，脖子上的青筋一跳一跳的，狗日的又赌去了？这狗日的真是白养了！我爷爷死的时候，把我爸叫过去，对我爸说，你告诉小三，就说我说的，他以后别赌了，说到这里我爷爷流起泪来，一下一下地抽泣，我担心他会一下子把自己给抽过去。他这小子怎么就不明白呢？我爷爷看着我爸说，他没那个命，唉，他命不好，昨天晚上我做了个梦，你告诉小三，别人都在合伙捉弄他，他赢不了钱的。那时候我三叔早已跟公共汽车一起消失了，别人想捉弄也捉弄不到他了。

许多年后，我爸也喜欢上了赌博，也跟我三叔一样，早出晚归。但是大家都说，我爸牌品不好。这个是和我三叔比较而言。据说我爸经常赖账。而我三叔当初只要输了钱就会给。如果你不了解底细，看他往出拿钱的样子，绝对会认为他是个百万富翁。并且，不论输多少，我三叔都不会上脸，而我爸不仅上脸，还喜欢摔牌，嘴巴也不干净。

我没想到，我二叔对我爸打麻将赖账这点却很赞同。他是这么跟我说的，谁不赖账啊，是你三叔傻。别人赖账他不敢吭声，要他赖次账就好像要他命似的。你说他不输谁输，死要面子活受罪。

关于打麻将，在这里我得插一句，现在我们这里已经没人不打麻将了，连我妈都上场了，我本来以为这样她就不会因为我爸输钱跟我爸干架了，没想到他们更加变本加厉，每天晚上都互相指责，终于还是要大打出手，第二天早上起来，地上都会遍布他俩摔碎的锅碗。

相比较而言，我三叔和我爸的关系要比和我二叔的关系好。原因在于，我二叔和我三叔干过一架，不是普通的干架，我三叔被送到医院住了好多天。现在已经没人提这个了，因为我二叔现在混得很好，不仅有钱，还跟上面的关系不错。每次打架他都没事。派出所不会找他麻烦。而只要谁提他和我三叔的事，他马上就会毫不犹豫地冲上去。他俩之所以干架，是因为我二叔认为我三叔偷看我二婶洗澡。那段时间，我二叔刚结婚，只要谁敢多看他老婆一眼，他也会毫不犹豫地冲上去。

我很不明白我二叔，如果我二婶长得好还可以理解，问题是我二婶长得不好。所以，在这件事情上，我认为他冤枉了我三叔。尽管我三叔确实偷看过别人老婆洗澡，也被人打过。

我三叔偷看的是土胖子他老婆。当然，也有人传闻，事实上土胖子老婆和我三叔有一腿，说这话的人说自己亲眼所见，我三叔趴在土胖子老婆身上。还有人说，其实，如果土胖子没发现的话，他老婆可能跟着我三叔私奔。当然，这些都是传闻。事实情况是，土胖子有一天把我三叔拦在了我家门口，那天我爸不在。土胖子说，小三你妈了个巴叉的，连老子老婆也敢偷看？我三叔自始至终都没说话，站着挨了土胖子几十下。尽管围观者甚众，却没人开口。这其中肯定也有其他人偷看过土胖子老婆，这是没办法的事，土胖子老婆实在长得太好，奶大屁股大，走哪里大家都忍不住咽口水。

我那时候每天起床的第一件事就是冲到我三叔的床前，想看看他还在不在。我多希望：他像我做的梦那样，和土胖子老婆私奔了，在我的梦里，他俩去了一个陌生的城市，土胖子发了疯似的来我家找，把我家翻了个遍，却一无所获。让我失望的是，我三叔仍然在，呼噜声像平时一样响，脸上涂了层油似的反射出太阳的光芒来。他睡觉的时候不喜欢盖被子，所以我一眼就可以看见他屁股破了个洞的蓝色的内裤。他的右腿只有我胳膊那么粗，看上去让人觉得相当难受。

老实说，我很喜欢我三叔。他给我做的弹弓比别人的都要结实好看，他甚至在上面刻上花纹，有牵牛花，也有牡丹花。我拿着这弹弓打麻雀和知了，每次都是一打一个准。如你所知，在我三叔跑路的那个早上，我爸就是拿着这弹弓，打下来不下一百只麻雀，也因此他才成了烤麻雀的高手。我三叔还喜欢给我讲故事，有时候他找不到打麻将的人，就会抱着我给我讲一些大侠的故事。后来他跑路后，我把他床下的箱子拉开，里面有一箱子的书，我印象深刻的是一套《金台奇侠传》和《神雕侠侣》。

这箱子书我看了好久，我清楚地记得有一天，我在里面发现了一本黄色小说。我一边看得很兴奋，一边又觉得难为情：不知道为什么，每当看到床戏出现的时候，我的脑袋里都会出现我三叔的破内裤，后来即使没有床戏，我三叔的破内裤也始终停留在我脑袋里。这种感觉很糟糕，我连睡觉都睡不好了，白天上课老是打瞌睡。这样下去不是办法，于是有一天中午，我趁人们午睡时把这本小说扔进了河里。

我妈不喜欢我跟我三叔一起。只要看见，她就会黑着脸叫我。我每次都乖乖地回去。别跟你三叔混！我妈说，你给我出息点。我三叔怎么了？我问她。你三叔是流氓！我妈说，是赌鬼，烂泥扶不上墙！你胡说！我不相信我妈说的话。我妈抬手就给了我个耳光，我的话你也敢不听？我妈骂道。

我二叔和我爸都认为，如果当初我三叔和上边村那个女人结婚的话，肯定不会发生后来的事。我爸是这么说的，其实那女人挺不错的，虽然带个孩子，还不会说话，但是愿意跟你三叔，可惜的是，我们怎么都说不通你三叔。说到这里，我爸看了看天，天上啥也没，甚至连鸟屎都没适时砸下来。我二叔是这么说的，那女人跟我是小学同学，比你三叔大几岁，长得不好看，这个我知道，后来她嫁给了另外一个跛子。我二叔没有理会我的打岔，继续说道，你三叔说人家以前嫁过，男人死了，怕是克夫命，其实谁都知道，他只是嫌人家长得丑而已。总之这个女人绝对适合过日子，也绝对适合你三叔。

你说他到底是怎么想的呢？天知道！大家都这么说。几乎所有的亲戚都来劝他，他一声不吭，把头蒙进被子里，还故意发出惊天动地的呼噜声。大家想跟他谈谈，把他从被子里拉了出来，他低着头说，你们别管我好不好，这是我自己的事。

你三叔的问题是，我二叔这么跟我说，他太挑剔了，也不看看自己的情况，心比天高，命比纸薄。不过不论谁，都很佩服我三叔油漆的手艺，他只是跟我们这里一个半把式学过不到十天，每天就在那儿看一看，也不动手。十天后，他一把把那个半把式给推开，然后说，我来。半把式差点和他打起来。但是当他一动手，半把式就不说话了。一看我三叔的样子，他就知道，我三叔是油漆的天才。当他把一张桌子漆完，旁边已经围了一圈人。大家都被惊呆了。用的是同样的漆，同样的工具，我三叔漆出来的效果就是不一样，比土胖子家从县里买回来的都好看。

可惜的是我三叔对做漆匠并不怎么上心。除非是赌博输得一干二净了，他才找点活干干。平时不论谁来请他，他都再三推托。他是这么说的，当漆匠能赚几个钱？我是发大财的命。

他老觉得自己应该发大财，我二叔说到这里又叹了口气，问题是钱哪有那么好挣？是的，我三叔逢人就说自己的计划，一会儿说要开镁矿厂，不知道他从哪里听来的，他说我们这里的山都是镁矿，有一段时间，他每天早出晚归，在山上转悠，带一堆石头回来，后来那石头堆在院子里，慢慢地和院子融为一体，上面长满了各种杂草。他还说过要买个车，跑运输，对这个大家刚开始就不相信，因为他的腿不适合开车，不过我三叔也就是说说，没实际行动过。等着吧，他这么说，我会发财的。我爷爷说，你发个屁财。我三叔说，爸，你别不相信我。我爷爷吐了口唾沫道，我宁愿相信死人开口，也不相信你那一张破嘴。

让我设想一下我三叔犯事的情景吧：那天有人请外面的戏班子来唱戏，尽管已经到了深夜三点，大家还在临时搭建的戏台处喝酒聊天，当然也有人打扑克，刚开始我三叔也在打，不过后来他就不见了。打扑克的人后来回忆，我三叔那天晚上输得并不多，并没到需要找人挑衅的地步。过了好久，村子里有个女人才说，我三叔站在她身后看了会儿戏，那时候人多，十分拥挤，她感觉我三叔偷偷地把手放在了她的屁股上，不过由于我三叔经常这么干，并不会有什么再出格的举动，她也就没有在意，把他手打开，继续看戏。没人看见我三叔是什么时候到了后台的，之前他并没有一点疯狂的举动，只是显得有点兴奋，大家都很兴奋，这个是肯定的，唱戏在我们那里是很罕见的事情。有许多人看见我三叔到处溜达，到处跟人打招呼，由于喝了点酒，他的脸有点红。也有人说，我三叔溜达了一会儿，就把匕首掏了出来，不过这对于他来说，也是很经常的事情，大家并没想太多。我三叔摇晃着匕首，把一个小孩子逼到墙角，把钱交出来，不然把你小鸡鸡割了！那小孩子说，滚远点，不要逼老子揍你！我三叔把匕首收起来，对他说，开个玩笑嘛，干吗这么认真。然后他就离开了，那小孩子后来跟我们说，我三叔没有任何异常，跟平时没什么两样。卖油条的土胖子说，我三叔在他那里买了三根油条，坐在桌子前吃了个精光。土胖子说他本来不收我三叔的钱，但是我三叔死活要给他，他就拿了。我三叔是这么跟土胖子说的，土胖子，你不收我钱是看不起我，你信不信老子很快就要发大财了？如果硬要说有什么异常的话，土胖子说，他吃完油条后，刚走没几步就摔了一跤，不过他很快就爬了起来，溜达走了。肯定还有别人看到我三叔，他一喝啤酒就会撒尿，肯定像大家一样，站在场地旁边的柳树下撒了泡，那时候天气微凉，可以想象，撒尿的过程中他控制不住地打了个寒战，然后说，操！他肯定还去打了几枪气枪，应该射中了所有的气球，他每次都会射中，认识他的老板看见他就会给他递根烟，然后说，你别打了，知道你厉害。我三叔嘿嘿一笑，把烟一点，高兴地去看打台球的人去了。曾经有一段时间，他想开个台球厅，他说要把里面装修得跟电视上似的，我们那儿的台球厂都是露天的，跟他的许多其他计划 ·样，也只是在嘴巴上说了几天，然后就把它忘了个一干二净。可惜的是，他不会打台球，看了会儿他就离开了。也许就是这时候，他注意到了戏台后面几个正在化妆的女人，终于忍不住绕了个圈，从侧面爬了上去。不对不对！我二叔说，他是听见你爸在后面叫才去的，我也听见了，知道你爸在跟人打架，不过我没想过去，让他挨打吧，你说说你爸咋想的，又打不过人，每次都吃亏，还老想打，过去了我还嫌丢人。这一点后来得到了我爸的证实，他确实跟人打架了，不过他说只是互相推了几下，毕竟对方在咱们的地盘，不敢太嚣张。我爸接着和他们互骂了几句，就跳下了台子，回到了人群中间。

所有情况都显示，我三叔那天晚上都不应该会动手。大家对此都很不理解，为什么呢？到底发生了什么？据戏班子的人说，和我三叔发生冲突的是老板的儿子，并不会唱戏，只管杂务，他倒是喜欢打架，每到一个地方，都要找人干上一次。所以，当他们听见他在外面大喊大叫的时候，也没太在意，因为那家伙从来不会吃亏，人高马大，还跟着戏班子练过几年，出手迅速，逃跑也很快。每次一见人多，他就会跑回戏班子里搬救兵。所以，直到我三叔大喊我杀人了，我们村的人开始鸦雀无声，他们才知道出了事。出来后看见老板的儿子躺在地上，流了一地的血。一个绝对不到十八岁的女孩子马上就被吓得昏了过去，大家都手忙脚乱，不知道如何是好。过了好长一段时间，一直到有人确定老板儿子已经死了，才有人想起报警。等派出所的小李赶到的时候，已经是第二天中午了，我三叔已经不见了，所有的人都说不知道他去了哪儿。

关于我三叔是怎么离开现场的，有两种说法：一说是我爸把我三叔送走的，大家看见我三叔的面部表情相当呆滞，手里的弹簧匕首不知道丢哪儿去了，还有的人说，我三叔抱着我爸大哭起来。认同这个说法的人到后来越来越少，大家逐渐地更加相信另外一种说法：我三叔大喊了几声：我杀了人。然后就冷静了下来，他看了看发呆的人群，突然转身朝场外走去，一路上不小心撞倒了两个卖玩具的摊子，把一个看热闹的小孩子踩得哇哇大叫，到了台球厅那里，他停了一下，回头看了一眼，然后拐了个弯继续向前，就这么大摇大摆地离开了。

有许多人尝试着模仿我三叔大摇大摆的样子，本来以为很好学，但每个人上去，都被大家说不像。那段时间连我所有的同学都对此上了瘾，只要有空，就有人装作自己右腿有问题的模样，把手背到身后，这个动作马上就遭到了反对，不是你这样的，有人说，手没有背到身后，又有人说，我三叔手里应该是夹着支烟的，后来不知道谁从哪里搞来了一顶帽子，就是电视里黑帮老大戴的那种，不知道为什么，戴上帽子大家学起来好像真有了那么回事，当然得加上香烟，有的把香烟叼在嘴巴里，有的把香烟夹在手里，还有的用两根手指笨拙地弹了弹烟灰，相比较而言，第一种如果不抽，就那么叼着让蓝色的烟自己升起，然后不得不眯上眼睛，显得更好一些。

终于有一天，我忍不住站到了人群中间，当我把右腿缩起来时， 股电流似的东西从心底涌上来，就好像我三叔灵魂附体一般，我马上就进入了状态：当时微冷的天气，周围一张张惊愕的面孔，玩具摊上被风吹动的小风车，从戏台上直射下来的明亮的白光，还有挤在人群中间和远处的黑。让人惊奇的是，我感到极为平静，我看了看四周，然后停止绕圈，从人群中穿了过去，旁边人喷出的口臭被风吹来，搞得我不由得加快脚步，我尽量控制自己身体摇晃的幅度，在这一刻，我为自己的右腿感到伤感，如果它像正常人一样多好，那样我就可以走得更好看一些。

马福是个傻子

我跟李小胖洗完澡后，蹲在岸上赌钱。他比较笨，我换牌他干脆看不见。一边从口袋里掏钱，一边说，我怎么这么倒霉呢！如果是以前，我肯定不会把他的钱都赢完，我会给他剩下那么点，以免他回去后被他爸揍。他家跟我家是邻居，我经常能听见他爸用棍子闷他，他的哭叫声像个屁似的卡在喉咙处，半天才能出来。但是今天，我铁定要把他的钱赢个精光，这家伙像个呆瓜似的，居然还敢在打麦场欺负我哥，他把我哥的衣领揪着，连肚皮都露出来了，阳光打在我哥的身上，他忍不住瑟瑟发抖。

我哥叫马福。这个名字太难听了，有一次看电影，里面有个叫马福的汉奸，一点好事也不干，专门偷看女人洗澡，最后被八路军给枪毙了。那场面我记得很清楚，在河滩上，汉奸低着头，子弹唰的一下从他的脑门后飞进去，留下小小的一个窟窿，血就从那里慢慢淌了出来。电影还没完，就有人在院子里喊了起来，马福！我哥在我旁边坐着，本来都快睡着了，脑袋左右摇摆。听见有人喊他，连忙跳了起来，响亮地回答道，我在这里！人们在我们四周哄笑了起来。从此，就没人叫我哥马福了，他们管他叫汉奸。

当李小胖输得只剩下两毛钱的时候，他突然站了起来，把揉得皱了吧唧的毛票塞回了口袋里。我不玩了！他说。怎么就不玩了？我问他，这家伙是不是有所察觉，我心里嘀咕，把拿着牌的手下意识地缩了回去。他突然眼睛发亮，你出老千！他叫了起来。我没有！我说，是你自己手气背。不信你再跟我来赌，你盯着我的手，眼睛一眨也不要眨，看我能把你赢完不！李小胖显然动心了，我又说了两句，他终于蹲了下来，把两毛钱又重新拿出来，捏在了手里。

我已经说过了，李小胖比较呆，眼不够利索。接下来的这把我又赢了，他不情愿地把那两毛钱递了过来，眼巴巴地看着我把他的钱往口袋里装。你想要么？我问他。他没有说话。我突然想跟他开个玩笑，我现在心情不错。我把拿着两毛钱的手伸到他面前说，你想要的话，就叫我一声爸，叫一声我给你两毛。李小胖张了张嘴巴，仿佛面前有一块香喷喷的烧鸡肉似的，口水沿着他的嘴角流了出来。我怀疑这家伙的脑子有问题，比我哥的问题还要大，我一直对自己的这个判断深信不疑。

河岸上没有一个人影，风从山坡上刮过去，发出呼呼的声音。李小胖猛然往前一冲，把我吓了一跳。他扑通一声跳进了河里，过了会儿脑袋从下游的水面下伸了出来，他用手摸了一下脸，大声问，你说的是真的么？我骗你干什么啊！我冲他喊道，只要你叫！他诡异地笑了一下，回去让你爸叫你吧，你哥也行，你哥见谁都叫爸的！我被他气坏了，也跳下了水，我冲他喊道，李小胖，有种你给我站到那里别动。李小胖却不听我的，他飞快地爬到岸上，拿起自己的衣服就跑了。

我哥马福比我大六岁。自从别人叫他汉奸以来，他越来越糊涂了。有一次，他在课堂上把大便拉在了裤子里，弄得满教室都是臭味。好多天里别人见了他都躲着跑。又有一次，他钻在女生厕所里偷看人家上厕所，被校长逮了个正着。我们的女校长黑青着脸拎着他的耳朵把他送了回来。我爸照例是一顿狠打，我哥一动不动，茫然地看着我爸的手落在自己的脸上。我看见他的黑眼珠慢慢地越来越大，几乎要从眼眶里跳出来。我吓坏了，扑上去拉住我爸的手说，马福要死了！事实上马福好好的，他甚至冲我微笑了一下。女校长看见他这副样子就更加生气了，从鼻子里重重地哼了一声，离开了我家。

马福是怎样一个人呢？我一直搞不大清楚。夜里的时候，他躺在床上给我讲故事，我妈说那些故事都是他小的时候我奶奶讲给他听的。我对我奶奶一点印象也没有，但是马福记得很清楚。他站在我家相框前，一站就是老半天。看什么呢？我问他。他用手指着其中的一张相片说，奶奶。马福讲起故事来没完没了，不到他闭上眼睛，他的嘴巴是不会停下来的。我不知道我奶奶曾经给马福讲过多少个故事，马福那时候还没傻，他四岁的时候才得病傻了的。所以我奶奶给他讲的那些故事他都记得很清楚。有时

暴力史

候，在马福时断时续的声音中，我常常迷迷糊糊地以为他就是我奶奶。我会被这种感觉吓一大跳，连忙叫道，马福！他马上应道，我在这里。确定了他不是我奶奶后，我又慢慢地迷糊了过去。

女校长对马福恨之入骨。她后来教训人喜欢说，难道你也想像马福那个傻子似的把大便拉到裤子里么？被她教训的人听到这句话忍不住笑出声来。女校长得意扬扬地接着说道，看吧，他还在流口水呢！马福！她高声叫道。我正在睡觉的哥哥被吓了一跳，把头从桌子上抬了起来，脸上布满了红色的睡痕。在做什么梦呢？她低头问他。我哥茫然地朝四下看，大家都饶有兴趣地盯着他。是不是做梦娶媳妇呢？这时候我总感觉校长像个小丑似的。我感觉到脸上火辣辣的，连耳朵都发烧了起来。如果不是我使劲控制着自己，也许我会扑上去一脚把她踹倒在地的。

你知道的，因为每回考试都不及格，马福永远在读一年级。所以现在他仍然跟我在一个教室里上课。我总是忍不住同过头去看坐在最后一排人高马大的他。有时候他注意到了，就朝我笑笑，大部分时候他都在那里睡觉。他怎么能有那么多觉要睡呢？这是最不能让我容忍的。下课后，就会有人往他那里聚，李小胖怪笑着问他，马福，你看到了么？什么？我哥问他。李小胖把嘴巴凑到他耳朵处悄声说了个名字，我们都知道他说的是我们的女校长。什么？我哥仍然问道。在厕所里啊！李小胖不厌其烦地提醒他。哦！我哥恍然大悟的样子，说道，大白屁股。大家都忍不住大笑起来。因为我哥的贡献，在背地里大家管女校长叫大白屁股。也因此，女校长隔三岔五就要跑来训我哥一顿。她用手把我哥的耳朵提起来，间或用手在他头上扇两巴掌。疼不？我问我哥。不疼！他说。我没见谁把他打哭过，他甚至连眉头都不皱一下，也许他是真的不疼。有一次，我不小心把烧红了的铁丝放在地上，他一屁股就坐到了上面，我被吓坏了，连忙往起拉他，他却还一副迷惑不解的样子，结果连裤子带屁股都被烫出了个大口子。

　　每次女校长训马福，结果总要失望而归。因为马福对她的所有的手段都没什么感觉。不论她是用手打，还是用脚踢，马福都是一动不动。结果女校长大概觉得索然无味，悻悻地离开了。有时候也会出现例外，她打完马福后气急败坏地在地上来回走动。我想马福确实没有骗人，她的屁股实在是大，看上去就像从身体里突出来的一个大肿瘤。她转了一圈后，又回到了马福面前，她说，你给我站起来，谁让你坐下的？马福正坐在地上。不知道谁在后面小声嘟哝了句，大白屁股。女校长听见了，回过头来恶狠狠地看着我们，是谁？谁在叫。当然没有人接她的话茬。她只好回过头继续收拾马福。我就不信我治不了你！她的声音都变了，仿佛一阵风把她的话给顶了回去似的。我看见她的眼圈慢慢地发红了。我就不信我治不了你！她的声音越来越高。

　　奇迹就在那时候发生了，马福突然尖叫了起来。所有的人都被他吓了一跳。他用手捂着自己的耳朵，我看见血从他的耳朵处流了下来。他用另外一只手在耳朵上摸了一下。我没有想到他把沾血的手放到了嘴里，他一遍又一遍地重复这个动作。最后他把整张嘴都弄成了血红色。女校长也呆了，她和我们一样难以接受这个事实。谁都想不到马福会这样，他竟然感觉到了疼痛。我的心里突然像被什么狠狠地蜇了一下似的，那一瞬间，我满怀欣喜。我甚至相信，我的哥哥马福的这声叫喊是一个喜讯。他会就此告别自己的痴呆生涯。那时候我经常认为，没有什么是不可能的。我相信，马福的病最终会好。我尝试过用各种我能想到的东西给他治病。我把眼泪唾液尿混在一起的液体放在瓶子里，让他喝下。眼巴巴地看着他的喉咙吞咽时候的蠕动。我多么希望，自己的偏方能让他突然恢复正常。但是，让我失望的是，他对我的所作所为好像一点感觉也没有，咂咂嘴巴，一声不吭地到别处去了。

马福把女校长一把推到了一边，他摇晃着朝教室外跑去。他的身影像风似的，没有看任何人一眼。我跑出去，跟在他的身后，我喊他的名字，他却理也不理我。他比我跑得快多了，迅速地穿过河道，河水在他的脚下飞溅起来，朝四方飞去。我回过头，看见李小胖也跟了上来，他站到我身旁，朝马福喊道，马福！马福仍然闷头快跑。我想追上去，李小胖拉住了我，他说，别追了，我们追不上他。

那一年，马福十四岁。没有人知道他去了哪里。我爸没过多久就跟我一起来到了学校。他径直闯进了女校长的办公室。他像个首长似的，昂首挺胸，面色严肃。几乎所有的人都能听见他在校长室大声吆喝。我们趴在窗户上，看到女校长坐在椅子上，脸色苍白地看着我爸爸。我爸是来讨人的，他认为女校长对马福的失踪应该负责。你怎么能那样对他呢！我爸冲女校长吼道！女校长张了张嘴，却没有说出话来。你不给我把我家马福找回来，我爸接着威胁她说，我跟你没完！

女校长做出了让我们所有人都觉得意外而欣喜的决定。她让我们所有的学生都别上课了，跟她去找马福。那时候校园里已经聚集了一些看热闹的人。有人提出反对意见说，孩子来学校是来上课的，怎么能丢下功课不管呢！很快，就有另外的人开始反驳他，马福丢了，那是个人啊，找！无论如何，都要把他找回来。甚至有几个大人也自告奋勇地加入了寻人队伍。李小胖歪着脑袋想了半天，说出了个地名。他说他好几次都在那里碰到过马福。他这一说，立马得到了另外几个同学的响应。是的！小雨附和着说。在我的记忆里，他从来没在公共场合说过话，现在他的脸涨得通红，但是一副严肃的样子，好像为了让自己的话得到大家的承认似的。如果说李小胖的话并不能让女校长足够信任的话，那么当小雨也表达出相同意思的时候，女校长立马相信了他的话。她用赞许的眼光看了看小雨。小雨激动得像片树叶似的抖动了几下。

　　我们的寻人队伍终于出发了。我的哥哥马福从来没有受到过如此的重视，如果他看到这样的场面，不知道会有什么感受。所有的人都把脸紧紧地绷着，小雨跟女校长齐头并进，他甚至顾不上提一下自己的裤子，我看见他的半个屁股已经露在了外面，上面有一个鲜红的巴掌印，相信那是他爸爸的杰作。而当李小胖看见女校长用手拉着小雨的手的时候，脸上明显闪过一丝失落，但是不一会儿，他就调整好了自己的情绪。他紧跑两步，追到那两个人身后，突然间回过头来看了大家一眼，那样的眼神仿佛自己是国王，正在居高临下地扫视自己的手下似的。但是我管不了那

　　　　　　　　　　　　　　　　　　　　　暴力史

么多了。

不知道是谁开的头，也许是女校长。人们跟着她叫开了我哥的名字，不是叫汉奸，而是叫马福。和汉奸相比，马福这个名字多么入耳啊。我们的语调几乎一致起来，声音响亮，在山谷间回荡。结果我们到了目的地后，却发现根本没有马福的踪影。小雨还在坚持自己的说法，在大家的抱怨声中，他委屈地抽泣起来。这时候天黑了下来。女校长一屁股坐在地上，她用手揉着自己的脚。

见过马福么？知道马福么？他十四岁。后来他死于煤矿事故。

他是怎样一个人呢？我一直没有搞清楚。那天，我妈打开柜子，发现了一件马福小时候穿过的衣服，她把衣服拿在手里来回摸了几次，从衣服口袋里掏出张钱来。我看了一眼，是两毛的毛票，跟李小胖当初输给我的一模一样。我甚至认为那就是李小胖那两毛钱。我记得我跟李小胖说，你叫一声爸，我就把这钱给你。

在我很小的时候，马福常常站在村子的街道上，光着两只脚，他不喜欢穿鞋。为此我妈打过他许多次。一个人走过来，对他说，叫爸。他愣了一下，抬头看了那人一眼。叫爸，那人又说。马福叫道，爸。那个人摸摸他的头，大笑几声走了。后来人越来越多，围着马福。他无辜地看着眼前的这些人头，叫爸！有人说，叫爸给你钱。马福把手伸出来说，钱！就是这样，这两毛钱大概就是这样来的。

马福是个傻子。

朋友即将来访

李东给我打了个电话，他说他要来我这儿玩几天。我说，好啊，来了我们喝酒去。我和李东已经两年多没见了，偶尔会通个电话，说点鸡毛蒜皮的事情。在过去的两年多里，李东没有一点要来拜访我的意思，我也从来都没想过，当他提出要来找我的时候，我甚至有些吃惊，要知道我们离得太远了，从这里到那里，坐火车得一天半呢。我问他，你来这边是有什么事情么？他妈的，李东跟我说，没事我就不能过去了？我就是想过去看看你。

虽然我们两年半没见了，但是我对李东的情况还是比较了解的，并且了解得比较详细，他某一天见了个美女，或者某一天和哪个同事吵了一架，如此之类。李东的情况我了解得如此具体，以至于当我坐下来想想象一下这个我两年多没见的李东会是个什么样子的时候，却没有了一点印象，就是这么回事，我掉进了他给我描绘的细节中出不来，而这些细节又没法子还原出一个整体

暴力史

的李东，我对他的城市对他工作的地方一无所知，但是我可以给你准确地说到他肥胖的女邻居，他的一个喜欢挖鼻孔的同事，以及他晚饭吃的馒头和凉菜。

我这个人不大喜欢和人交往，所以两年多来，一个又一个朋友从我身边走开却没有新的人陌生的面孔出现在我的生活中，我过得四平八稳，毫无波澜，越来越陷入生活的细节中无法自拔，我为离开屋子时忘了把剩饭放进冰箱回去后它是不是会变得和大便一样难闻，邻居的一只狗会不会趁我不在家到我的门口撒尿，衣服挂在外面是不是被别人给顺手牵羊拿走了而担惊受怕，就是这些东西，它们把我搞得精疲力竭，体无完肤，它们把我的生活塞得满满的，让我感到生活是由大块大块的生铁构成的。

当我有意识地去反思自己这两年多生活的时候，我发现我和李东的交往对于我来说是多么的弥足珍贵，多么的不容易，它没有在某一处突然间卡壳或者断线，它持续了这么久的时间，几乎可以算得上一个奇迹了。我得好好地为李东的到来准备一番，我要把它放到一个显要的位置上，我已经好长时间都没有这么认真地对待过一件事情了，这一切让我感到兴奋不已。

我的老朋友李东，现在我这么称呼他，我想好好地招待他，我在电话里提到了喝酒，是的，喝酒，我知道李东这家伙喜欢喝酒，而且我也喜欢喝。刚开始李东不喝酒，我说，这怎么行呢，一定要喝。于是我带着他下馆子，后来我才发现这家伙几乎算得上一个喝酒的天才，他越喝越多，越喝越有水平，在酒吧里喝出了女朋友，喝出了一个记过处分，喝出了额头上的一条疤，现在我拿出毕业合照他的那条疤仍然一眼就看得见。毕业后他没找到工作，决定回家乡去混，临走的那天他灌下了七瓶青岛啤酒后跟我说，等着吧，不混出个人样来，我一辈子不见你们这帮傻逼。他显然喝醉了，第二天早上醒来，眯着眼睛背着个蓝色的大包上了回家的火车。

学校给李东处分的时候李东是怎么说来着，他说，操，老子不在乎！当时他的头上还包着纱布，被他打的那个人两处骨折，还躺在医院里。李东说，老子见他一次打他一次，还是他女朋友极力规劝，他才放弃了要把那狗日的放倒的打算。李东的女朋友张乐长得挺漂亮，系里许多带把的都在打她的主意，甚至有人传闻一个搞同性恋的也在追求她，一个星期一封情书，但结果是李东把她搞到了手，当我们看到她吊在李东的胳膊上在校园里做小鸟依人状的时候，禁不住悲从中来，集体罢课一天以示抗议。

在这里我顺便说一下我老婆，我老婆是我老师的女儿，快毕业的时候，她突然间说对我有好感，当时的情况是这样的，作为一个没有任何背景并且在大学里吊儿郎当毫无建树的小人物，我要么接受这个长相一般的女人，那样的话理所当然凭她老爸的关系我就能留校；要么就卷起铺盖滚蛋，我几乎没有丝毫的犹豫就答应了她。我老爸对这个结果特别满意，要知道我从小到大都是给他添麻烦的货色，这次终于能让他长脸了，他在电话里激动得语无伦次起来，他说，小子，干得好，女人丑一点有什么关系，脱了衣服还不是一个样子。听听，我老爸连这话都说出来了，我还有什么好犹豫的呢！

你现在知道了，我，我老婆，李东，还有张乐都是大学时候的同学，所以当李东说他要来看我的时候我第一个想到了我老婆，因为在我现在的生活中只有我老婆一个人知道李东是谁，只有她才能和我比较深入地沟通。我告诉我老婆这件事情的时候，我老婆没有丝毫的意外的神情，她就是这么一种女人，生活中的任何意外对于她来说都没有丝毫吸引力了，她过得井井有条，对什么事情都是一副成竹在胸的模样，这些都是我和她结婚以前所不知道的，结婚以前的我目光远大，对于她这种女人向来是不屑一顾。说实话我对她这副德行已经厌倦了，我恨不得马上就把她一脚踹开远走高飞。我老婆跟我说，你激动个屁啊，不就是李东么，他来又怎么样，他不来又怎么样？

　　我和我老婆结婚以后偶尔会回去看一次我老爸，但是我老爸从来没来过我们这里。他认为在我和我老婆结婚这件事情上他受了伤害。事实也确实是这样。大学二年级的时候我突发奇想想退学，但是我又不敢让我老爸知道，于是我就私自找到了我老婆她爸，那个衣冠楚楚的系主任，他说好吧好吧我明天就给你办。第二天我去他办公室的时候发现我老爸从天而降，我老爸黑青着脸，用方言不停地骂我，还向我老婆她爸道歉，事实上谁能听懂他在说些什么呢？我们的系主任一副高高在上的表情，如果就是我老爸这么一教训就完事的话，那他现在也没什么话可说，可是当我老爸想从系主任那里抽回我的退学申请的时候系主任却不答应了，他说不行，这事情得按规章来办！我老爸一下子急了，什么规章？系主任说你以为学校是你家办的啊，说退就退说不退就不退啊，学校是有这方面的规定的，他这种情况，即使现在自己不想退了我们也不会要他的了。我老爸一下子急了，那你他妈的叫我来干什么？叫你来是让你了解一下情况，我老婆她爸说。

　　我老爸在我在学校附近租的房子里住了七天，这七天里他除了不停地打电话找熟人就是拍桌子骂我，他说，你这个狗日的，信不信老子把你扔下不管，让你小子去喝西北风去。我当时已经完全没感觉了，本来就是我自己想退学的，现在退就退吧，有什么关系。我这样子把我爸气坏了，他更响亮地拍桌子，你也不想想，你也不想想……说着居然哭了起来。我能想什么呢？后来事情终于有了转机，一个我什么表哥的高中同学的大学同学的老师是我们学校的副校长，他说这件事情包在他身上。

　　结婚以前我没有告诉我爸我老婆到底是我哪个老师的女儿，后来他得知自己的亲家是谁的时候简直气坏了，就是骂我不会教育孩子的那小子？他叫道，他女儿？是的，我老老实实地跟他说。妈的，他女儿？他女儿！我老爸不停地叫了起来。

　　李东得知我要和我老婆结婚的时候对我说，其实也没什么，本来就是这回事情嘛，那时候他四处找工作却四处碰壁，而张乐雪上加霜居然要和他分手。如果是我，李东说，即使张乐现在还愿意和我好，我也会把她甩了去跟你老婆结婚的！那段时间的李东显得憔悴而伤感，他经常在晚上失眠，我听见他在床上不停地翻身，频繁地上厕所。这些事情因为李东的即将到来而在我的脑袋里不停地出现，我仿佛又回到了我的大学时代，那些无聊而又充满幻想的日子。我老婆把灯打开，问我，你在穷折腾什么啊，搞得我也睡不着，明天还要上班呢，她把眼镜摘了，眼窝深陷，看上去丑陋无比。我不想理她，翻了个身把脸扭向了另外一边。

接下来的几天过得缓慢无比，我每天都在想李东即将到来的这件事情，因为我老婆没有表现出如我预想的激动，让我有了一种失败感，我急着想找个人来诉说我的感受，而那个人必须是一个熟悉李东的人，是一个熟悉我的大学的人。事实上现在我的想象已经不止局限于李东了，那些和李东无关的东西，那些遥远的已经被我像大便似的拉在厕所里的东西，突然间在我的脑袋里涌现，它们如此密集地朝着我的生活扫射，让我有了一种飞起来够不着地的虚妄之感。

一个阳光明亮的星期天下午，我从床上爬起来抽了支烟后突然感到自己的脖子右侧隐隐发痛，我老婆还趴在一边睡觉，我把她叫醒说，我的脖子有问题了，疼得厉害。她翻了个身，我看着她堆在脑门后的发黄的头发感到一阵恶心，去他妈的，我脖子疼关她什么事情啊。所以我扔下她走了。我去了附近的一个医院，我想找个人给我看看我的脖子，我对医生说，我脖子疼，我还没把这句话说完，突然看见一个熟悉的背影在门口一闪而过，我打开医生放在我脖子上的手冲了出去，那个人居然是李东原来的女朋友张乐，我高声地叫她的名字，她疑惑地回过头看着我，我说，李东要来这里了！我连着说了两遍，我多么希望她能像我想象的那样表现出一副激动而又高兴的表情来啊，可是她居然很平静，真的，我跟她说，李东要来这里了！她笑了笑说，你就想跟我说这个？我一下子愣住了，我和张乐已经有两年没见了，当我又一次看到她的时候我应该问候她最起码也要说点你好之类的话可是我居然脱口而出的是李东就要来这里了。张乐走了以后我一个人站在医院的大门口发呆，我突然间泪流满面，过往的人奇怪地看着我，我用两只手把自己的头抱住，蹲在原地。

回家的路上我碰到了我老婆她爸，他从车子上下来，搂着一个女人进对面的酒店。我连忙快走两步，躲到了一棵树后，其实他根本不可能注意到我，不知道从什么时候开始我见他总觉得浑身不自在，于是我一次又一次在他迎面而来的时候躲到电杆、树、一堵墙、IC卡电话后面，他过去以后我被一种自卑的情绪笼罩起来，沿着墙根往前走，我走得很慢，照这样走下去，我回到家的时候我老婆肯定已经睡觉了。

后来天黑了下来，我掏出一支烟，一边走路一边抽烟，这时候我听见身后传来一种轻微的声音，刚开始我以为是别的行人，但是当我回过头的时候却什么也看不见，我又往前走，那声音就又出现了，如此反复了三四次，我终于忍不住了，我快速地跑了起来，我发现我由于长时间缺乏运动而表现出一种令人沮丧的迟钝来，我身上的肥肉上下摇晃，它们让我感觉到了自己坚实的存在，是这样的。后来我停在一个墙角，发现了那只跟在我身后的狗，看到它我不由得承认事实上狗也有混得不好的，它就像是刚从一个垃圾堆里钻了出来，浑身的毛被脏物粘成一片片的，它在大街上跟着我飞奔，它显然是一只空虚的狗，所以对跟踪这么无聊的事情都有兴趣。

我把那只狗领回了家，我在路上考虑过怎样对待它，刚开始我是想把它杀了吃肉，可是瘦弱不堪的它显然给不了我多少油水，后来我又想到用棍子把它在我的房子里敲死，就这么一下一下地敲，直到它的血流成河，想到这里我不由得兴奋起来，于是我更迅速地奔跑，它显然还不知道自己将会面临的厄运，从我后面撒开脚丫子超过了我，然后一边跑一边回头看我。

我回到家的时候我老婆已经睡了，并且比我想象的睡得还要死，我带回来的狗在房子里突然地大叫了两声，我被它吓坏了，以为会把我老婆惊醒，但是我侧着耳朵听了一会儿没见她有什么动静。于是我伸手揪住了那只狗的耳朵，把它拉到了我的房子里。

事实上我后来并没有把那条狗给杀了，因为我给它洗了个澡后发现它实在是一只很漂亮的狗，它站在地上看上去尊贵无比。我决定把这只狗养下来。我在书店里买了一大堆关于养狗的书，每天空闲下来我就仔细地阅读它们，我把别人的心得用心地记下来，在做这些事情的时候我体会到了无穷的乐趣，我和一些养狗的人互相交流心得，和其中一些已经成了我的朋友的人一起去逛超市买狗食。当然另外一些烦心事随之而来，比如我再怎么打扫也消除不掉的房子里的臭味，比如我老婆每天长达三个小时的唠叨，但是这有什么关系呢，我的日子还是越过越滋润了起来。

我每天早上和我的狗一起去跑步，在房子里的时候我也闲不住，我甚至开始练起了倒立，有一天我当着我老婆的面头朝下脚朝上竟然走了好长一段路，后来我经常给我的朋友们表演这一手绝技，他们看着我露出羡慕嫉妒的眼神来，要知道他们已经完全退化了，他们上厕所的时候一不用那种细腻柔软的卫生纸肛门就会流出血来，一连疼痛一个月不止。

我的狗现在已经变得健壮起来，它显得朝气蓬勃，就像我现在的生活一样，但是，作为一个尊贵而精神空虚的狗，很快它就厌倦了这一套，它又开始跟踪不同的人，对此我没什么意见，因为，作为一个尊贵而精神空虚的男人，我自己是这么看自己的，我跟它有了同样的爱好，说实话，跟踪这样的事情实在是乐趣无穷。

五月的一天下午，我的朋友李东终于把所有该忙的事情都忙完了，坐车来看我，他被我的狗吓了一跳，然后蹲下来看着它说，是一条好狗，是的，真是一条好狗。李东作为我的朋友如此说我的狗我感到很高兴，我和他在一起喝酒的时候，他眯着眼睛看了我一会儿说，操，你一点都没变啊。我笑了笑。我又笑了笑，有一瞬间，突然有一种悲伤的感觉从我的心底涌了出来，但是，马上我就把它撇开了。

暴 力 史

1 鸳鸯腿

那天阳光很好。发生了两件事。一、离我们这儿不远一个恶
棍被人给打死了。这个恶棍大家都见过，我也不例外，一次是我
跟老婆去逛街，被他给瞄上，在我老婆屁股上摸了好几下，我装
作没看见，就这么过去了。第二次是我儿子不小心碰了他一下，
他说自己丢了三两银子，我二话没说，给了他三两，也就这么过
去了。据说，这个恶棍会使铁砂掌，一掌下去，中者就会全身发
黑而死，到底是不是这么回事，我持怀疑态度，也只是个怀疑而
已。现在的情况是，铁砂掌被人给打死了，午饭前有人来告诉我
这个消息，我老婆听到后坐在门墩上哭了半天。我没有理会她。

第二件事是，我多年不见的朋友李天住来到了我家。李天住
是河北人，我原先贩卖粮食的时候认识的他，帮着我干了一段时

间活后，他老爸来信说要他回去娶媳妇，他就此离开我家，音信全无。李天住来得恰是时候，我正准备吃午饭呢，他进来坐桌子旁和我们一起吃饭。我对我儿子说，去打点酒回来。李天住在我这里的时候，我还没有儿子，他眯着眼睛看了一会儿我儿子的背影，说道，倒是一副好身架呢！什么意思？我问他。你儿子是练武的好材料！他说。

接下来我和李天住边吃边聊。这家伙说的事让我吃惊不已。他说，离开我家后他并没有回去娶媳妇，因为他听到消息说他的未婚妻是一个破鞋。破鞋我是不能要的，李天住这么跟我说。

我碰到李天住的时候，他还是一害羞小伙。那天因为下雨不好赶路，我给了他爸五钱银子，在他家歇了一个晚上。早上醒来，看见他爸站在门前。什么事？我问他爸。求你件事，他爸说，你答应不答应呢？我说，我答应，你说吧。是这么回事，他爸说，我想让你带我儿子出去混几年，一来长长见识，二来也攒点小钱娶媳妇。这好办，我对他爸说。就此，我带着李天住做了几年生意。

现在他跟我说，破鞋我是不能要的。我马上意识到，现在的李天住已经不是原来的李天住了。原来他是不会这么跟我说话的。原来他表现得跟我儿子似的。

说到这里，我想起一件事情。

那时候我老婆大着肚子，我出远门。晚上在客店里怎么也睡不着。老想着搞，于是穿上衣服去了家妓院。那妓院很小，我挑了个异常丰满的姑娘，睡了一觉。这才感觉舒服点。付钱的时候，突然看见一个身影在楼道上晃了一下。我回头问老板娘，刚才那人是不是叫李天住？老板娘说，我怎知道！当时我认为是自己眼花了，不可能的事嘛，李天住现在应该是在河北家里跟媳妇住着呢。我这么想。

现在想起来，那个人确实就是李天住。

和当年相比，李天住喝酒厉害多了，我很快就觉得头晕。李天住问我，知道铁砂掌被人打死的事不？我点了点头。李天住压低嗓门说，是我打死的呢！

当时阳光正落在我们身上，李天住红着脸，下巴上的胡子显然好久没刮，黑不拉唧的一片。我还看见他一嘴巴的黄牙，张张合合之间，臭气迎面扑来。

李天住看着我问，不相信？说着站了起来，我连忙拉住他说，你要干什么呢？他说，我给你表演一下鸳鸯腿。鸳鸯腿是什么东西？我问李天住。是一种专门对付铁砂掌的武功。

我说，算了，我相信你。我年纪大了，已经过了看热闹的时候了。这么说着，我竟然有些伤感，这个李天住，在我面前活蹦乱跳的，无论如何，我多么羡慕这个年轻人啊！

事实上鸳鸯腿这功夫我早就知道。我也知道它是铁砂掌的克星。在我十三四岁时候，曾离家出走，想找人学这功夫。那时候我们这里的小孩子对功夫相当入迷。每天打麦场上都有一群人在练武。他们学的是铁砂掌，教他们武功的是恶棍他爸。本来我也想跟他们一起，但是恶棍他爸不教我，他说我不适合练铁砂掌。为什么？我问他。因为你身体不行！他这么跟我说。

我身体不行，这倒是个事实。现在我还不到四十岁，头发就已经白了，走路的时候还得拄拐杖。对我老婆，我再也没心思摆弄她了。所以，自从李天住离开我家后，我就再也没做过生意。这是遗传的问题，我爷爷这样，我爸也这样。在我们家，男的到了三十五岁，就得准备着去死。

我已经说过了，那天阳光很好。吃过午饭后，李天住径直走进我的卧室，躺在我床上睡起觉来。本来我想对他说，这样做是不对的。但是结果我却没有出声。睡就睡吧，我想。他鼾声如雷，我老婆一边洗碗一边问我，鸳鸯腿真的那么厉害？我说，厉害个屁，听那小子胡扯。说完这话，我就去晒太阳了。

接下来的情况跟你想象的一样，我晒着晒着太阳，突然脖子一歪，死翘翘了。临死前，我觉得屁眼一湿，拉出点稀黄的大便。嗯，在这样美好的天气里，死倒也不是件坏事。

需要补充一点的是，我老早就发现，我儿子跟李天住长得很像。也就是说，我儿子其实并不是我的儿子，我老婆也将成为李天住的老婆。这些事情啊，临死前我一下子觉得怎么也忘不了了。

2 七伤拳

秋天快结束的时候，我们打了李四一顿。事实证明，这家伙确实是在吹牛。一看到我们，他就抱着头蹲在了地上。你不是会七伤拳么？我们一人踢他一脚，问。这家伙一声不吭，只是把头抱得越发地紧。这狗日的！老正骂道。接着我们各自使劲，李四终于大声哀号起来，各位爷爷，他叫，饶了儿子吧。

这件事是这样的，李四出钱，请我们在天客来吃了顿饭。饭不错，我们感到很满意。吃完饭后，李四又送了我们一人一瓶好酒。这酒，照老正的说法，最起码得五两银子。这个数字显得过于巨大，把我们都吓了一跳。要知道，我们甚至都还没见过五两银子。所以大家都舍不得喝酒，存了起来。此后的好长一段时间，我们见了面，都要聊聊那酒。喝了么？其中一个问。大家摇头。妈的，那个说，没种。事实是，他也没喝。

你说，老正说，李四从哪儿弄这么多钱？

我们摇头。

我觉得有问题！老正又说。

肯定妈了个巴子的有问题，别人说。

当然，我们也只是说说而已。李四请我们吃过饭，并且送过酒。再说，没过几天，他就从我们这儿消失了。连他妈都不知道他去了哪里，见了人就哭，说李四这狗日的，连老娘都不管了，这狗日的李四。这话我们每个人都听过好多遍了。所以，我们不能再跟李四过不去。

接下来的小半年，发生了好多事，先是打仗，金人入侵。老正的意思是，我们应该跟他们拼一拼。我们一致赞同，于是一道去铁匠铺打武器。铁匠着实不够意思，不仅没少跟我们要钱，还说，干你娘的，活得腻歪了你们？这话很难听，不过我们没说啥，要知道铁匠这家伙，逢打架就拼命，俗话说得好啊，那什么害怕不要命的。所以我们各自拿了武器，在家里藏着。问题是，一直到年底，也没见金人过来。有人传言，说我们这地方小，人家看不上眼。这让人实在恼火，但是也没有办法。

另一件事是，老正结婚。这家伙比我们都大，结婚是理所当然的事。虽然新娘长得丑，但是老正高兴，这就够了。于是大家喝酒。喝到一半，老正突然站起身来，不一会儿手里拿个瓶子进来，说，喝这个吧。我们一看，原来是李四送的酒。老正，有人说，你他妈的够意思！大家也都是这个意思。老正一笑，妈的，就一瓶酒么！喝！

喝李四的酒，当然少不了谈李四。

这狗日的，老正说，都半年多没见了吧。

是，有人说。

干什么去了？老正想不通，不是去学七伤拳了吧？

这话一说，大家都吃了一惊。这可不是玩的。七伤拳打你一下，你死不了，但是你这辈子都得在床上躺着，还有，中了七伤拳，你会活得很长。这是很要命的事。

过了会儿，有人说，就他那傻逼，想学也学不会。

是，又有人说，他笨得一比，小时候上了两年学，连5跟2都分不清。

这话倒是真的。我们村的人都知道。

不说这个了，老正说，喝酒。

如你所知，后来李四归来。把我们几个叫去喝酒，还是在天客来，还是五两银子的酒。我们喝得很不爽，对李四说，你有啥说啥吧，坐着难受。

李四脱掉上衣，露出几根骨头，对我们说，干你们妈的，老子杀了你们。他连着说了两遍，干你们妈的。可惜的是，他没学成七伤拳，不仅没学成，还受了内伤，一辈子不能动武。所以，他杀不了我们。

当时也是秋天，我们心情一下子转好，吃完饭后，把李四拖出饭店，就在门口狠揍了一顿。揍完后，李四把抱头的双手拿下来，突然放声大哭，并且越哭越大声。我们不知道该和他说点什么，只好眼看着他越走越远，一跛一跛地回老娘家去了。

3 十八掌

首先应该说明的是，十八掌和降龙十八掌不是一回事。降龙十八掌我只是听人说过，但是没真见过。而十八掌，会的人很多。比如我儿子，九岁就开始练十八掌了，练了七年，现在浑身肌肉一块一块的，屁股也特别肥硕，不论穿什么裤子，最先开线的总是臀部那里。他对此扬扬得意，经常去游泳，为的就是显示一下自己的身材。

说老实话，我对我的儿子相当不满，我对他的体形相当不满，连带着，我对十八掌也很讨厌。只要有人跟我提起这三个字，我马上就会脱口而出，十八掌算个屁。这么说，好像我武功很高强似的，事实并不如此，我一点功夫都没练过，所以身体很差。

我儿子对我对十八掌的看法很有意见，有一天，他跳到我面前，说，爸，你能不能不要再非议十八掌了？我说，你什么意思？我觉得这家伙可能是欠揍了。在他小的时候，我是经常用耳光教训他的，但是随着他慢慢变壮，突然有一天，我就感到心虚了。

我的意思是，他满脸通红，嘴唇发抖地对我说，你别再说十八掌的不是了。由于当时围观的人比较多，所以我只好说，说了你又怎么样？你想反了是么？我儿子连腿也抖了起来，说，你再说一次试试？这时候，旁边竟然有人喝起彩来，顺便还鼓了一通掌，我鼓足勇气，道，十八掌是个屁！

如你所知，接下来我被我儿子给打了一掌。看得出来，他还是手下留情了一点，我还没明白怎么回事，就跌出去老远，脑袋撞在石头上，差点昏死过去。我儿子跟过来，站着对我说，如果你再敢乱说一句话，别怪我不客气！

我不可能站起来跟我儿子打上一架，不说我打不过他，即使我能打过他，我也不会跟他打。我在地上躺了一会儿，等四周的欢呼声和掌声静下来，人群散去，才爬起来回家。我老婆问我，怎么回事？我本来准备跟她说个谎，后来想想没必要搭理她，于是绕开她回了屋。

我没想到的是，十八掌会这么厉害，胸膛里好像被人扎了根针似的疼，第二天浑身发热，第三天浑身发凉，直到第四天，我才能慢慢地从床上爬起来去外面逛街。老实说，我对逛街并不感兴趣，这是女人的爱好，我经常这么想。但是那段时间我觉得自

　　　　　　　　　　　　　暴力史

己应该逛街，碰见每个人都要打个招呼，这些人跟我说话时候的表情都很怪，怪就怪吧，我想。

好些了吧？他们忍住笑问我。

好多了！我对他们说。

好了就好！他们说。

是的，我说，好了就好。

接着我们说再见各走各的路。

等我完全好利索后，我就很少跟我儿子说话了。刚开始还有些不习惯，过了段时间就好了。我每天若无其事地吃饭，若无其事地睡觉，若无其事地去学校给学生们讲课。说到这里，我得补充一点，我儿子不喜欢学习，虽然四岁的时候我就逼着他背了几百首古诗，但是后来他硬是全给忘了。后来我想，忘了就忘了吧。

那天星期天，下大雨。我站门口看了会儿天，觉得有点冷，回家里加了件衣服，然后出来站那里继续看天。天上有几块乌云，变换着姿态让我看。偶尔还会突然来一闪电。外边不时有人跑步经过，这都是那些练功夫的人，据他们说，在这样的天气里，动一动能吸收到灵气。这分明是说胡话。

过了会儿，我突然听见我老婆在屋子里哭。我叫她，你哭什么？她说，你来看看。我懒洋洋地走回去，发现她手里拿封信，上面扭扭曲曲的字分明是我儿子写的。写的什么？我问她。他走了！我老婆说。走了？我有点吃惊地接过信来。

如你所知，那年我儿子十六岁。他在信里说他去华山比武去了。华山离我们这里很远，从来没人去过那儿。我呆了半天，不知道该跟我老婆说什么，于是她越哭越大声起来。我把信收好，找了块毛巾包起来，放在存银子的箱里，就在我锁锁的那一当儿，突然间觉得双腿一软，倒在了地上。

最后补充一点，十八掌并不是真正有十八掌，它仅仅一掌，说到底，无非就是个体力活而已。

4 铁头功

有一段时间，我每天不到五点就起床去练铁头功，这时候全村人都还在睡觉，外面的天是蓝黑的。我得蹑手蹑脚地动作，不然我爸和我妈就会停止打呼噜，光溜溜地从床上跳起来，你他妈的在干什么？他们晃动着肚子上的肥肉，把唾沫喷到我脸上。我说，不干什么！我爸我妈一人踢我一脚，妈的，再敢打扰我们睡觉，把你皮剥了挂起来！我说，好吧。然后我就离开了家。

如你所知，我自己对功夫并不感兴趣，之所以要如此勤奋，原因如下：

一、我想跟梅花搞对象，而梅花喜欢铁头功。你见过铁头功么？我问她。没有，她说，不过我听我爸说过。梅花她爸是个二流子，每天无所事事，一件上得了场面的衣服都没给梅花买过。当然，这没有关系，我只是喜欢梅花而已，对她爸没什么兴趣。铁头功有什么好的？我问梅花。梅花说，铁头功天下无敌，这也是梅花她爸说的。我一点都不相信，在我们村，关于到底哪门功夫天下第一，说法至少有一百多种，甚至有人还为此打过架。不过我并没有跟梅花说我的看法，我说，好吧，我去练铁头功。梅花没有说好，也没有说不好。于是我就这么练了下来。

二、如你所知，我个子瘦小，身体单薄。经常被人拦住找碴，小子，跟哥们儿练几下？他们问道。每当这时候，我就忍不住浑身发抖。不敢！我说。看不起我们是吧？他们故作恼怒地问我。我不知道该和他们怎么说了，我知道一旦说错，就会被他们按倒在地暴打一顿。当然，无论如何，挨打是免不了的，最终我还是得抱着头躺到地上，他们有兴致的话，会多打几下，有时候打得没意思，就自己走开了。如你所知，每天这么挨打也不是个办法，目前看来，练铁头功倒也是个出路。

我练功的地方不远，一会儿就到了。一般我都要先做会儿热身准备，跑几步，做做俯卧撑什么的。等火候差不多了，就站到棵杨树前，定神，提气，意首百汇，接着直着脑袋朝树上撞去。刚开始这么搞的时候，每撞一下，脑袋都会晕半天，撞到一百下，就会流出血来。不过后来就好多了，无论我用多大力气，脑袋都没有任何感觉。

最后补充一点，如果是夏天，大概六点多，甚至不到六点；如果是冬天，大概八点多，天就会逐渐亮起来，当太阳快从山后露出来时，麻雀们突然出现了，我都不知道它们是从哪里冒出来的，只能看见黑压压的一片，它们飞行一小会儿后，分散着落到杨树枝上。我抬头看看它们，它们拉下几滴屎来，恰好落在我的

暴力史

脑门上。当然，这没有什么关系，我暂停练功，一边用河水冲洗头发，一边听见它们在身后叫了起来，声音并不整齐，听上去乱七八糟。

吃 火 锅

我不知道自己为什么突然迷上了火锅。

我跟我女朋友说，咱们去吃火锅吧？当时我们还躺在床上，天已经快黑了。天黑了我女朋友就得回家，她有个很古董的妈，绝对不允许她在外面过夜。所以，尽管我和我女朋友已经谈了两年多恋爱了，她还没在我的床上待过一个完整的夜晚。这对于我来说，确实是个问题。要知道她是我的第一个女朋友，以前我从来没跟女的来往过，我特别想知道，如果有个女的跟我在床上躺一夜，会是怎样的感觉。

我女朋友是本地人，她对这个嘈杂而烦乱的城市要比我了解得多。每次我想去某个地方，马上就会想到问我女朋友。在她的脑袋里，就算这个城市最细小最容易被人忽略的地方，都是非常清楚的。而我，虽然我已经在这个城市待了五年了，却仍然对它一无所知，好几次，我都把自己搞丢了。我觉得搞丢自己是一件很麻烦的事情。我女朋友却跟我说，你打个的就回来了嘛！我说，你又不是不知道我没钱！我女朋友没说话，开始穿她的衣服。

老实说，我不知道我女朋友为什么要跟我待在一起。我不知道她为什么要跟我上床，给我钱花，并且允许我在感到孤独的时候给她打电话。我不知道我女朋友到底是怎么想的。照她的条件，她应该找个有钱、工作稳定、户口也在本市的人结婚。而我的情况恰恰相反，我经常是吃了上顿没下顿，至于我的户口，天知道我把它扔哪儿去了。还好的是，我还有一张有效期为十年的身份证。这个身份证被我丢掉过好多次，不过每次都有人给我送回来，说到这里，我觉得自己真是一个很幸运的人。

我女朋友穿好衣服后，把灯打开，对着镜子化起妆来。我女朋友并不是你想象的那种女的，她化妆的次数很少，并且，从来没化过浓妆。照我朋友的话说，我女朋友应该是一个朴素而又漂亮的女孩子。你真是交了狗屎运了！他们红着眼睛跟我说。我也这么觉得，好运气要来的时候，你真是挡都挡不住。

咱们去吃火锅吧！当我女朋友开始修理自己的眼睫毛的时候，我对她说。她停下来，转过头来问我，又吃火锅？我说是的，吃火锅吧！我不知道自己为什么突然迷上了火锅，我已经连着跟我女朋友吃了一年多了，每天一到晚餐的时候，我的嘴巴就开始发痒，我甚至都不能轻易地把它合上，它急需辣得让人流泪的火锅来满足自己。

我女朋友叹了口气，对我说，那好吧，咱们就吃火锅去！听到她的话我心里快乐得难以形容起来，我一边穿衣服一边哼起了一首情歌。我女朋友最喜欢听我唱歌，尽管我自己觉得不怎么样，但是只要我一开口，她就会高兴起来，对我说，唱吧，唱吧，别停下来。所以只要我一开始唱歌，最起码都得连着唱一个小时以上。有时候在半夜，我女朋友会给我打电话来。我拿起话筒，就听见她在里面叫道，我想听你唱歌，你快唱给我听吧！我只好一边打哈欠一边给她唱歌。我把自己能想到的歌全唱给她听了，她还不满意。接着唱，别唱已经唱过的。她这么一说，我发现自己真的张开嘴巴又唱开了，它真是让我吃了一惊，我本来以为再也没有我会唱的歌了，但是现在却一首接一首地从它里面飞了出来，有些连我自己都没听过。

自从那以后，我就成了一个唱歌机器似的东西，只要我女朋友喜欢听歌，她说"开始吧"，就好像按了一下我的按钮似的，我马上就唱开了。对于我女朋友来说，这是一件很方便的事情，她经常会对我喊，开始吧！好吧，那就开始。但是今天不是这样，今天是我自己高兴，我自己张开嘴巴唱起歌来，这对于我来说是件很特殊的事情，我已经很久没有自己有过唱歌的冲动了！我在我女朋友惊奇的眼神中越唱越响，越唱越高兴。后来我女朋友受不了了，她对我说，你他妈就不能停停么！他妈的你搞得我耳朵都快聋了！

我女朋友很少说脏话，现在她一连说了两个，这说明她是真的感到生气了，或者是她感到厌烦了。当时我们俩已经在去吃火锅的路上了。我女朋友的声音大得让全车人都扭过头来看我们了，他们好像发现了一个怪物似的，我感到自己屁股底下好像突然冒出一根针似的，难受极了。本来我唱歌的声音只有我女朋友一个人才可以听得见，现在大家不知道出了什么问题。我能怎么办呢？我只好装作跟自己没关系的样子，扭过头看着窗户外边，一边把自己的嘴巴紧紧地闭上了。别再想让我张开嘴了，我在心里默默地想。尽管我自己也知道这是不可能的事，我还是坚持那样想了一会儿。

这是一个冬天的夜晚。天气寒冷，我们坐在从郊区开往市区的公交车上，两旁不时闪过橘红色的路灯以及偶尔的骑自行车的行人。本来我女朋友不喜欢坐公交车的，她跟我说自从她工作以后就再也没坐过公交车了，她以为自己再也没机会坐了，没想到跟着我又坐了起来。说老实话，她对我说，坐公交的感觉还真不赖，如果人足够少，如果天气晴朗，如果一切条件都具备。有时候，她又对我说，我真希望这公交车能一直开下去，再也不停下来。

如你所知，我没钱，没有工作，生活得非常不好。我总感觉花钱打的是一件很浪费的事情。所以，只要我跟我女朋友一起出去，我一般都会建议坐公交车。结果如何得看我女朋友心情如何。如果她心情不好，她会打的，并且拒绝跟我一起坐在后面，她会钻到和司机一起的座位上去。如果她心情好，她就会跟我坐公交车去。

无论什么时候的公交车，总会给人一种热闹的感觉，尽管没有一个人说话，你仍然会感觉到，吵闹、喧闹、嘈杂等等这些词语，就这一点来说，公交车绝对是一种比较神秘的交通方式，它会给你安慰，给你抚摩，让你融入一种非常美妙的境界里。作为一个喜欢公交车的人，我强烈向你推荐用它来度过难熬的时光。

我不得不承认，尽管天气寒冷，尽管我遭遇了些麻烦。但是我的心情仍然控制不住地好了起来。车已经进入市区，街道平整而宽广，到处都充满着人群。城市常常给我一种幻觉，就是在这里没有黑夜，而只有白天。人们总是一副极度兴奋、正在进入的美妙表情。我对自己说，这世界上还有什么比火锅更值得期盼呢？这世界上还有什么比正在通往火锅的公交车更让人兴奋呢？公交车和火锅，这两样东西都是我来到这个城市后才接触到的，我以前只是在电视上看见过一两次。当然，在我离开家乡这几年，那个小县城也正以一种令人吃惊的速度发展着，听后来来的兄弟们跟我说，那里也出现了公交车和火锅。已经不是什么新鲜事了！他们对我说。是的，再也没有什么新鲜事了。这世界到处都滚烫得像是一根勃起的生殖器，像是摆在老干妈火锅店的上千个咕嘟作响热气腾腾的火锅，像是灯火通明不知疲倦的夜晚。

我跟我女朋友说，一想到火锅我就浑身是劲儿。我女朋友没有说话，她大概觉得我的举动是无法理解的。公交车开得很慢，小心翼翼地躲闪着满大街乱窜的人们。我不知道如果行人违反交通规则，被车撞死后是不是车辆可以不负责任。老实说，有时候我觉得真的得好好地撞它几次，这世界才能给安静规则起来。

这个城市的火锅店特别多，可以想象，和我有同样爱好的人实在是为数不少。在认识我之前，我女朋友应该算是个比较合格的火锅迷。有许多我认识的女孩子不爱吃火锅，因为她们觉得火锅是刺激性食物，会破坏她们的皮肤。我女朋友却不怕这个。在吃这方面，我女朋友相当着迷。还好的是，无论她怎么吃，都不会胖，皮肤依然光滑如初。

我第一次吃火锅就是我女朋友带我去的。在此之前，我无数次经过了无数个火锅店，但是对它却缺乏了解，从来没想过它会是一种怎样的食物。那是我和我女朋友第一次单独吃饭。我吃得很快，并且很多，旁边的人都惊奇地看着我，我满额头都出满了汗，却顾不上去擦它一下。我女朋友忍不住笑出声来，她跟我说，你吃火锅真让人激动，一看就是个火锅爱好者。我对她说我以前没吃过火锅。从来没有过？她不相信地看着我。我说是的，从来没有过。

我吃得浑身发烫，内衣裤全让汗给浸湿了。我以前对辣椒的兴趣并不是很浓厚，但是那天我觉得如果没有辣椒，这个世界就失去了颜色，再也没有意思了。我女朋友问我，还要么？我说，要，要粉条。是的，我他妈就喜欢吃粉条。此后每次吃火锅我吃得最多的都是粉条。

那年冬天我回家了。那是我四年来的首次回家。我爸递给我一支烟问，在外面怎么样？我说，还行。还行是什么意思？我说，还行就是差不多。说老实话，我实在没有兴趣再跟他磨蹭了，我把我女朋友给我抄调料的纸扔给我妈，把自己带回来的电饭锅插上。去给我照样买点调料回来吧，我对我妈说。我妈没有吭声，出了门，不一会儿她就把调料给带回来了。

现在开始，火锅！

我们围着放在地上的电饭锅，各人拿着各人的筷子，从远处看我们大概像是大便似的。事实上我们是在吃火锅。我爸我妈人生中的第一次吃火锅。不一会儿，我就开始流汗，我妈也开始流汗，我爸也开始流汗。汗流成河，房子里被汗给淹住了。好吃么？我伸手在汗水里翻了个跟头，问一旁仰泳的我爸。好吃！他从嘴巴里吐出一块辣椒皮，掉下来的时候落在了他的肚皮上。不知道从什么时候开始，我爸变成了个胖子，要知道他原来比我还瘦，我惊奇地发现他肚皮上的肉已经完全是当官的才有的一副模样了。怎么样？我问我妈。我妈说，不错！我妈的性格就是这样，她从来不会对某件东西大方地献出自己的赞美。即使你已经觉得好得不得了了的东西，到了我妈那里至多也就是个"还行"，所以，她说"不错"我就觉得非常满意了。

我说，我要开一家火锅店，我要让火锅在咱们这里流行起来！我的话马上就得到了我爸的赞成。小了，他这么跟我说，没白出外面混。

如你所知，火锅现在在我们那里已经非常流行了。几乎全县城的人都成了狂热的火锅爱好者，大家可以早上吃火锅，中午吃火锅，晚上再吃火锅。为了满足自己吃火锅的欲望，又不花太多的钱，每家都开始学着做火锅。甚至有官员提议把我们那里叫作"发明火锅城"，还好一个有识之士告诉他，火锅是早就有了的东西，并不是我们那里的专利，他才作罢。

上面是关于火锅的一个小插曲。关于火锅也许每个人都有一个故事。我听过的最离奇的一个是某人吃火锅吃得暴毙了。对此我表示怀疑，我女朋友对我说，照你这个吃法，有一天肯定会有同样的下场。说这话的时候，我们已经坐在"老干妈火锅城"吃开火锅了。

我今天漂亮么？我女朋友问我。我停住正往嘴巴里塞粉条的手，点了点头，对她说，漂亮！

火锅就那么好吃么？她又问我。我说，是的。接着我补充道，再也不会有比这个更好吃的东西了。每次吃火锅，我都很少说话。

当我吃得差不多了，开始喝剩下的啤酒的时候，才注意到我女朋友今天有点不一样，她一丁点东西也没吃，就坐着看我。

你怎么了？我问她。

不怎么，她说，停了会儿，她叹了口气说，我男朋友快回来了。

你男朋友？我有点吃惊地问她。

是的，她说，他出国了，我一直在等他。

我女朋友说出这句话后，我突然间觉得自己跟她像是陌生人似的。我觉得平时跟自己待一块儿那个人根本不是她。眼前这个女人，跟其他在我的生活中一晃而过的陌生女人没什么区别。我小心翼翼地陪她说话，希望引起她的注意，事实上这是不可能的，马上，等我把眼前的啤酒喝完，她就会站起来，从我的生活里彻底消失。我无数次碰到这样的场景，体会到同样的失落。

我跟我女朋友在广场分了手，沿着马路去找公交车站牌的时候，我突然想到了目前不得不做的一件事情。有许多时候，人都需要做件事情使自己安静下来，不然就会无聊得要死。我那天晚上的运气不错，整个晚上我都奔波在这个自己并不熟悉的城市里，我耐心地跟路人打听，细心地寻找，一遍一遍地比较，从这家商店到那个商场，最后我终于买到了做火锅所需要的整套餐具和配料。提着这些东西，我感到非常安静，是的，我必须把这些东西准备齐全，因为我女朋友走了，她不会再请我吃火锅了，而现在，我是绝对离不开火锅了。

深夜一点多，我回到了家。房东给我开门的时候非常不满地对我说，以后再回得这么迟，就别在这儿住了！我非常不安地向他道歉，对他说，再也不会发生这样的事了。他没接我的话，怒气冲冲地返回了自己床上。我尽量把脚步放得很轻，以免把其他房客给吵醒。当我走到自己房门前的时候，心里突然剧烈地跳动起来，一想到自己即将做的事，我就浑身发抖。

我忘记那天的具体日期了，当时四周 片安静，只听得见不远处大街上飞驰而过的汽车声，以及偶尔的行人的喊叫。我的不足二十平米的房子有点冷。我一边打哆嗦一边忙活了半天，才在床下找到了自己的打火机，我已经许多天没用过它了，因为我女朋友不喜欢香烟的气味，我把烟给戒了。这会儿我低着头，看见半盒烟跟着打火机被我用扫帚给够了出来。我从里面抽出一支，点燃猛猛地抽了一口，感觉到一阵轻微的眩晕。好了，我对自己说，开始吧！我把袋子里的餐具取出来，放在房子中央，加上水，插上电，放入调料，不一会儿，熟悉的火锅的香气就充满了房间。这时候我发现自己忘记了买筷子。妈的，我真是一个倒霉蛋。还好的是，我在抽屉里找到了两支不知道什么时候用过的铅笔，我用它夹起粉条，放到了滚烫的锅里。

对了，我得先把烟掐掉，我不喜欢一边抽烟一边吃火锅。就是缺一瓶啤酒，我想。最后，我突然有了个想法，我觉得如果在公交车上开个火锅店，实在是个很棒的主意。人们围坐在急速飞奔的桌子边，司机大声地唱起歌来，他像是玩把戏似的轻松地转动方向盘。遇到红灯的时候就来个急刹车，火锅里的汤水飞溅出来，和人们混在一块儿，人们兴奋地一边冒汗一边狂吃，整辆公交车散发出浓郁的火锅味，在这个城市的道路上快速地热火朝天地前进！

租　碟

　　老鸟进去租碟，我站在外面抽烟。过了一会儿，老鸟把头从窗户上伸出来叫我，靠，你也进来嘛。我说，不了不了，你自个儿挑吧。老鸟听我这么说，把头缩了回去。我隔着玻璃看见他正对着那个女老板说着什么，女老板一直都在笑。

　　这条街很窄，街两旁还摆满了小摊子。如果一辆自行车朝你迎面过来，你肯定得跳到旁边的摊子中间。就是这么一条小街，我站在小街旁边的租碟店门外。我对面有个卖橘子的，他蹲在装满橘子的竹筐子旁边，过会儿就用手从里面拿出一个坏了的橘子放在鼻子下面闻闻，然后抬手就把它扔在了街上。我怀疑他对气味有某种特殊的嗜好，就像老鸟对自己的脚臭味情有独钟，老是拿手指抠脚缝然后再把手指放在自己鼻子下面闻一样，只不过他的对象是那些坏了的橘子，不是老鸟的脚臭。

　　那个卖橘子的扔了好一会儿，有些橘子已经滚到我的脚边了，还没停下来，我用脚踢了踢其中的一个橘子，它朝着另外一个方向滚了过去。这时候突然出现了一只手，还没等我反应过来，他已经一把抓起了那个橘子。我抬起头看到了手的主人，那是一个四十多岁的男子，他的头发很长，脏兮兮地披在脸上。他看了看我，然后小心地把橘子皮剥开，接着狼吞虎咽地吃了起来。

老鸟终于从里面出来了，他朝着我得意扬扬地笑了笑，还举起右手做了一个V的手势。我知道他搞定了，心里也兴奋起来。我俩并肩往回走，老鸟用手扳着我的肩膀说，怎么样，老将出马，一个顶仨。说着从衣服口袋里拿出了几张碟。我接过来一看，封皮上全是一些裸体女人做各种风骚状，靠，厉害嘛！我对老鸟说。老鸟厚颜无耻地说，那是。

我们租的房子就在这条街入口处的一栋房子的二楼，从窗户上可以看得见这条街的全部。老鸟一直对第三家租书那家的小姑娘有意思，不过他也只是停留在纸上谈兵的水平，说说而已。我对老鸟说，人家肯定有男朋友了，你没戏了。老鸟表面上装出很大度的样子说，靠，天涯何处无芳草，没了她，我还可以找别人啊。其实我知道他心里面蛮紧张的，一有空就趴在窗户上看人家小姑娘在下面有没有什么越轨举动。有一次，一个光头混混在小姑娘身上摸了一下，被老鸟看见了。老鸟偷偷地跟在他身后，在一个胡同里用砖头朝他脑袋上给了一下。也真是活该那小子倒霉，住了半个月医院还不知道是被谁打了，出来后看谁都不顺眼，可也不敢像以前那么放肆了。

老鸟去开影碟机，那是他刚从旧货市场买来的，说要对我进行再教育。我趴在窗户上往下看，先是老鸟的小姑娘，她正在和对面理发店的另外一个小姑娘聊天，两个人嘻嘻哈哈的。我比较了一会儿发现，还是老鸟的小姑娘要更漂亮一些，而且她的胸脯也要比另外一个小姑娘大得多。不过终究也还是一个小姑娘，我想，如果老鸟要他的小姑娘的话，我就要另外一个小姑娘。

老鸟朝着我叫，好了好了，你快过来看吧。我就过去看了，看了一会儿我发现老鸟老是用眼睛瞄我，一会儿一下，看到一个比较那个的地方，他就叫一声，靠，这也行啊，好像他很懂似的。叫完就用眼睛瞄我，我觉得他特别没意思，他一直都觉得他懂得很多，而我屁也不知道。

我问老鸟，你去吃饭么？他正躺在床上，眼睛盯着天花板。他看了看我，说，不去。我说那我先走了啊。他没说话。我一个人下了楼，走出院子，到小街上吃饭。经过卖橘子那儿的时候，我看见那个卖橘子的已经不扔橘子了，他眯着眼睛看着在地上捡烂橘子那个乞丐，他大概正在为自己的慷慨大方而感动。等乞丐又吃完一个橘子后，他脸上带着笑，问那乞丐，二子，好吃么？这条街上所有的人都叫那个乞丐二子，刚开始我一直以为是儿子，后来才知道是二子。不过也确实有些人叫他儿子，碰到这时候二子也不生气，也不说话，就在墙角呆坐着晒太阳。二子看了看卖橘子的，没有说话。他向来都这样，别人无论问他什么，他都不会说话的。可是卖橘子的觉得自己丢了面子，连一个乞丐都对自己爱答不理的，他的脸开始变得通红，然后他突然站了起来，走到乞丐身边，踢了乞丐几脚，一边踢，一边叫，你个老乞丐，还和我装孙子呢，看大爷不整死你。乞丐连忙拿着自己的一个破包跑了，卖橘子的冲着他的背影骂道，别让我再碰到你，不然我剥了你的皮。

我坐在饭店里，看见有好多人都看着卖橘子的，脸上带着笑，仿佛这件事情没发生过似的。卖橘子的厚着脸皮坐回了原处，和旁边的人搭讪。

老鸟晚上没吃饭。我问他，你怎么了？他说，不怎么。我也不想和他多说话，问他，那些黄碟呢？他说他已经还了。我说不是说好晚上还要看的么？他突然发起火来，看，看，看，看你妈个头。说完钻到被子里去了。我有些莫名其妙。

外面下起了雨，天色也渐渐暗了下来，我蹲在床上一边抽烟一边看一个烂连续剧，耳朵里传来雨落下来的声音，感觉到一切都是那么的潮湿，并且阴暗。老鸟走过来和我借火，我问他，你的火呢？他说他也不知道，也许丢租碟铺了。我问他饿么？他说有点。我说那一起去吃点饭吧，我也饿了。我们没有伞，只好拣有屋檐的地方走。尽管这样，走到饭店的时候，身上还是被淋湿了。我坐在一个靠门口的位置上，风吹进来，冻得我瑟瑟发抖。老鸟吃了一碗炒面，我喝了碗八宝粥，老板娘出来了。她坐在其中的一张凳子上，呆呆地看着窗户外面。他们原来有一个女服务员，后来被辞退了，我听说是因为老板和那个女子关系不同寻常，被老板娘发现了。老板娘二话没说，就把她给赶走了。

老鸟在一个什么报社做门卫，我呢，还没找到工作。有一天我去青年路转悠，走得累了，看见有个人躺在地上一动不动，旁

暴力史

边许多人经过，大都很惊奇地看他几眼，然后就走了。那就是老鸟，他喝醉了。我觉得非常有意思，就坐在了他旁边的台阶上。我记得那是在一个饭店门口，我的身后有两个穿红旗袍的迎宾小姐，她们的个子都很高，不过化了太浓的妆，看上去有些面目模糊。老鸟虽然躺在地上，可是他并不迷糊，看见我坐下来，突然朝我叫了一声，喂！

　　吓了我一大跳。那天就是这样的，老鸟躺着，我坐着，聊了一下午。老鸟说他一般不喝酒，可是只要喝一次，就一定要喝醉，要不然他妈的不爽，他这么和我说。

　　我和老鸟在一起只喝过一次酒，就是那次他打了摸小姑娘的那个人之后。事实上也太凑巧了，老鸟晚上起来解手，那小子正好从我们窗子底下经过，被老鸟给看见了。老鸟也没叫我，一个人急急地把裤子穿上，拖着鞋跑到了街上。那时候已经十二点多了，鬼知道那小子一个人跑出来干什么，再说他是光头，目标特别明显。老鸟一直跟在他身后，看他要往胡同里走，就弯腰捡了块砖头。后来就用那块砖头把他给解决了。老鸟告诉我，那会儿他也害怕，先是怕光头还有同伙；放倒他后，又害怕那家伙被自己给弄死了。他回来我还睡着，他衣服也没脱，躺在床上翻来覆去一晚上都没睡着。直到第二天下午，他看没有什么风声了，才把事情告诉了我。

　　老鸟喜欢问我，你看我能把那小姑娘搞定不？刚开始我装傻，做出没有听见的样子做自己的事。那会儿他也不好意思，看我不做声也就不问了。到了后来我这招不灵了，他非得揪住我让我说个一五一十不可，并且非得说能，一定能，手到擒来，不然他不满意。虽然嘴上不说什么，心里意见大了，常常找其他借口整我。我也学乖了，有时候他不问，我想逗他开心，也会拍拍他的马屁，说，老鸟啊，那小姑娘迟早要做你老婆的，我就等着喝喜酒了。老鸟一高兴就会请我吃饭，要不就请我看电影。我非常理解他的心情，对他的这些意思也是来者不拒。时间久了，我嘴里的小姑娘已经不再是小姑娘了，而是老鸟老婆。老鸟听得高兴，嘴都合拢不上了，还要硬装出几分不在意来。

老鸟不喜欢我当着小姑娘的面叫小姑娘是老鸟老婆，通常这时候老鸟会发火，脸色铁青，对着我挥拳踢腿的，仿佛恨不得一口把我吞下去的表情。当然我知道他不是真的不喜欢，他心里正忐忑不安地乐着呢，一边做着这些举动，一边用眼角偷偷地看着小姑娘。如果小姑娘不反对，老鸟就会眉开眼笑，放我一马。大部分时候小姑娘都会装作没听见，这时候的老鸟就会有些不高兴，不过无论如何这个老鸟老婆我还是得叫的。离小姑娘远了些的时候，老鸟就会做出不满意的样子问我，干吗对着人家那样叫啊，想找死啊你？我说，老鸟啊，别以为我不知道你心里都想些什么，喜欢人家还不敢说，真是丢人。可是，只要他开始"可是"，我就知道他是缺乏信心，马上一鼓作气地给他加油，靠，不要"可是"，我跟你说，只要你老出面，那还不是手到擒来的事？老鸟听了，怀疑地问我，真的么？我说，真的啊。

在我的多次鼓动之下，老鸟终于下定决心要对小姑娘下手了。我和他去柳巷转了一圈，给他全身上下从头武装到脚，花去老鸟一个月的工资，共424元整，那4元的零头是来回坐公交车花去的。

第二天我比他起得要迟，睁开眼看见他站在镜子前面，头发直棱棱的还散发出一股香气。我问他，老鸟，你往头发上弄了点什么东西啊？他一下子脸都红了，死活不告诉我。后来我搜了好一通在他的被子下面找到"拉芳"啫喱水一瓶，上边还有超市的价标：9.8元。这样加起来老鸟为此次泡妞行动花去共433.8元钱，老鸟后来就此发表了一番言论，他说，这就叫花钱买个教训，值！那时候光头和那小姑娘已经如火如荼了，在这条街甚至这条街以外的两公里之内，随时都可以看见他俩像被橡胶粘到一起的身影。

老鸟那天晚上准备请小姑娘看电影，他足足在小姑娘所在的书店门外徘徊了有半个多小时，正准备进去撕破脸皮表白的时候，小姑娘花枝招展地走了出来。她看见老鸟，问他，老鸟，你在这儿干什么啊？她显得无比高兴，比任何时候都要温柔。老鸟心里想，我靠，怎么突然对我的态度来了个180度大转弯啊。他却不知道光头和小姑娘刚才在里面好一通鬼混，弄得小姑娘软若面条，心里又晕又甜蜜。那当口，就是过来一只狗，小姑娘也会毫不犹豫地抱起来亲两口的，更何况是一只老鸟。老鸟如果知道我这样说，肯定又要后悔生而为人了。不过那时候他可没想这么多，他心里忐忑不安，提了提裤子，看着小姑娘直勾勾的眼神，那句我要请你看电影的话差点就冲口而出了，恰好光头提着裤带从书店走了出来。他看了看老鸟，当他不存在似的，用手抱住小姑娘的腰，说，在这儿干吗啊？回去吧。小姑娘假装推托了一番，也就跟着进去了，剩下老鸟一个人呆呆地站在原处。他蹲下来，抽了支烟，然后一句话也没说，离开了。

接下来那几天老鸟表现还算正常，作为一个失恋了的人，尤其是对方是一个明明自己手到擒来的角色，尤其是手到擒来的角色居然和另外一个在自己眼里连大便都不如的混蛋搞在了一起，这些打击如果接二连三地落在我头上的话，我早就二话不说，上吊死了得了。可是老鸟不，老鸟对于他的失恋决不主动谈起，即使被逼急了，他也总是糊弄过去。老鸟对我说，你受的教育还不够，还需要再接再厉。于是他更经常地往租碟铺跑，一天最起码要弄回来三部以上毛片。一个多星期以来，我看的毛片比以前二十多年看过的加起来的总和还要多。我接触到了美国的、日本的、加拿大的等等等等，白人的、黑人的、黄种人的等等等等，人和人，人和兽，男人和兽，女人和兽等等等等。到后来我彻底垮了，走路的时候摇来晃去，只见女人而不见衣裳。我对老鸟说，不要这样了，老鸟，我实在是顶不住了。可是他丝毫没有要懈怠下来的意思，依旧是老样子。我真的有些怀疑再这样继续下去，他迟早会和租碟老太之间发生点什么让人难以启齿的事情。

那天和平时没有什么两样，老鸟下班回来，我躺在床上看电视。他问我，昨天租的碟还了没？我说没，我忘了，只顾看电视了。他骂了我一句，操，懒得跟猪一样，真不知道你这一辈子怎么过。我心里有些不高兴，对他说，我怎么过关你鸟事情啊！他看了我一眼，没再理我，拿着碟就出去了。我继续看电视，看了一会儿觉得没意思。老鸟那句话使我倍感难受，站起来倒了一杯白开水端在手里。

老鸟被打的那会儿，我正在房里端着水杯发呆。以前我从来都不喝热水的，可是这儿水质实在是太差，稍微喝一点就会拉肚子，还有这儿的厕所好多人共用，一拉肚子就为厕所发愁。所以我不得不改喝热水，不过过了段时间居然就习惯了。后来老鸟终于爬到了楼下，他喊我，喊了好几遍我才听见。我出去一看，吓了一跳。老鸟浑身是血，头发被揪得掉了一肩膀。他用一种我从来都没见过的眼神看着我，特别的清醒，他说，我被光头打了。说完想笑一下，可是没有笑出来。惨白的电灯光从院子里的窗户里透出来，落在倒在地上的老鸟身上。老鸟把头靠在墙上，看着我，又说，他妈的，把我给打惨了。

老鸟换碟的时候，老板娘和他开了句玩笑，她说，老鸟啊，你是我见过的最牛逼的小伙！老鸟一下子没明白过来，怎么说啊？他问老板娘。老板娘不说话，只是意味深长地看着老鸟笑。老鸟这才明白过来，他自己也笑了起来，说，没办法，爹妈给的。老鸟和老板娘打了一阵哈哈，又拿了两张碟出了租碟铺子。

老鸟刚开始没看见那一男一女就是光头和小姑娘，他一边走路一边侧着头看理发店里烫头的女孩子，理发师的腰上别着许多工具，剪子了、刀子了什么的，他把双手放在女孩子的头上。老鸟突然觉得肩膀被谁碰了一下，手里的碟摔了出去，他扭回头，看见了光头的头，那头是如此的刺眼，紧接着老鸟又看到了光头身边的小姑娘，不由得怒火中烧，冲上去推了光头一下，你没长眼么你？老鸟叫道。

　　光头和另外的四个人一起把老鸟给打了一顿，老鸟倒在地上。小姑娘被吓呆了，不过马上又恢复了那一副爱答不理的样子。光头很得意地冲着他笑了笑，抱住小姑娘的肩膀扬长而去。我帮老鸟包扎了一下伤口，然后把他扶上了床。躺下一会儿后，我听见老鸟往起爬。你要干什么？我把灯拉开问他，他咧着嘴指了指桌子上的碟，说，我想看碟，咱们看碟吧。

我们为什么不吃鱼

　　第一个来我家找我姐姐的是一个老头。那天下午他提着只黑皮包走进我家院子，东张西望了一番问我母亲，杨月红是住在这里么？我母亲愣了一下，我看见她的脸色变成了一种猪肝色，你找她丁什么？我姐姐不是我母亲的女儿，她是我爸爸的另外一个妻子生的。老头自作主张坐在了院子的长凳上，住在这里就好，他说。

　　我父亲回来后，老头站了起来，那时候天已经黑了。他问，你是杨月红的父亲么？我父亲点了点头，他疑惑地看了看这个老头，把目光移向我和我母亲。我母亲朝着他摇了摇头。这时候我母亲的神色跟刚才相比，明显紧张了起来。我不认识他！她抢在我父亲前说道。我也不认识你们！那老头说，不过，终究会认识的。

　　我父亲给老头递了支烟，问他，有什么事情你就说吧。我来拿回我的东西，老头说。我父亲把他领进屋子，你看看有什么东西是你的。老头把脸扭向门外，我不看，他说，你们会把它们放在屋子里等着我来拿么？不会！他的声调高了起来。我早听说你们这家人的德行了！他接着说，你们把东西藏了起来了，有人跟我说。有本事你去找她要去！我母亲突然插嘴道，来我家里撒什么野啊。她拿出要狠狠吵一架的架势。老头看了看她，突然冷笑了几声说，我不跟不讲理的泼妇说话。如果是个熟悉的人在我母亲面前说这样的话，她一定会扑上去给他几个耳光，我了解我的母亲，她喜欢跟人动武。每当她朝别人冲过去的时候，我总是担心得要死。她很少得胜，当别人揍完她，她坐在地上蹬着脚号啕大哭的时候总会骂站在不远处的我，你就不知道帮着我啊！用什么帮？我问她。用石头，她说，地上那么多石头，你捡起来狠狠地往他们头上砸就是了！砸死人怎么办？我问她。她狠狠地瞪了我一眼。我知道她跟我一样害怕把别人砸死。

那个陌生的老头跟我母亲说，你是个泼妇。我母亲看了一眼我父亲，却没有冲上前去，她问老头，是那个贱货跟你说的吧？老头没有理她。他看着我父亲说，你看着办吧。

我父亲没有说话，他又点燃了一支烟。老头也不说话，我母亲朝我使了个眼色。我不明白她是什么意思，我想问她，可是还没开口就被她打断了。她朝我喊道，去睡觉！你在这里做什么！她的神色好像马上就会冲过来剥了我的皮似的。我吓得打了个激灵。连忙跑进了里屋。刚躺到床上，我母亲就过来把门给关上了。

第二天醒来，我几乎已经把昨天晚上的事情给忘记了。阳光隔着窗户照进来，刺得我眼睛发疼。我从床上爬起来走了出去。

　　　　　　　　　　　　　暴力史

老头不见了。我母亲坐在门槛上哭。我不敢跟她说话。我发现她的裤子臀部那里被撕开了个大口子，露出里面红色的秋裤来。

我在地上转了几圈，为了不引起我母亲注意，我不得不把脚步声放得很低。我一直感觉屋子里少了什么东西，却始终想不起来它到底是什么。我一样一样地往过数，我马上发现电视不见了！昨天晚上它还好好地待在电视柜里，现在那里却空空的，几只苍蝇在里面嗡嗡嗡地飞。我走过去，用手想赶走它们，谁知道我刚停止挥动，它们就又落回了原处。我想，一定是那个老头把电视搬走了。我伸出手，照准苍蝇拍了过去，它唰的一下从我的掌心下面钻了出来，自我的脑门处绕了个圈。我的手落在柜子木头上，发出"啪"的一声响。我母亲回过头来。电视哪里去了？我忍不住问道。问你爸去！她仍然哭泣着说，他养的好闺女！

我父亲过了一个多星期才回来。跟在他身后的是我姐姐。她穿着新衣服，朝我笑了一下。我觉得她比以前还要好看。我妈用手指在她脸上抓的那几条疤痕已经不见了。你去哪里了？我问她。她骄傲地说，去了很远的地方。我回过头，发现我母亲不见了。她跑哪里去了呢？我想，刚才她还好好地蹲在这里呢！

我姐姐在家待了半个多月，在这半个月里，我很少看到我的母亲。她把自己藏在被窝里，头朝着墙壁，一句话也不说，饭也不吃。我很担心她会饿死。但是马上又想到，也许晚上她会偷偷地起来吃饭的，她又不是个傻子。半个月后，家里来了个木匠。他以前在我家干过活，所以当他偷偷地从窗户上跳进来的时候，我马上就认出了他。他把手指放在嘴巴前，朝我嘘了一声。我连忙闭上了嘴。我姐姐从床上跳了起来。你要去哪里？我问她。去很远的地方！她拍拍我的脑袋说。当她跟着木匠从窗户上往外跳的时候，我看见她的后脑勺一根头发也没有了。就像我夏天刚理过的光头似的，发出青光来。

他们刚离开一会儿，我母亲手里拿着剃刀走了进来。她阴着脸。我担心地看着开着的窗户。她走过去把它关上，问我，你看见什么了？我说，我什么都没看见。过来，她叫我，把我的头按住，用剃刀给我理起发来。我看见自己的头发掉在了地上，到夏天了么？我问她。她手上用力，以免我乱动，嘴里答道，是的，已经到了夏天了。

第二个来我家找我姐姐的是那个木匠。他是大清早来的。他跟我父亲说，我来拿我的东西。我父亲说，好吧。木匠在我家转了一圈，把他给我家做的一张桌子搬走了。我记得他对我说过，那桌子的木材是世界上最贵重的，现在这种树都绝种了。他说这话的时候脸上露出一种绿光来。如果有一块这样的木头，我死也值得了，他接着说道。但是这是我家的木头，他这样一说，让我感到担心起来，我害怕一转眼，他就会带着这些木头消失。所以我坐在一边眼睛一眨也不眨地看着他。直到他把那些木头做成了桌子。我躺在那桌子上睡觉，我母亲拉我我都不走。木匠看着我笑了，他像个预言家似的说，是我的东西，你把它吞到肚里去也还是我的！

现在桌子真的成了他的了。当他背着桌子摇晃着朝门外走去的时候，我感到伤心极了。我母亲咬着牙齿冷笑了几声。我不知道她是什么意思。

怎么办？我问我母亲。她没有说话。

我父亲回屋里拿了个包。我看着他一步步慢腾腾地走出了大门。等他一步步慢腾腾地走回来的时候，已经是一年后的事情了。我下巴上长满了胡子。他看见我，马上笑了起来，我也笑了笑。我感觉自己跟他非常相像。我母亲把脸扭过一边，我姐姐就从门外走了进来。她就像是等着我母亲转身似的，飞快地从我母亲身边走了过去。我想问问她，你去哪里了，后来又觉得没意思，就没出声。她像只猫似的，钻进了自己的房间。

我感觉这情景非常奇怪。我，我父亲，还有我母亲都变化非常大，唯有我姐姐还是那么漂亮，跟去年离开的时候相比，她身上多出了一股香味。当她从我身边经过时，我忍不住吸了吸鼻子。我母亲朝我狠狠地瞪了一眼。这一年中，她只找人打了两次架，都不太激烈。过后她也没坐到地上哭。

我姐姐回来后，那种香味就在家里飘散不去。邻居们聚集在我家门口议论纷纷。我母亲发火也毫无用处，她甚至把家里的一个茶杯给摔在地上，但是那响声太小了。大家都没听见。一年前关上的窗户现在又打开了，常常有人在黑夜里溜进我姐姐的卧室。人越来越多，我听见他们在窗户外互相厮打，早上醒来，地上凝固了一摊摊的血迹，有时候还能看见几根黑色的毛发、白色或者黄色的牙齿。我母亲把它们扫进簸箕，要我端着倒进了河里。我看见鱼们迅速靠近过来，把我丢掉的东西吞了下去，连一点痕迹都没有留下。

我们为什么不吃鱼

155

我们这里没有人吃鱼肉，我不知道这是为什么。鱼们一个个都长得非常大。我跟我母亲说起想吃点鱼肉，却挨了骂。她说，你有病啊，那有什么可吃的！你见别人吃过么？我摇摇头。就是，我母亲说，别人都不吃，就你一个人嘴馋啊。我只好打消了这个念头。不过每当我经过河岸的时候，听见鱼在水里搅动出很大的响声，就忍不住浑身痒痒。

终于有一天，我还是忍不住了，趁黑去河里捉了两条鱼来喂我家的猫。它边吃边叫唤。我问它，好吃么？当然它是不会说话的。我正准备再问它一遍，突然听见院子里有响声。走出去看见我姐姐被一个黑影子拉着往前走，她的一条腿分明不住地打战，好像被人抽去了骨头似的。我问她，你要去哪里？她咬着惨白的嘴唇说，要去很远的地方。说完她盯着我看了一会儿说，你长大了啊。我说，这次走了你就别再回来了吧！她没有回答我，歪着身子出了大门。

事情肯定不会这样结束。过了段时间，那个黑影子终于来到了我家。我父亲对他说，想拿什么就快点拿吧。他点了点头，打了声口哨。外面进来了一堆人。他们把我家的两个大衣柜给搬走了。那衣柜里放着许多东西，甚至有我母亲的一对金耳环。他们抬起来显得非常吃力，口里喊着号子，一步一步地往外挪动。

我父亲第二天离开家的时候，我对他说，我跟你一起去吧。他看了看我，犹豫了一会儿说，好吧。我母亲把墙上挂着的草帽摘下来，递给我。我戴在头上，跟我父亲两个人沿着马路往前走。我们去哪里？我问我父亲。他摇了摇头。走了一会儿，他递给我一支烟。我抽第一口的时候，被呛得咳嗽了起来。这样，我父亲给我示范道，这样就不会呛着了。我学着他的样子，逐渐流利起来。我问他，咱们这里的人为什么不吃鱼？他说，不知道，从来没人吃过。我说，咱们吃一次试试吧？他看了看我，我发现他的眼睛里布满红丝。你在这里等着我，他跟我说，说完朝河岸走去。我本来想跟着他一起去，结果又觉得没什么意思，就蹲在原地。我看见他顶着灰白的头发返了回来。

怎么个吃法？他问我。

电视里放过，我跟他说，可惜没有家具。

那就不能吃了么？他问我。

我也不知道，我说，也许我们可以烤着吃。

不用了，我父亲说。突然拿起手里的鱼往嘴巴里塞进去。我看见血从他嘴角流了出来。你也吃点吧，他用力地咬动嘴巴说，味道还不错。我接过他递过来的鱼，学着他的样子吃了起来。

感觉怎么样？我父亲用袖口抹了抹嘴问我。

还不错，我跟他说。

接着往前走。我问他，这是为什么？什么？他回过头问。没什么，我说。天快黑的时候，我们挨近了一个村子。

你知道哪儿能找到她么？我问我父亲。不知道，他说，不过终归会找到的。我父亲说完，对着路边的草丛撒了泡尿。断断续续地响动了一会儿。我也撒了泡尿，被风吹着，发出一股子鱼腥味，我不由得皱了皱眉头。

我跟在父亲身后，他带着我走进了村子。街道两旁站着好些人，姑娘们穿着裙子仰头看天空。我感觉自己的腿有些不听使唤起来。街上的人跟我父亲打招呼，他们问他，这是你儿子？我父亲点点头。他们打量着我，嘴里说，挺好，终于找着了。他们的样子很激动。我父亲却无比平静。他走进一家院子，隔着窗户我看见我姐姐跟一个老女人在看电视。她们一边看一边拍大腿。我姐姐突然回头看了一下，从椅子上跳了起来。她喊道，回来了回来了！

第二天，我刚醒来，发现院子里有许多人在走动和说话。还有一股酒香飘了进来。我姐姐把头伸进来说，你终于醒了，外面都等着你呢。说着跑过来要给我穿衣服。我挣不过她，像个木偶似的被她折腾了一会儿。等我穿戴整齐地出现在大家面前的时候，有人鼓起掌来。很明显，大家平时并不常常鼓掌，开始时显得有些生疏，有个人犹豫着回头去看。但是，马上，他们也跟着鼓起掌来。我父亲穿着西装，打着领带，平时藏起来的肚子挺得高高的。

我被父亲拉着，一张桌子接着一张桌子去跟人家握手。趁人们不注意，我悄悄地问我父亲，这是怎么一回事？他笑着说，我还想问你呢。不知道是他拉着我还是我拉着他在院子里转动。我突然觉得有些难过，鼻子发酸，我发现自己居然哭了起来。刚开始我只是流泪，小声地抽泣，后来终于控制不住地张开嘴巴，我听见自己的声音像大水似的，在四周流淌开来。旁边的人吃惊地看着我，但是我一点也不在乎。我渐渐地觉得自己的心里平静下来，但是我停不下来。在一声跟下一声之间，我看见一只母鸡站在不远处，它用一种吃惊的眼神看着我。我想我一辈子都忘不了它的眼神。

去 张 城

　　你应该去她那儿一趟，在一个回民饭店里，老鸟一边往嘴里塞牛肉一边用一种模糊不清的语调跟我说话，真的。他在后面加的这个"真的"让我觉得有点可笑，什么是真的？我问他。我说的都是真的，他说。算了吧，我跟他说，反正我是不想去了，没什么意思。什么有意思了？老鸟瞪着眼睛说，不能因为没有意思你就不去做这件事情。他的表情严肃起来，我觉得在生活中已经不再有值得一个人这么严肃的事情了，我跟他说，放松点吧，不去又不会死人。

　　是这么一回事，我原来认识的一个女的，名字叫小艳。老鸟出差的时候在另外一个地方碰到了她，本来老鸟这次出差特别无聊，看到一个长得还可以的女人，并且还能通过我这么一层关系挂上钩，他立马就来劲了。老鸟和我谈这件事情的时候一遍又一遍地强调一个问题，他是这么跟我说的，你要相信我，我只是和

　　　　　　　　　　　　　　　　　　　暴力史

她说了会儿话，真的什么也没干。我说，干没干与我有什么关系呢。这个老鸟，我为什么要去相信或者不相信呢？即使你干了，干了就干了，我会因为你没干对你心怀感激么？这不可能嘛。老鸟终于吃饱了，他抹了抹嘴说，我不是这个意思，是那个女的让我给你带了句话。

这个名字叫小艳的女人，据老鸟说她现在过得非常不好。她跟你说她过得不好么？我问老鸟。不是，老鸟说，是我自己感觉出来的。所有的人都过得不好呢，我跟老鸟说，你过得好么？他因为坐长途车而疲惫不堪的脸在我面前摇晃了一下，就是嘛，我接着说，大家都一个样子呢。可是她怀孕了啊，老鸟叫了起来，一个还没结婚的女人，突然有了孩子，作为制造者的一方，他用手指着我说，总该负点责任吧？

那个下午老鸟终于把我给说服了，其实也不能算是说服了，只是因为我实在受不了他没完没了的啰嗦，我跟他说，好了好了，我去看她好了吧。老鸟说我应该感到内疚，他是这么跟我说的，你应该感到内疚。那天下午他说了好多个应该，应该这个，应该那个，好像所有人做事情都有一个准则似的，你不能跳出去，比如就我这情况，一个交往过的女人怀上了你的孩子，你就应该感到内疚，你就应该坐上车跑大几千里去看她，这是个什么道理？晚上他又专门跑来我家一次，他一进门就不满地叫了起来，你怎么还有心情看碟啊？你还不快收拾东西？我说我不需要收拾东西，我是这么和他说的，没有什么可收拾的。他盯着我看了足足有半分钟然后说，你这个人，真不知道怎么说你！电脑仍然开着，电影正演到紧要关头，我突然对他感到烦，我说，好了好了，我自己知道该怎么做。你不知道，他突然很大声地说了一句，坐到椅子上后他接着又重复了一遍，你不知道。他托在桌子上的手开始发抖，我不明白他怎么一下子变得那么激动起来，是啊，我怎么能理解一个比我大整整十多岁的老男人的心理呢，我也犯不着去理解，所以我就没理他，接着看自己的电影。

我要去张城了，我跟给我打电话的一个名字叫王爱国的人这样说。去张城？他在那边大叫了起来，那你一定要来我家玩玩。他家在王城，是去张城的必经之地，我被他的情绪给感染了，也有些兴奋了起来，我说，好吧好吧，我就先坐车去王城，然后从王城去张城。就这么决定了下来。第二天一大早，我坐上了去王城的车，车上人很少，我靠在椅背上，一觉睡到了目的地。王爱国骑着辆自行车站在火车站门外的广场等我，这是我没有想到的，他是个和老鸟年龄差不多大的老男人，这么一个男人居然推着辆自行车来接从远方而来的朋友，他的身体看上去特别肥大，全身所有的东西的宽度都几乎是我的两倍，带着这么多体积庞大的零件骑着辆破自行车在王城这个不算小的城市里过一辈子，这需要多么大的毅力啊。

王爱国疾走几步，跨上了自行车，他费力地把头扭回来对我说，坐上来吧，我载你。他说的是方言，我没听明白，怔怔地看着他。他接着又用很蹩脚的普通话说了一遍，这下我听明白了。我看了看他的沾着好像是油似的自行车后座，不知道是不是该听他的话，正当我犹豫不决的时候，他又从车上跳了下来，从口袋

162   暴力史

里掏出一条白色的毛巾，那条毛巾洗得太干净了，看上去和他本人极不协调，他拿着那条毛巾用力地在后座上擦拭了好一会儿，一边朝着我笑一边把毛巾塞回口袋里说，好了，能坐了。他长长地出了口气，脸上还露出些不好意思的神情。我说，算了吧，咱们走着好了，看着他有些不高兴的表情，我又加了一句，都坐了好几个小时的车了，屁股都坐疼了。说完还揉了揉自己的屁股，好像它真的已经疼得不行了似的，他看着我做完这些动作，说，也好，说完推着自行车和我并肩往前走。

　　我是在中午到达王城的。我和王爱国走在王城的街道上，在一个没装红绿灯的十字路口，王爱国推着自行车站了足足有十分钟，他用一只手拉着我说，等等等等，有车。后来终于一辆车也没有了，王爱国用一只手推着自行车，用另外一只手拉着我的手，他的手心里不住地往外冒汗，我走得别扭得很，用力甩开了他，王爱国被我落在了后面，当他终于追上我的时候，脸上出现了委屈的神情，他说，你怎么能这样呢？你怎么能这样呢？他把这句话重复了好几遍，我问他，我怎么了？他把脸扭向另外一边，不说话了。过了一会儿他又开始说话了，他说他回家后就去单位请假，陪我在王城转转，他说话习惯把最后两个字重读，听起来让人感觉很不舒服。我说不用了不用了，我自己一个人就行了，再说我也不想转，只是想休息一下，有点累。他说，那哪行呢，现在是八月份，天气还很热，王爱国走一会儿就掏出毛巾擦脸上的汗，他一边擦汗一边陪我说话，还腾出一只手来推自行车，给人一种手忙脚乱的错觉，当时阳光落在我们的身上，我觉得自己好像正被人束住了手脚，我当时的感觉就是这样的。

那哪行呢？到了王爱国家后，我又一次阻拦他去单位请假的时候，他还是这么对我说。我把手里的烟头扔在旁边的烟灰缸里，有些生气地对他说，怎么不行！我都说了不用你去请假了，我只是想睡一会儿，该上班你就上班去。他仍然在坚持，说我好不容易来一次，怎么说也得带我转转。他妈的我不想转，转个鸟啊转，我冲他叫道。这么一个王城，它出产了王爱国这么一个奇人，那还有什么值得转的呢？说老实话，现在我对这个王爱国已经有些厌烦了，继而对他的家，对他在一旁呆站着的老婆，对他生活的这个城市都感到有些厌烦了。

吃饭的时候王爱国征求我的意见说，我们喝点酒吧？我推辞道，不用了吧，就咱两个，喝起来没什么意思。他却坚持起来，一定要喝，说完去楼下的小卖部买了瓶酒。他老婆端来了瓷质的酒杯和酒壶，它们以酒壶为中心在一个白底红色小花的大盘子里围成一个标准的圆圈，我拿起来一看，酒壶里面黑乎乎的沾满了灰尘，很明显已经好久没用过了，王爱国接过去让他老婆去洗，他老婆就又端着盘子小心翼翼地去了厨房。隔着窗户玻璃，我看见她在里面弯着腰，双手用力地在水龙头下摸那些酒杯，仿佛酒杯是落在她手上的敌人似的，她要抓紧机会把它们掐死。

王爱国的老婆很少说话，她和王爱国简直是天生一对，也是胖，胸脯和屁股小山似的，我看着她在窄小的屋子里艰难地移动，王爱国坐在我对面，他几乎没说什么话，不停地把酒倒到酒杯里，然后举起来对着嘴唇灌下去。至于房子里两种声音，一是王爱国老婆的脚步声，二就是酒从王爱国的喉咙里下去的咕噜声，我突然就有了一种被排斥在外的感觉，他们仿佛恢复到了平常时候，好像我不存在似的。我匆匆吃了两口饭，正准备去找个地方睡觉的时候，王爱国说话了，他问我，你去张城干什么呢？我含糊地说去看望一个朋友，我希望他就此打住，不要再跟我啰嗦了，但是他兴趣上来了，追着问我，那是怎样的一个朋友？我岔开话题说，我想休息一会儿，你去上班吧，咱们待会儿谈。

睡到四点的时候，我听见有人说话。原来是王爱国回来了，他小声地问他老婆，还没醒？没听见他老婆说什么，他接着说，不可能吧，连厕所也没上么？他老婆说了句什么，说完后笑了起来，王爱国对她说，小声点。说实话，我干脆就没睡着，王爱国老婆一直在房子里走动，尽管她已经尽量把动作弄得很轻了，但是仍然一丝不漏地钻进了我耳朵里，我真想跳起来朝她吼让她别再捣乱了，我想象得出来她吃惊的样子，但是我并没有那么做，我一直躺在原处。王爱国蹑着脚走到我背后，小声地叫了我两声，我装着睡着了的样子，没有理他，他站了一会儿，走了出去。被他这么一弄，我躺着觉得难受死了，终于挨不住了才起来。

王爱国看见我，显得非常高兴，问我，睡醒了？一边递了根烟过来，我接着抽了起来。怎么这么早就回来了？我问王爱国。他说第二节没课他就溜回来了。我对他用到了溜这个字感到好笑，好像他是个学生而不是老师似的。

你不像是去看望朋友！王爱国跟我说，说完看着我，等着我接下去，我真不知道怎么跟他说，也不知道为什么我就是不想直接告诉他我是去看一个怀孕的女朋友。他看我没有说话的意思，接着说，看朋友不可能跑这么大老远的路。我没有否认他的话，也没有肯定他的话。他突然笑了起来，我就不可能，我宁愿打电话，我已经好多年没有去外面跑过了，他说。说完低下头，停了一会儿接着说，我有些害怕，你明白我的意思么？我说我明白。我明白什么啊，他说他有些害怕，他害怕什么？其实我什么也不明白。他苦笑了一下说，算了，不说这个了。我心里松了一口气，以为他不再纠缠我去张城的目的了，但是后来我才明白他的算了的意思是说不说自己的事了，他接着又问我去张城干什么？我能怎么说呢，我说我真的是去看一个朋友，为了让他相信，我不得不编了一个故事，我说，那个朋友和我是大学同学，已经好几年没见了，最近他突然联系到了我，说他要结婚了，正好我也没什么事情做，就决定去参加他的婚礼，顺便看看我这个多年没见的老同学。应该的应该的！王爱国点着头说，你多大了？他突然问我。我说我二十六了。二十六？王爱国重复了一遍，他的口气是肯定的，不需要我回答的那种，但是我还是接了一句，是的，二十六。比我小整整十二岁呢，他笑着说。

王爱国感叹地说了一句，二十六岁的时候我都有孩子了。你孩子呢？我有些奇怪，从中午到现在我还没见到他孩子呢。王爱国愣了一下，突然回头高声叫他老婆的名字，他老婆进来了，王爱国问他，小峰去哪儿了？他老婆站在门口，呆呆地看着王爱国说，我也不知道啊，我把他给忘了呢！王爱国突然激动了起来，他用方言开始骂起了他老婆，我隐约听见几句，他骂道，你是猪啊，连个儿子都看不住。他老婆开始的时候没有什么反应，后来终于和王爱国对骂了起来。两个人越骂越高声，我坐在一边，真不知道该怎么办。正当他们骂得不可开交的时候，一个瘦瘦的男孩子走了进来，他先是看了他爸妈一眼，然后注意到我，脸一下子变得通红起来，你去哪儿了？王爱国的老婆朝他吼道。他低着头没有说话。王爱国没说他什么，王爱国老婆最后说，看我怎么收拾你小王八蛋，你等着。我不知道她是在说王爱国还是她儿子，但是吵架终于结束了，我心里平静了下来。

晚上吃完饭后，王爱国一家人坐着看电视，我看了一会儿，觉得没什么意思，就又想去睡觉，明天又要坐车，我得休息一下。王爱国跟着我进了下午我睡觉的那个房间里，他说，晚上你就睡在这里吧。我说，好吧，打扰你了，我明白睡完觉我就要离开这个鬼地方了，心里高兴起来，所以我就那样说了。我就是这么跟王爱国说的，打扰你了。王爱国正在整理床铺，他弄得很仔细，甚至从上面找到些头发，听到我的话他明显地动作停了一下，我等着他终于弄完了，刚才我不要他给我整理，我说我自己来就行了，但是他死活不愿意。他站在地上，突然说，晚上我也睡这里，我看着眼前的床，它确实很大，但是想到王爱国将会和自己躺在一张床上，我实在有些不愿意起来，可是还没等我说什么，王爱国却说，你先睡，我过会儿就好了。我决定不再对他说什么，我决定忍耐一下，不就是一个晚上么，明天就好了，明天！可是我又有些不明白这个王爱国为什么要和我睡一张床。

一整个晚上，王爱国都没有睡着，他不停地翻身，过会儿就叫我名字，开始的时候我应一声，他说，我以为你已经睡着了呢。后来我懒得理他了，实际上我也没有睡着，我只是不想理他了。他翻身的动作很大，弄得床吱吱作响，到了半夜我听见他下了床，过了好一会儿才回来，他在地上站了一会儿，我看见他的影子在黑暗里发抖，上床后他轻轻地叫我，我仍然没有理他。

我只睡着了那么一小会儿，然后天就亮了，我一转身看见王爱国穿着整齐地坐在床对面的凳子上，他看见我醒了过来，笑了笑，你醒了！他说，好像一个晚上他都坐在那张凳子上等我醒来似的，他换了衣服，但是昨天他穿什么样的衣服，现在我一点印象也没有，我只是感觉到他换了衣服。我看着他的脸，还有他宽大的身躯，你想干什么？我问他，我感觉他一定要干点什么，我当时真是这么感觉的，但是他说，我什么也不干，我已经把饭给准备好了，你吃了再走。我把衣服穿好，和他坐在屋子里吃饭，他把嘴弄得吧嗒吧嗒地响。他们呢？我问王爱国，他说，我老婆啊，他们还睡着呢。我吃了两口就吃不下去了，不是因为难吃，王爱国做的饭甚至要比他老婆好，只是因为我已经习惯了不吃早饭了，王爱国抬头看着我，你不吃了？他问。我说是的，我不吃了。

王爱国跟在我的身后出了门，他突然和我说起话来，他说，我们不要去坐火车了吧？我们？他居然说"我们"，这让我感到惊奇，我叫了起来，你也要去张城么？他兴奋地说，是啊，我也要去。你去张城干什么？我问他。我也不知道，他说，可是我真的是想。你不上班了么？我想到要和这么一个人一起坐车去张

　　　　　　　　　　　　暴力史

城，头一下子大了，我对他说，你还要上班的啊？王爱国愣了一下，我接着对他说，你怎么能不上班呢，还有你老婆，你老婆同意你去张城么？当我说到他老婆，说到如果他老婆不同意他就不应该去的时候王爱国的神色突然坚决了起来，他说，这不关她的事情，这是我一个人的事情，是我想去张城，他突然把音调提高了，我他妈就是想去张城，谁也别想拦着我！他这种人突然间说出了这种话，我知道我是说服不了让他放弃去张城这个念头了，但是我不能就这么轻易地让他得逞，只好接着说，你去张城没事干是吧？没事干你去张城就毫无意义了嘛！王爱国说，不是，我去张城有事干，我是有目的的，只是现在还不知道而已。

现在我能说什么呢？我和王爱国站在清晨的大街上，这个老男人脸上露出些委屈来，他这么大个人了，动不动就弄出这副表情来，实在是太离谱了。我懒得理他，转回身往前走，但是他叫住了我，他说，我们还是别坐火车了吧，我们去坐汽车。这句话把我弄得火了起来，我对他说，要坐你自己坐去，别鸡巴叫我。可是，他说，坐汽车更快一点啊，况且又比火车舒服。那关我什么事情，我大声叫了起来，真想马上离开这个鬼地方，让这个王爱国去死吧。旁边经过的人都回过头来看我和王爱国，他的脸逐渐变成了猪肝色，但是他仍然伸手拦着我的去路，我往左他往左，我往右他往右，我停下来看着他，你让不让我过去？我对他说。他的两只手仍然在身侧架起来，就像是小时候玩老鹰捉小鸡那个游戏中的老鹰似的，他坚决地对我说，不。他的声音里已经带着哭腔了，但是他还是坚决地张开双臂，我忍无可忍了，伸手推他，他的身体打了个趔趄，但是仍然没有走开，他说，你就和我去坐汽车吧？他几乎是在哀求我了，眼眶里泪水骨碌碌地转动。

后来我只好跟着王爱国去坐汽车，他让我一点办法也没有了。现在他已经恢复了正常，嘴角挂着神秘的微笑，走得比我还快，这多难得啊，对于这么一个胖子，他显得比我还干劲儿十足。相比之下，我倒像个老男人了，我尽量也把步子放快，王爱国看着我突然笑了起来，他说，这多好啊。他妈的，有什么好的，我能直接跟他说我想在他的肥脸上噼里啪啦地给他几个耳光么？我不能说啊，于是我就没出声，由他领着上了一辆大巴，大巴上人还没满，王爱国挑了个靠窗户的位置坐了下来，然后拍拍他旁边的座位对我说，你坐这里吧，我没有理他，走到了另外一边。他不但不生气，还掏出烟来给我抽，我看着他夹着烟的两根发黄的手指，没有去接，他把手收回去，又把那支烟放回了烟盒里。看来这家伙是早准备好了，他手里拿的是盒刚买的烟，我注意到他的另外一个口袋里也是鼓囊囊的，显然他带了不止一盒烟。

我沮丧极了，情绪很低落，把头扭向窗户的一边，看着窗外提着大包小包的人们，我几乎开始伤心了，这个王爱国，你怎么就不能放过我呢？你和我去张城有什么意思呢？难道你也有个怀孕的女朋友在张城么？去你妈的。后来我又开始后悔为什么要听老鸟的话去什么狗屁张城，为什么还要突发奇想去看这个狗屁王爱国，我完全可以避免这一切发生的，可是现在我居然陷在其中，出也出不来了。

　车在中途停了下来，让旅客下去休息一会儿吃点东西。我下了车，买了个茶蛋吃，回过头居然没有看见王爱国，我又转了几圈，还是没有看见他，这家伙跑哪儿去了，直到司机吆喝着让大家回到车上，说是要出发了，我还是没看到王爱国，我甚至开始有点焦急了起来，他妈的这傻逼不会出了什么事吧。当我回到车上的时候看见王爱国居然好好地坐在车上和一旁坐着的女人聊天，他朝我点了一下头，接着和那个女的聊天。我坐回位置上仍然听得见他们两个的声音，车厢里的人都显得恹恹的，一个说话的人也没有，所以他们两个的声音就显得格外的响亮。

　王爱国把那个女的叫做李小姐，天哪，那么一个又老又丑的女人居然敢于以小姐自居，她的声音里透出来的酸臭几乎让我感到恶心了起来。她说，王先生，你好风趣啊。王先生得意扬扬地笑了两声，说，李小姐常常跑长途么？李小姐说，王先生呢？王先生干咳两声说，做生意嘛，就是这么回事，坐车都坐烦了，不过时间久了也就习惯了。我真想过去揪住王爱国的衣领问问他是做什么生意的，他家里的肥胖的老婆是怎么一回事情，我想把这个人的嘴脸给全抖搂出来，我想得见他那副德行。

　后来两个人的声音越来越低，过会儿就发出类似老鼠般的尖笑。我靠在窗户上，一会儿就睡过去了。我居然做了好几个梦，一个接着一个，但是醒过来的时候却一点也记不起来了，一扭头我看见了王爱国的身体靠在我的身上，他也睡着了，那个李小姐也不知道哪儿去了。王爱国打起了呼噜，显得劳累至极，不累才怪呢，昨天晚上一晚上没睡，还和李小姐费了那么多唾沫，如果是我，早就死了。王爱国的呼噜声引得旁边许多人都回过头来看他，但是他却一点也感觉不到，于是我推了推他，他一下子跳了起来，到了么？到了么？人们都笑了起来，他才明白自己出洋相了，重新坐了下来。

傍晚的时候，我和王爱国并肩走在街上，这不是张城的街道，所以和我想象中的样子没有一点相同的地方。王爱国耷拉着头在我后面走。你他妈怎么搞的嘛，我生气得很，朝他吼道，还老师呢，连个字也不认识？他把大巴前面的张镇看成了张城，害得我们走错了地方，现在我们所在的这个张镇和张城在完全相反的两个方向，现在怎么办呢？王爱国问我。我怎么知道，我跟他说，去找你的李小姐啊。别这么说李小姐，王爱国跟我说，她是个好人。好你妈个头，我恨恨地骂道。

我们那天住在张镇的张镇旅店，我躺在脏兮兮的床单上，闻到屋子里潮湿的臭味，心里逐渐平静了下来。到了半夜外边开始下雨的时候，王爱国醒了过来，他坐起来抽烟，你说，他的声音又恢复了在王城时候的呆板和害怕来，你说，我来这个鬼地方干什么？我翻了个身对他说，我怎么知道。他停了一会儿没有说话，然后说，明天你去哪里？我说明天我就回家。不去张城了？他小心翼翼地问我。我说不去了，没什么意思了。你不是说要看同学的么？我对他说我根本没有什么同学在张城，那是我骗他的。你生气了，他好长时间没有说话，我突然害怕起来，问他。他说，我为什么要生气，关我什么事。我忍不住笑了起来，外面的雨声滴滴答答地传来，王爱国和我都不说话了。我想这样也好，不见得我顺顺利利地到了张城就比我来到这个张镇要好，其实最好的还是待在家里，我他妈待在家里多舒服啊，我决定以后就一直待在家里，哪儿也不去了！就这样。后来我也睡着了。

小 县 城

一个人一生中哪怕捕过一次鲈鱼，或者在秋天看过
一次鸫鸟南飞，看到它们在晴朗而凉爽的日子里怎样成
群地在村子上空飞过，那他就已经不是城里人了。

——契诃夫《醋栗》

1

十二岁那年夏天，胜利被送进了小县城的中学，他一个人也
不认识，小学的同学们都在镇里上学。在初秋的热气里黏糊糊地
走了半个小时的路后，他和父亲坐上了一辆白底红道的公共汽
车，从上车的那一刻开始，胜利就开始默默地流起了眼泪，害怕
的感觉逐渐在他心里占了上风。这种感觉后来跟随了他一辈子。

　　　　　　　　　　　　　暴力史

胜利的父亲对胜利抱有很大的希望，为此他愿意支付一年三百块的借读费，对于他来说，这不是一笔小数目。

此后的每个星期六，胜利都会搭公共汽车回家，他不需要买票，虽然年纪已经足够大，但坐在座位上的他总是会被胖胖的检票员给忽略，他太矮小了。尽管知道不会有人抓住自己，但每一次，只要看见检票员的一只脚踏进车厢，胜利就会紧张得如同小偷马上要被发现似的，他做出各种自己想象出的一个正常小孩面对检票员的自然表现，却总是不尽如人意，这更加剧了他的紧张，觉得呼吸都会暴露自己。不得已，他在脑海里一遍一遍回想父亲交代的话，如何和发现了自己的检票员干涉，如何说谎称自己没有钱，如何大哭。

晚上，在学校二十多人的大宿舍里，胜利总是难以入眠，老鼠们成群结队地在床下钻来钻去，过段时间，宿舍里就会有人钻进去，揪出　窝粉红色的小老鼠，他们想尽办法折磨这些小家伙，放在火里烤，从窗户上扔下去，兴致大时，他们会把它们当成足球，在脚底下踢来踢去。有很长一段时间，胜利短暂的梦里，全是老鼠，它们发出吱吱的叫声，张着血盆大口，发出震耳欲聋的吼声，死死地跟在他的身后，试图把他吞进自己的肚子里去。

在学校里，胜利想赢得别人的友谊，但怯懦的性格让他总是不能自然地和人相处。为了避免引人注目，他逐渐地把自己封闭了起来。没人的时候，胜利会发出让自己都吃惊的怪音，有时候声调很高，几近呐喊，有时候低沉地吼叫，就像正准备往前扑去的怒狗，有时候有别人在场，而胜利的喉咙痒痒得难以忍受必须发出点声音来，他就用手捂着嘴，耳朵里清晰地听到"吱吱"的声音。其实，即使人们发现了他发出的怪音，也不会对他投来过多的关注的，有几次胜利没有控制住自己，在操场上大叫了足足有一分钟之长，叫完后他才意识到自己失态了，慌忙低头逃窜，出了学校大门，过了对面的河，最终，他坐在一小片杨树林里，一直坐到天黑了下来，教学楼里的灯全亮了起来，他甚至能清晰地看见同桌的头发，物理老师弯在课代表桌子前。本来他以为会有人发现他的失踪，他静静地等待，看大家的反应。等物理老师经过他的课桌时，他甚至心跳加速，这是他第一次旷课，他满怀希望地等着，最终，他流下了孤独的眼泪，没有人注意到他，下课铃响起时，他才慢腾腾地往宿舍走去。

这个有点苍白的小个子总是低着头，跟人说话时只在必须的时候蹦出一两个字来。大家在最初的新鲜感过后，很快就对他失去了兴趣，包括老师们，每次目光到他这里，马上就会跳过去。到秋天来临时，谁靠近胜利，都会皱起眉头，他已经忘记自己有多久没洗澡了，为了避免被人看见，他努力把自己的双手和脖子往衣服里缩，当他母亲发现时，强迫他站在一桶热水里，上上下下给他搓了好久，水很快就变得肮脏起来，洗完后他的双手的皮全裂开了，一丝丝的血从里面渗了出来。

母亲过段时间就会来看他一次，他们默默地从学校走出来，就好像被他的沉默给吓住了似的，母亲死死地拽住胜利的手。在商店里，胜利就好像任人摆布的木偶，他不对衣服发表意见，对鞋子也没有意见，尽管穿上新衣服之后，他感觉糟透了，连动作

　　　　　　　　　　　　暴力史

都变得僵硬了起来，但是自始至终他都没有吭气。

　　胜利迫切需要和人说话，这样的时候虽然不多，但每次念头一来，就无法控制。终于有一天，就在一晚上校园里落了厚厚一层梧桐树叶的那天，早读时，胜利鼓足勇气对前面的一个女同学开口了，他语速很快，一开口就连着说了一个多小时，直到下课铃响起为止。刚开始女同学还处于瞌睡之中，不过后来，她就被胜利的话给吸引住了，至少在胜利看来是这样。女同学胳膊上捆着彩色丝带编织成的链子，看上去十分漂亮，女同学告诉他，这是别人送给她的。你能弄到这种丝带么？女同学好奇地问，好多男生都能弄来的。胜利知道并没有好多男生，仅仅是一两个而已，他们有胆量在小商场那些老板的眼皮底下，用剪刀剪走柜台上的丝带。

　　到第二天，胜利就送给了女同学整整一盘丝带，女同学开心极了，她是个胖胖的红脸蛋的女孩子，没有人会送给她这么多丝带，每次她苦苦哀求，别人才会给她不到一指头长，她手上那条链子是积攒了好久，才编成的。胜利被女同学脸上的笑容给感动了，已经好久没有人对他这么亲切过了，他得使劲控制住自己，才没做出什么奇怪的举动，他想摸摸女同学的鼻子。他忘记了自己偷拿丝带时候的恐惧，忘记了出商场门时颤抖的全身，他突然觉得，这是一件轻而易举的事情。

　　几乎每天中午，胜利都会在商场里转悠，逐渐地，他的胆子变得大了起来，除了丝带，他看见什么好玩的东西，小小的玩具汽车啦，漂亮的钢笔啦，只要喜欢，就会抓住机会，在许多人的眼皮底下把东西拿走，他甚至为自己的胆量而感到高兴。在若无其事地走出商场的门之后，他从小巷里穿过去时，你能听见他自言自语地说着许多话。他把商场里的自己想象成了另外一个人，用各种热烈的语言向他表示崇拜之情，他当真得很，那样的语气让你觉得就好像一个小孩子见到了书本里的英雄似的，他会问出许多在这种情况下孩子会问出的问题，这个游戏让他神魂颠倒。他虚构出来的这个人，有他自己所没有的所有的东西，他的爸爸是司机，妈妈是老师，他们的面貌在他的心里是十分清晰的，他们家在小县城有一套很大的房子，每个星期天，他都会骑着自行车在城里的街道上来来回回地往返，他能把游戏厅所有的游戏都打过通关。他不喜欢吃炒鸡蛋，只要看见地上有虫子，他就会拾起来放进自己的嘴里。学校最厉害的混混，也不是他的对手，见了他就会跪下来求他饶命，不过，他并不想在学校大出风头，他非常讨厌那些出风头的人，他警告他们，不允许在学校谈论自己的底细。所有人都以为他就是个普通人。

自从多了这个朋友之后，胜利每次出学校门，都会用隐蔽的眼神观察周围的同学，一方面，他为他们没有发现自己的秘密而高兴，另外一方面，他又觉得他们可怜，竟然没有自己这样的幸运，可以认识那样一个大人物。他还为自己能够保守秘密而自豪，好几次，他差点忍不住想把秘密告诉女同学，每当这个时候，另外一个人就会在脑子里提醒他。他们是朋友，所以对方的语气跟和别人说话时那种居高临下完全不同，无论什么时候，他都是十

　　　　　　　　　　　　　　　暴力史

分平和的，他跟他说那些只有在朋友间才会说的话，总之，他的朋友提醒他，不要把秘密告诉女同学。胜利为自己的冲动感到羞愧，他向自己的朋友道歉，会把秘密保守到自己死为止。

不过，女同学并不像他一样，拥有能为朋友保守秘密的品质，她忍不住向别人炫耀他给她弄的那些小东西，一个瘦瘦的长辫子的鼻子很小的女孩偷偷地向胜利示好，她想让胜利给她弄几个玻璃球。胜利的脸涨得通红，他恶狠狠地瞪了女同学一眼，女同学低着头向他道歉，并且保证下不为例，不过她还是为瘦女孩求情，她说她觉得瘦女孩是这个教室里最能保守秘密的人，她完全可以当我们的朋友，女同学满脸期待地看着胜利。瘦女孩连连点头，她们细声细气的腔调让胜利的怒火消失了，他勉强接受了瘦女孩，不过他还是表示，只要发现她有一点点不适当的举动，就把她驱逐出去。瘦女孩为自己不被信任着急得眼眶潮湿，她在心底下定决心，要用实际行动让他们对自己另眼相看。

一个月之后，越来越多的人加入了他们这个团体。尽管另外一个自己对他的行为表达过不满，但胜利觉得自己有权利这么干，他用审视的目光接纳了每一个人。每当他从衣服里掏出东西，一件一件地登记在白纸上，用一整节课考虑把它们分配给谁时，每当这时候，过不了一分钟，就会有一双眼睛焦急地看着他，她们都希望胜利把最好的那件留给自己。胜利一方面对她们的小动作感到恼火，一方面又期盼着她们的小动作。为此，他才不肯把分配礼物的工作交给女同学，她只能提供一些参考而已，大部分情况下，胜利都故意对她的参考置之不理，他认为，她应该约束一下自己比别的团员高一等的念头，他还没有这么说过，她就不能这么想。

在这个团体里，胜利就像是正被一团烈火燃烧似的，经常就会怒气冲冲，他威胁每个人，要把她们驱逐出境，不过，下一次，他就会用好一些的礼物给自己威胁过的人予以补偿。他觉得自己应该完全做主，另一方面，又有一种担心，他害怕失去她们中间的任何一个。他小心翼翼地维持着这种状况，费了不少的心思。

二月的一天，胜利碰上了那件让他恼怒的事。在送给瘦女孩一本英语词典作为生日礼物之后，瘦女孩邀请他去自己家玩。他们沿着尘土飞扬的马路往前走，胜利渐渐地觉得自己变得不安起来，他还从来没去过县城谁的家里，从来没有人邀请过他，他甚至想转身返回去。瘦女孩处于一种奇怪的矜持中，一出学校，她就一改平时对胜利说话细声细气的那种态度，胜利从她脸上看得出来，她后悔啦，每次一碰见别人的眼神，她就试图拉开点和胜利的距离。胜利用书店里自己的英雄行径，用自己面对门口保安的自如给自己打气，谁能做到这一点呢？他又一次回到保安审视的目光前，过了一会儿，他对着自己点了点头，心里想，没有人可以，除了自己。终于，他们到了瘦女孩的家，瘦女孩母亲出去了，这让瘦女孩好像松了口气，她把胜利带进自己的房间，空间的变小，没有外人的打扰，又让瘦女孩逐渐地恢复了过来，她开始给胜利介绍自己的各种玩具，这些玩具，几乎没有一个是胜利见识过的。

瘦女孩家是二层的小楼，跟旁边所有的楼房都是一个样子，隔着玻璃，胜利看到院子里的水龙头正在往外流水，几个小孩子打闹着从大门前一闪而过。那些玩具让胜利感到不自在，他想表现出不屑一顾或者其他能显现出自己见过世面的模样，却感觉无从下手。为了掩饰自己，他站在瘦女孩的书柜前，书柜里放着满满的书，瘦女孩对胜利说，这些书她全部看过，她甚至打算给胜利讲其中一本的故事。胜利根本没有听进去，瘦女孩讲得很快，很明显，她对这个故事无比熟悉，正是因为这种快，让她的语气有一种喘不过气来的感觉。

胜利一直试图找点东西出来，和瘦女孩进行对抗，他现在感觉自己好像面对邪恶的敌人，瘦女孩粉红色的嘴唇饱含着恶毒的念头，她打算让胜利露出底细，让胜利低下头来认输。胜利不能容许那样的情况发生，他陷入了一种孤立无援、充满嫉妒的状态之中。

二月的下午，小县城显得如此安静。正当胜利被一种懊恼包围时，突然，院子虚掩的门被推开了，瘦女孩同时终止了自己的故事，她欢快地从床上跳起来，看都没看胜利一眼，就朝外跑去。一个提着一袋子水果的女人，她是瘦女孩的母亲，瘦女孩几乎是扑到了她的身上，两个人开始窃窃私语起来，胜利听不见她们到底在说些什么，但是他肯定，她们一定是在谈论自己。一想到这个，他连后背都发麻起来了。

过了好久好久，胜利从来没感觉到过如此漫长的时间，在这段时间里，瘦女孩和她妈妈一边说话，一边在外边发出各种响动。胜利一会儿坐在床上，一会儿站到书柜前，每当发现自己正在发愣，他就恨不得给自己几巴掌。他感觉自己被忘记了，不知道该如何是好。他几次试图推开房门走到外间去，小心翼翼地迈出一步之后，马上就好像被蛇咬了似的，连忙缩回自己的脚。此后一生，他时刻保持警惕，却仍然一不注意就陷入到这种状态里。

瘦女孩终于推开房门走进来时，胜利已经开始颤抖了起来。瘦女孩领着脑袋一片空白的胜利，走向外间，过道里有一扇巨大的玻璃，瞬间，胜利仿佛被击倒了似的，发出一声呜咽。他在镜子里看见了自己，他一下就看见了自己皱巴巴的衣服，黑漆漆的双手，另外一个自己像被石头砸中的玻璃似的，一下子碎裂开来。平时看上去那么平常的瘦女孩，现在看上去却仿佛天仙似的，她整洁的容貌衣服，让胜利根本不敢直视。这个镜子里的干瘦营养不良乞丐似的小个子男孩，再也控制不住自己了，他飞快地朝外跑去。

天逐渐黑了下来，零零星星的小雨洒在小县城的上空，骑摩托车的青年莫名兴奋地大喊着在黑色的街道上追逐着，商店门口的霓虹灯一闪一闪地照着潮湿的空气。胜利从拥挤的小胡同里奋力地跑步前进，好几次，他差点和别人相撞，但是他无所畏惧，被一种从未如此深入的悲伤鼓舞着。慢慢地，连他的棉衣都湿了，这厚厚的棉衣让他感到恼怒，他拿出一把从商场偷来的小刀，在每一棵树上狠狠地扎下痕迹，他感觉到自己如此孤独，并且预感，自己将一直孤独下去。

他一直沿着街道向东跑去。

　　　　　　　　　　　　　　　　　　暴力史

2

这是个大城市，我认识向南时，他刚在一所学校学完理发出来，在一家街边的小店里打工。由于是老乡的缘故，我们很快就熟悉了起来。有时候我会在那个店子里消磨掉整整一个下午，客人并不多，我们一边抽烟，一边说些老家的事情。

我们老家是个小城，只有一条稍微像样点的街道，街道旁边大多是一些小服装店，里面坐些从乡下雇用来做售货员的小姑娘。她们大都长相姣好，到了适当的年龄，就嫁给一个城里人。我和向南谈论了一番各自暗恋过的这些姑娘后，他的话匣子就打开了，给我讲了一个他朋友的故事。

"我们都是乡下人，连自行车都没见过，在我们很小的时候，进一次城几乎是唯一的梦想，无论谁去了一趟小城，回来后都会被大家羡慕好多天。我这个朋友家里十分穷，过年时，他父母去买衣服都不带他，因为他老吵着要这要那，不给他买，他就蹲在商店里号啕大哭。可惜的是，他一次都没得逞过。好多年他都没有进过城了。

"他父亲是个个头不高又很瘦的人。他脸上总是挂着谦卑的笑容，到处打点零工，不论什么时候你碰见他，他都是一副劳动的模样，低着头，肩膀上扛着锄头啊之类的东西，当有人跟他说话时，他就一边点头，一边笑。他从来不发表自己的看法，甚至有人注意到他时，他就会显出一副不知所措的模样。我这个朋友很小的时候，就跟在他父亲后面干起活来，那时候我们那里所有的父母，教训起我们来，都会以他为榜样。说他懂事，知道帮助父母干活。

"当人们当面夸奖我这个朋友时，他父亲会难得地笑出声，他的笑声到现在我还记得，就好像意识到自己正在出丑似的，每次都是刚刚开了个头，他就把它给塞回去了。

"可是，就这么一个胆小的人，对待起他儿子来，却着实是一副暴君的嘴脸。在人们面前，他顶喜欢对我这个朋友呼来喝去，有一次，他甚至让我这个朋友给大家表演稍息立正，以证明自己对儿子施行的是军事化管理。我们没少见识他把我这个朋友绑在门口的树上，抽出自己的腰带狠狠地抽打。有几次，我朋友几乎昏厥过去了。他父亲却冷漠地躲进屋子里，大家把我朋友松开时，发现他身上布满血痕。虽然在背地里义愤填膺地议论纷纷，但是并没有人站出来，对这个离谱的父亲说点什么。

"我这个朋友即使和我们玩耍，也是一副提心吊胆的模样。不过，每当有人说起城里的事，他就会忘记恐惧，全神贯注地听起来。那时候，我们那里的年轻人们已经开始进城里打工了，只有过年时，他们才又聚在村子里，抽烟喝酒打麻将，还谈论一些关于女人的淫秽的话。我们并不理解其中的含义，但难免露出会心的笑容，脸红着激动起来。

"我这个朋友绝对不会放过这样的场合，他坐在角落里，尽量不惹人注意。但是只要你稍微注意他一下，就能看出他脸上露出的笑容，以及憧憬的目光。要知道在平时，他几乎已经跟他父亲一样了，从来都是一副夹着尾巴的模样。

"那些进城打工的年轻人们，事实上并谈不出多少新鲜的话题来，大部分说些关于勇气的话。他们互相讲一些自己听过的城里的狠角色的故事。你不需要用心就能感觉到，他们对这些狠角色一致崇拜有加，他们梦想成为那些说一不二、不用每天弯腰干活，就能过上好日子的人。在谈到狠角色们摩托车后座上的漂亮女人时，羡慕和嫉妒让他们用上了最下流的词汇。

"其中一个故事，格外让我们激动。因为故事的主角，竟然是离我们这里不远的一个村子的。我们甚至还和那个家伙照过面。讲故事的年轻人们，每个人都表现出和这个人关系很好的模样。我们当初在一个厂里干过，他们用这样的话开了头。这个家伙又瘦又小，刚开始和大家一样，早睡早起，当有人看着时，便卖力地干活。但是当人走了之后，他们就闲聊起来。因为这家伙又瘦又小，所以别人都看不起他。有一个壮汉，浑身充满力气，平时一个人可以背动别的三个人才能抬起来的麻袋。夏天的时候，这个壮汉脱去上衣，露出的胸脯比女人的都大。没有人敢和这个壮汉对着干，这壮汉于是不把所有人放在眼里，想骂就骂，时刻准备挑起事端。

"和我们认识的这个家伙，刚开始并没有和壮汉打交道，他和所有人都不大谈话。有一次，壮汉不知道怎么，就注意到了他。中午吃饭时，当这个家伙端着面条经过壮汉时，壮汉突然伸腿，差点把这家伙给绊倒在地。

"听到这里时，我们所有人都竖起了耳朵，害怕漏掉一点点细节。讲故事的人注意到大家急切的模样，竟然卖起了关子，说是今天到此为止，直到我们轮番催促，他才再次开口讲了起来。

"这个家伙把碗筷找了个地方放下，奇迹般地，他碗里的饭没有撒出来一丁点儿。壮汉莫名其妙地看着这个家伙，他不明白，为什么对方没有露出害怕来，并且看上去如此可怕的冷静。这个家伙转身回了自己宿舍，出来时，手放在背后朝壮汉走去。面对壮汉而站的人们，这时候全都脸色发白，他们看见，这家伙背后的手里握着一把明晃晃的刀，在中午的阳光照耀下，不时刺得他们睁不开眼睛。一瞬间，所有的声音都停住了，人们像是被吓傻了似的，竟然不知道该如何是好，全都呆在那里。

"壮汉看着这个家伙越走越近，脸上露出惯常的轻蔑的笑意，他已经打算好了，只要这个家伙走到自己面前，就把他给放倒在地。可是，当对方真的近到他可以看到对方脸上的表情时，人们吃惊地发现，壮汉本来已经捏紧的拳头，竟然慢慢地松开了。他被对方脸上的表情和凶狠的目光给吓住了。那目光就好像对方不是一个人，而是一颗呼啸而来的炮弹，那目光让你忘记对方又瘦又小的身材，仿佛突然间，对方变成了拥有无穷力量、底气十足的恶魔。

"多么惊心动魄的场景。那只是一小段路，却让旁边的人觉得比任何一个难熬的难眠之夜都要长。壮汉松开拳头之后，仿佛突然失去了全身的力气，人们都能感到，他现在只是硬撑着没让自己摔倒在地。近一些的人，完全可以清楚地看到，他的双腿正在发抖，脸上的表情他有多么的害怕。对方看到壮汉的样子，突然停住了脚步，冷冷地一笑。壮汉终于支撑不住，一屁股坐在了地上，为自己的懦弱深深地羞愧，却始终不敢抬头看对方了。

"这个家伙冷漠地看了壮汉一眼，转身回到宿舍，把自己的刀收起来。接着出来端着自己那碗面，一根不剩地吃了个精光。从此之后，没有人再敢小看这个家伙。没过多久，他就不再在厂里干活了，他成了一号人物，听说即使是城里长大的那些混混，现在都不敢对他有丝毫的冒犯。

"我这个朋友听完这个故事之后，就仿佛变了个人似的。你经常会看到，他脸上浮现出一丝怪异的笑容。他父亲再揍他时，他不再号啕大哭，而是狠狠地盯着他，就仿佛看见自己的仇人似的。这样的表情只能遭到更严重的毒打。

"之前他顶喜欢跟我们玩的，是一些角色扮演的游戏，警察抓小偷之类，但是听了那个故事之后，他不再参与到我们中间了。当我们因为玩游戏太过投入表现得情绪亢奋时，他就会显出一副心事重重的模样，转身离开。

"我当时理解不了他脸上的那种表情，我哪里能想到，那就是有了一个目标之后踌躇满志的样子。那样子不是你平时看到的那种突然你起意，而是要一直坚持下去。我这个朋友成了个怪人，因为他脸上老是带着那副表情，无论他在干什么，那副表情都把你推得远远的。他就像身体在这里，而心思却在别处。这样一副表情让大家对他敬而远之。

"现在想一想，咱们那个小城是多么简陋，但是那会儿，我这个朋友所有的念头都是，要到城里去。有一年夏天，一个城里人带着条狗经过我们村子，他向在河里游泳的我们问路，用的正是城里的那种腔调和语气，我这个朋友一句话都没说，但是在城里人走后，他竟然蹲在岸上颤抖了起来，把我们可给吓得够呛。

"从此，我这个朋友再也不肯坐在教室里上学了，他爸一次又一次地把他送回来，他一次又一次地偷跑，终于有一天，他爸跟他妥协了，他如愿以偿地跟着别人到城里打工去了。

"很偶尔地，我们会碰见从城里回来的他，穿着油光发亮的皮鞋，还戴上了一副近视眼镜，他的脸骨骼巨大，那眼镜又十分秀气，看上去怎么都不协调。最主要的变化在于，他有了许多做派，比如无论走到哪里，都在嘴角咬着根火柴，跟你说话的时候，再也不把目光放在你的脸上，而是非常频繁地向上翻动眼皮，让你感觉，他好像在藐视一切。

"后来，初中毕业后，我们也都进了城，有的在缫丝厂，有的在玻璃厂，还有一些在砖厂。过了没多久，我这个朋友就分别找到了我们，他扮演起一个老师的角色，用过来人的口气对我们说一些关于这座小城的事情，比如在东关的老大是谁，而在北城混得最好的又是谁，他把我们带到他住的地方，得意地向我们展示了枕头下压着的明晃晃的大砍刀，那刀足足有半人长，刀把上裹着结实的白纱布。他提起来在我们面前晃了晃，我们就感到了恐惧，突然间觉得眼前这个人十分可怕。

"和大家在一起时，我这个朋友大多谈些自己的英勇事迹，

　　　　　　　　　　　　暴力史

和谁在汽车站附近打了一架啊，或者是几拳头就把谁给撂倒了之类。他吹嘘自己这些光荣事迹时，大家很少附和，但是也并不反对。我和大家一样，认为他并没有那种和人挥起拳头的勇气，但是又不敢确定，受到侮辱时，他是否会举起砍刀朝自己砍来。

"有一天，我这个朋友带着个家伙来了，他们在我们宿舍吃了午饭。我们这个朋友对那个家伙十分客气。但是，我们谁都看得出来，那家伙对我这个朋友一点都不尊重。吃饭吃到一半，那个家伙说是要喝酒，我朋友二话不说，就去给他买来了几瓶啤酒，另外还买了一份凉菜。那份凉菜我们谁都没动，这家伙让我们所有人都感到不舒服，他是另外一种人，理着光头，胳膊上刺着蛇的图像，腿上穿着红色的灯笼裤。

"喝了点酒后，这家伙脸色更加阴郁，气氛变得让人难受起来，大家都等着他突然跳起来，是的，每个人都感觉这家伙会这么干，对我们所有人破口大骂，也许还会动刀子。我们尽量不惹他注意。我那个朋友也意识到了这一点，但是除了害怕，他并没有表现出其他想法。他用一种谦卑的态度，对这家伙说些中听的话。

"我朋友一口接一口地喝酒，他那模样，就像想马上把自己灌醉过去似的。终于，他放松了下来，搂着那个人的肩膀称兄道弟，那个人也不反对。我这个朋友受到鼓舞，给我们介绍起了那个家伙。

"在我朋友的语气里，充满了扬扬得意，他为自己所讲的关于那个家伙的所作所为感到骄傲。他给我们讲了一些琐事。他是一号人物，在这个地盘上！他红着眼睛对我们说，然后回头对那家伙强调道，你是个人物！我们被他激昂的语调给吓住了，心里担心他会遭到那家伙的侮辱。我这个朋友丝毫没有注意到眼前的情况，不过，那家伙也并不怎么在意，虽然脸上还有厌烦的表情，但并没阻止我朋友说下去。

"那天下午对于我们来说太难熬了。我朋友根本收不住嘴，他平时就不是那种会和人打交道的人，他的举止表情里总是让人产生出别扭得再也不想在他面前坐下去的冲动。那天下午也不例外，他尝试着说出那些表达友好崇拜的话时，身体不自觉地颤抖起来。

"那家伙很明显能感觉到我们的暗地里的抵触和害怕，之前我们从来没有遇到过像他那样的人。就好像为了惩罚我们似的，吃完饭后，他抽着烟躺在了宿舍的床上，一丁点离开的意思也没有。气氛更加阴郁起来，我们一个一个地都陷入了一种莫名的绝望中，大家对自己的动作都显得没有把握，不知道该如何是好。

"我们都期望这难受能早早结束，哪里知道这只是个开始而已。我朋友像是着了魔似的，他仍然在结结巴巴地奉承那家伙，让你感觉，如果那个家伙现在掏出一条绳子的话，我这个朋友马上就会兴奋地戴到自己的脖子上。他就是一副迫不及待想投怀送抱的模样。

"时间过得十分缓慢，我们连离开宿舍的勇气都没有，生怕会引起那个家伙的注意。我朋友逐渐地走火入魔起来，也许是那个家伙的态度鼓舞了他，他的一举一动都变得怪异起来，他不停地纠正自己的姿势，先是学着像那个家伙一样弹烟灰，然后他像那个家伙一样躺在了床上，他小心翼翼地观察对方，然后把对方的动作一切照搬，最终，他也把双脚放在了床单上，漆黑的鞋底很快就在上面落下了印子。

"猛然间，我这个朋友好像意识到了我们的存在，看向我们的目光充满恼怒的神情。他暂停了自己的动作，大约有十来分钟那么久，我这个朋友变得沉寂，他好像找不到自己了似的，不过，接下来他的表演让他再次自然了起来。

"我朋友给那家伙点燃了一支香烟，他像是在录像里看到的那样，把两支烟放在嘴里点燃，分了一支给那个家伙。这样的动作很明显让他有点得意，他控制住自己，才没有显现出来，仿佛他和这个家伙是关系很铁的朋友似的。那个家伙显得有些意外，但对这样的举动并没有反感，他熟练地吐起了烟圈。就在这个时候，我朋友神秘地笑了笑，他这样的笑让我们瞬间都停止了呼吸。

"我怎么也忘记不了接下来的一幕，怎么也忘不了，一想起来，我就忍不住想哭。我朋友猛猛地抽了两口烟后，把自己的左胳膊抬了起来，把火红的烟头摁在了上面。一股烧焦了的气味顿时弥漫起来，连那个家伙都被我朋友给惊住了，他惊讶地张着嘴巴。仿佛受到了鼓舞似的，我朋友嘴角仍然带着那种神秘的微笑，他一共在胳膊上烙下了二十多个圆形的疤痕。"

3

十七岁的李丽来到了小县城，她在一家音像店当售货员，她脸上带着那种被风吹日晒后形成的红腮帮，坐在柜台后面，用几个月的时间，就把店子里所有的录像带全部看完了，这其中，有几部她最喜欢的，全部是讲爱情的，每当主人公们因为种种缘故，擦肩而过却如同陌生人时，她就会替他们流下眼泪。她完全沉浸在这些电影电视剧里，丝毫没有注意到自己的变化，所以，当三月的一天，她站在镜子前，看见自己白皙的皮肤，高高挺起的胸部时，不由感到吃惊。她不敢相信这是自己，那些留在自己身上的田地的气息正在消失，当有人来租录像带时，他们忍不住就会把目光停留在她身上好久。

对于这样的目光，李丽感到不知道如何面对，这目光和以前别人注意她的目光完全不同。到了第二年，李丽就变得和小县城最时髦的那些女孩一样，她把所有的钱都用来买衣服之类的东西，如果你为她的美貌感到吃惊，目光在她脸上停留过久的话，就会遭到她的不屑的白眼，这样的表情她做起来十分得心应手，眼皮一翻，不带看你一眼的样子。这样的目光会让你感到沮丧。

在来小县城之前，李丽已经订婚了。那个男人是他们村子的小学教师，这个老师话不多，他经常在放学后来找李丽，他们沿着河滩旁的土路往前走，大部分时候都是一个在前一个在后，直到拐上山上的小路，他们才会找一个不会被别人看见的地方坐下来。这个老师从来没和李丽说过什么甜蜜的话，他一边抽烟一边用手抓附近的青草，或者用烟头烫死那些经过的蚂蚁，蜻蜓在他们面前飞过时，他就会发出呢喃的声音。除了我们接下来要讲的那一次，他从来没对李丽做过什么过激的举动。

对于小学老师，李丽并没有过多的感受，不过毫无疑问，她接受得了他。也有其他人来她家求亲，但她最终选择了他，在这一点上，她和父母没有丝毫的分歧。他们都认为，这是一个最好的选择。一想到小学老师稳定不菲的工资，他们就觉得真是完美。

那一次，李丽已经知道自己即将进城打工了，她有点兴奋，她是喜欢小学老师的，不过她觉得自己应该出去。她问小学老师的意见。小学老师的脸上并没有出现不舍的表情，至少李丽没有看出来。他对她说，只要她想去就去好了。说这话的时候他死死地克制住了自己，他怕流露出那种不舍，会让李丽看轻自己。李丽虽然有一点伤心，她觉得他对自己并不重视，不过很快，这种感觉就被对未来的县城生活的憧憬冲淡了。她忍不住想和恋人分享自己的兴奋，滔滔不绝地说了许多话，她沉浸在想象里，丝毫没有看出来，恋人脸上被绝望给笼罩了。他觉得自己会失去她。他心烦意乱，充满悲伤。突然间，他狠狠地把烟头灭掉，狠狠地拽住了李丽的手。李丽竟然对此毫无感觉，她仍然在滔滔不绝地说着什么。这样的情景让小学老师的绝望更加剧了，他几乎是粗鲁地抱起了李丽，李丽被他给吓坏了，发出尖叫声，小学老师并没因此停止自己的动作，他飞快地向身后的山坡上跑去，李丽终于明白了什么，她放弃了挣扎，不由得感到有点紧张。这是他们第一次如此近距离地接触，并不是李丽不让，而是小学老师从来都不采取主动姿势罢了。

小学老师就像是想把李丽塞进自己身体似的拥抱着李丽，他的骨头紧紧地硌在李丽身上。直到天色快黑了下来，他们才从山上下来，沿着小路回了家。在这个过程中，他们俩谁都没有说话。

那天晚上，李丽是欢喜的，她被小学老师的拥抱给感动了，她第一次在梦里梦到了小学老师。

自从那次小学老师激动地拥抱了李丽之后，他们的关系比原来亲密了许多。几乎每个星期日，小学老师都会进城来，他们在李丽的宿舍拥抱，接吻，李丽给小学老师做饭，他们头碰头坐在一张小桌子前吃饭。当他们躺在床上时，李丽就给小学老师讲那些自己看过的电影，他们没有再进一步的动作，小学老师和她一致认为，应该等到结婚之后，再进行夫妻之事。小学老师深情地盯着李丽，他看她的眼神，就好像看见女神似的。他打来开水，给她洗脚，他能握着她的脚整整一个下午不放。

当小学老师不得不赶去汽车站坐车时，李丽感到不舍，剩下她一个人在屋子里时，她就被一种难以名状的难受给包围起来，渴望能看到小学老师。

坐在床板和砖头搭成的床上，李丽看着坑洼不平的地，她忍不住就哭了起来，她觉得自己可怜，她感觉不公平。为什么我就得住在这样的地方？为什么我就不能拥有空调、汽车，她突然想起了小学老师，一瞬间，她觉得自己根本不可能跟他结婚，她完全可以得到更好的，这样想了一通，她站在了镜子前，看着自己的脸，充满了信心。

音像店的老板四十多岁了，他胖胖的脸上总是有一层油腻，他的脸是那种没有一丝血色的白，走路的时候，他的双腿夸张地叉开，远远看去，就像是一个跛子似的。对待自己的下属时，他总是脾气暴躁，随时都想找点别人的不对，破口大骂一番。看他那模样，你会以为他是一个残忍的将军，用玩弄的意味，看着眼前这些被自己掌握着命运的人们，他喜欢看他们战战兢兢的模样。

他还拥有一家录像厅，就在离音像店不到五百米的东桥底下，夹在喧闹的台球厅和游戏厅之间，每天晚上放完两部香港警匪片后，就会放一个小时左右赤裸裸的色情片。看客大都是附近一所中学的学生，也有一些在城里打工的年轻人，如果你见识过一次他们沉重的呼吸声以及干瘦的面孔，你就会记住他们。他们全神贯注地往前盯着屏幕，嘴巴下意识地张开的模样，就好像痴呆儿似的。

在寒冷的十一月的早晨，风吹得小县城街道上纸片乱飞，仅有的几个行人，缩着脖子急匆匆地从音像店的门口走过，眼前是一种冷清的颜色。李丽坐在柜台后面，把脚搭在小小的煤球炉上，她突然发现自己的皮鞋后跟已经磨坏了，她把它脱下来，感到恼怒，这鞋子刚买了不到一个月，当她把它拿到手里细看时，发现鞋面上的皮也全裂开了。就没有一个好人！她道，都是些大骗子。就在她为鞋子而恼怒时，脚步声传来，她连头都没有抬，现在的她已经不像当初，一看见有顾客来，就笑脸迎上去，她学会了这一套，不再大惊小怪。直到她意识到这个顾客正盯着自己看，而没去挑录像带时，她才抬起头，眼前站着小学老师，他的脸红红的，身体还在发抖，外面太冷了。不过他的目光里充满激情。李丽一瞬间就被兴奋给包围了。

李丽高兴极了。她把他让进柜台里面，握着他的手放到炉子上，她有点心疼地发现，小学老师的手裂开了好几处。她突然涌起一个念头，觉得应该给小学老师织条围巾，带手套的那种。她想象他围着自己织的围巾，站在讲台上的模样，竟然开心地笑了起来。小学老师心底充满柔情蜜意，他低声告诉李丽，下午刚上课，他就觉得想念她想得不行，在那一瞬间，他感觉非得来看她不行。李丽被他的话给感动了，她觉得自己实在是太幸福了，她突然偷偷地亲了一下小学老师的脸，小学老师没想到她会做出这么大胆的举动，他抱着她，两个人在柜台后面竟然一点也不觉得寒冷了。

开了年之后，音像店老板把隔壁的铺子也租了下来，把中间的隔断打去，重新装修了一番，铺上了地板，换了柜台。音像店看上去焕然一新，顾客比原来更多了。没多久，音像店老板就又找了个女孩，和李丽一起坐在了柜台后面。这个新来的女孩家就在小县城边上，刚开始她就对李丽采取了一种居高临下的态度。和李丽不一样的是，她有许多朋友，他们经常在上班时间来找这女孩聊天。因为一贯的懦弱，李丽对此不敢表态。那女孩更加过分，有时候竟然对李丽指手画脚，把李丽当作手下似的使唤。

　　　　　　　　　　　　　　　　　暴力史

小学老师下次来的时候对音像店的变化显得很不适应，又因为多了另外一个女孩，他竟然手足无措起来。他的举动变得畏畏缩缩起来，坐在李丽旁边，两个多小时，竟然连一句话都没说出来。那女孩用不屑的表情看着李丽，带着嘲讽，对着小学老师开起了玩笑。小学老师没有想到这个女孩会和自己说话，他越发地紧张起来，就好像变了个人似的。李丽被一种羞愧的情绪给包围起来，她为小学老师感到寒酸。一到中午，她就带着他离开了音像店，两个人都没说什么话，吃完饭后，她对小学老师说，自己不能陪他，现在太忙。小学老师只好一个人回去了。

　　小县城几乎没有春天，寒冷刚过，天气就炎热得需要穿短袖了。李丽突然对那些录像感到厌倦，她再也看不进去那些爱情故事了，坐在柜台后面，她也不像原来那样安静，顾客们可以在她的脸上看出她的不耐烦。她更加疯狂地买衣服，不过，现在她对那些年轻女人不再有兴趣了，尽管她会把自己打扮成她们那个样子。小学老师偶尔会来看她，她看着他站在柜台前畏畏缩缩的样子，也感到厌烦。只有回到她的宿舍，小学老师才能放松下来，他不再像原先那么沉默，没完没了地说一些疯话，见李丽对他毫无回应，他不知道该如何是好，这个长相十分普通的年轻人被爱情给折磨得够呛，他费尽心思买的礼物，李丽就那么淡淡地看一眼，就放下了。

　　每次小学老师一出现，那女孩就会对着李丽会心一笑。李丽皱起眉头，流露出一副对来人十分厌恶的表情。现在李丽和那女孩竟然成了朋友，谈论起自己的小学老师，她的抱怨没完没了，她表现得比那女孩更加看不起小学老师。每次她都下定决心，要跟小学老师说清楚，要他以后不要再找自己了。

那女孩把自己的朋友介绍给了李丽，晚上下班后，就会有一些男男女女骑着摩托车来接她们。李丽学着那女孩的模样和这些人交往，几乎每时每刻，她的目光都会盯在那女孩身上，她穿的衣服，走路姿势，说话的模样，越来越跟对方相像。当在烧烤摊一边喝啤酒一边哈哈大笑时，李丽不得不费尽全力扳开同行男的死死捏着自己屁股的手，有时候，她也会像那女孩一样，对这些动作当作没发生似的。她的裙子越来越短，不过对着镜子时她却越来越自信，现在每一个路过的人，难免都会扭头在她身上细细打量，眼睛里闪烁着欲望。李丽很享受这些目光。她站在高跟鞋上，每路过一次玻璃，看见自己的影子，都会停下来细细观赏一番。现在即使在她宿舍，小学老师也不敢直视她了，他被自卑给笼罩，慢慢地，他不再来找李丽了。

就在确定小学老师再也不会来之后的没多久，李丽碰上了那件让她不知所措的事。夏天很快就过完了，这天晚上，女孩有事先走了，李丽只好一个人待在店子里，这样的情况并不多见，通常她们都会结伴和另外一帮人玩到很晚的，李丽为了让自己有事做，把鞋子脱了，给脚趾甲抹起了指甲油，尽管她用尽全力想把自己完全地放到这件事里，结果却不理想。她感到不安，她现在竟然不会一个人打发这傍晚的时光了，她感觉自己如此需要那女孩。

一个年纪已经不小的顾客，不知道出于什么原因，挑了会儿录像带之后就开始刁难她。他让她给他拿最上面的那些录像带，她告诉对方，那些是已经废弃了的，由于不耐烦，她的态度非常不好。顾客突然火冒三丈，他恶狠狠的样子让她感到害怕，他威胁说要跟老板投诉她。不得已，李丽妥协了。当她站在搬来的椅子上努力去够那些该死的录像带时，突然看见那个老家伙正蹲在下面色迷迷地盯着自己的裙子，那目光让她感到恶心。她迅速地跳下椅子，连脚都崴了一下。老家伙竟然恬不知耻地继续对她进行骚扰，他上上下下地打量她，让她有一种衣服被剥光了的感觉。

李丽忍不住了，这是她第一次对着陌生人破口大骂。她心中充满怒火和委屈。她以为对方会害怕退缩。没想到，各种污言秽语从对方的嘴巴里涌出来，没完没了。李丽刚开始还试图反击，没几分钟就发现自己根本不是对手。没有人出来替李丽说话，相反，隔壁店子的老板娘脸上挂满幸灾乐祸。

就在这时，音像店老板突然出现了，李丽像看见救星似的，希望对方把自己解救出来。事实也确实如此，听到店里的吵闹声，音像店老板用平时那种不快不慢的动作走了进来。他一进来屋子里就安静了下来，所有人的目光都被他给吸引了，他是如此的冷静自信，居高临下地看着那个老家伙，李丽发现，老家伙的脸色变得害怕起来。

"给我滚！"音像店老板的声音并不大，老家伙还想争辩什么，不过看到对方正朝自己走来，连忙低头灰溜溜地跑了。

音像店老板并没有给李丽好脸色，他像往常那样东瞧瞧西看看，当看到指甲油时，他怒火中烧，破口大骂，他看着李丽的脸上出现了熟悉的恐惧的表情，不由得感到开心。不过，他没有想到，当天晚上，李丽躺在宿舍的床上时，她觉得自己爱上老板了。这个念头折腾得根本睡不着，她一遍一遍地回想音像店老板的样子，想象他的走路姿势，想象他居高临下的目光，她觉得，她真的爱上了对方，她觉得，从来没有一个男人像音像店老板这般出色。

这就是李丽的故事。从第二天开始，她就费尽心机想吸引老板的注意，像所有陷入爱情的人那样，她有时候高兴，有时候伤心，有时候发出傻笑，有时候在雨夜的大街上独自走好远的路，以使自己的心情能平静一些。

4

那年夏天，建新被太阳晒得发黑，身上的皮蜕了好几次，也许在旁人看来，这个少年跟平时没什么两样，谁都不知道，有一件到现在为止最快乐的事情，让他完全跟以前不同了。

父母亲带建新进城的时候，建新像以往每次那样，被所有的东西给吸引了，连臭烘烘的下水道的气味都让他感到向往，对于他来说，理所当然地认为，城市本来就应该是这个气味。他不会要求父母给自己买什么东西，尽管商场里有一辆自行车让他连目光都舍不得离开，差点和父母走散，但他不会提出那样的要求来。他不是那种跟父母张口要东西的孩子。

跟任何一个九岁的乡下孩子一样，建新满脑子对小县城的向往，他常常为自己不是小县城的人，而感到懊恼。在他最常做的白日梦里，他会骑着一辆自行车，跟所有的城市孩子那样，熟练地在小县城的街道上来回。

　　所以，随着时间逐渐接近公共汽车发车点，他不禁变得不舍和伤心起来，进一次城对于他来说并不是一件容易的事情，其实还不到中午，而下午四点，那辆白底红道的公共汽车才会在东桥下启动。

　　跟在父母身后，建新想尽量走得慢一点，过一会儿，他就有特殊情况，还没走到十字街，他就已经上了三次厕所了，并且每一次都用了几乎要超出父母限度的时间，为此，母亲狠狠地瞪了他好几次。

　　他们在拥挤的小饭店一人吃了一碗炸酱面，建新吃得津津有味。就在他们走出饭店时，突然下起了雨，刚开始并不大，他们在屋檐下飞快地跳动，接着逛商店，不过没多久，雨就大得让他们寸步难行了，到最后，街道上的积水竟然高过脚面了，他们只好跟其他人一起，站在一家商场门口，茫然地等着雨过去。

　　他们没有想到，这场雨下得实在太大了，没多久，就有消息传来，说是东河已经涨了，又没过多久，又有消息传来，说是所有的公共汽车今天都不发车了，到各个乡的路全部被冲毁了。

　　父亲带着他们在招待所登记了房子，建新好奇地打量着周围白色的墙壁，之前他从没住过旅馆，一切都这么新鲜。他站在窗户旁边，外面的雨还下得十分大，建新看见房顶一个接着一个，有几只鸽子缩着脖子落在屋檐下的电线上。建新在那里站了好久，一直到吃晚饭的时间，他怎么也看不够窗户外的景象。他觉得自己从来没有离县城这么近过，不过，他的快乐并没有在脸上表露出来，他克制住了自己。他们在招待所的食堂吃饭，圆桌上铺着白色的布子，建新觉得自己从来没吃过这么好吃的馒头和土豆丝。他比任何时候都吃得多。

晚上在房间里，大家都在讨论这场雨到底什么时候能过去。那些抱乐观态度的人让建新愤怒，而那些觉得这雨会下好久的人，建新会毫不犹豫地在心底给他加到满分。从此之后的每天，建新都在祈祷，他希望这雨可以一直下下去，每当天空变得亮一些，露出一丁点要晴的迹象时，建新都会变得情绪低落起来。

那是建新从来没有过的体会。

二十一年之后的一天，三十岁的建新和妻子躺在床上聊天时，他突然间想起了那年夏天的事，他开始滔滔不绝地讲述，对妻子说，那是他度过的最快乐的一个星期。刚开始妻子还有点兴趣，做出在听的样子，后来她就失去兴趣了，他可以从她脸上看到她正在走神。他突然间停止了自己的叙述，觉得自己变得恼火起来，他使劲克制着自己，直到冲进厕所，狠狠地在墙壁上砸了几拳之后，他才平静了下来。坐在马桶上的他一边抽烟一边感觉到孤独。

不由自主地，他开始回忆自己这些年的经历，照常人的目光来看，他所有的一切都实在正常不过，他来自乡下，在大学成绩不好不坏，他并没有浪费过机会，像大家一样，他开始在这个城市工作，他换过好多份工作，有过落魄不知所措的时候，不过，程度和大家并没有多少区别。他有条不紊地前进，终于遇到了觉得合适的女人，他们有过美妙的经历，他们一起憧憬过美好的未来，为此他们下过努力的决心，不过最终他们明白，自己的命运并不会比别人特殊，明白了这一点，他们坦然地接受了很普通的工资，很普通的房子，他们过着许多人都在过的生活，尽管有时候会幻想突然间发财之类的情景，不过他们也只是随便地谈论以用来打发时间而已。他们安于自己普通的命运，能在公交车上找到合适的位置，没有了野心，他们变得十分谨慎，不投机，不冒险，一星期一次找个公园之类的地方，拍拍照片，偶尔他们还是会谈论谈论未来，他们的存款一丁点一丁点地变多。他们从来不在菜市场斤斤计较，但是他们也从来不投入过大的花销，家里的每一样东西，他们都会非常珍惜，努力让它们的寿命更长一些。

这么多年的经历，一幕幕地在建新的脑子里闪过。他突然间为自己刚才的表现感到可笑，我这是干什么啊？他脸上露出平和的微笑，为这么一丁点的小事，居然发这么大的火。他把烟灭掉，回到床上静静地看起了书。妻子已经睡过去了，他再也没有试图谈论跟那个夏天哪怕有一丁点关系的话题。晚上他们一个人做了一个菜，味道都还不错，他们再次讨论了生孩子的计划，得出的结论是，还需要再等等，他们存的钱还不是太保险。他们过着有计划的生活，从来没有过捉襟见肘的时候，他们有着共同的一个底线，千万不要跟别人借钱，一切都以此为标准。

不过，建新发现他再也无法踏实地干活了，他有了心事，妻子并没有发现他的变化，偶尔，他会陷入沉思之中，甚至在公交车上会错过站。好几个晚上他在床上翻来覆去，怎么也睡不着，不得已他偷偷地躺在了客厅的沙发上。

直到一个星期之后的一天，建新一个人逛超市出来，鬼使神差地被一个银行的业务员给拉了过去，不到半个小时，他就填好了所有需要的表格，他没有跟妻子说起这件事，当一张三万块的透支卡寄到他单位时，他竟然有一种偷偷摸摸的快感，他把它放在口袋里，下班时又把它放进了办公桌抽屉里。突然间一个念头出现了，他马上为这个念头兴奋不已。

第二天，建新像往常那样在七点一刻出了家门，他背包里放着准备好的银行卡、手机充电器。在坐上出租车时，他想了想，把手机给关掉了。他买了最快的长途汽车票，下午五点时，他已经走在小县城的街道上了，他的神情有点疲惫，他已经好久没有回过小县城了。偶尔回家的路上经过，也从来没有停留过。小县城的变化比他想象的大多了，不过，记忆里的各个地方，还是隐约地可以找到影子。

这会儿，建新感觉到无处不在的热浪一波接一波地朝自己涌来，几乎是下车的瞬间，他就发现自己被摩托车给包围了。这些骑摩托车的人全都只穿着背心短裤，脚上是双已经破旧得如同垃圾颜色的拖鞋，他们的长相有一种小县城特有的特点，蜡黄色的皮肤，发黑的双腿，被尘土裹得严严实实的脚。

他们全都直视着建新，大概由于人多的缘故，建新觉得他们的目光里充满放松与戏谑。去哪里呢先生？其中一个家伙问道，由于很少说普通话的缘故，也许还因为没有信心说好，他故意拿着腔调，让人觉得很不舒服。其他摩托车手哈哈大笑起来。建新一瞬间就被激怒了。他觉得这些人对自己缺乏尊重。他试图盯着这些家伙的眼睛，他们竟然丝毫不躲闪，结果建新只好故作自然地把头扭开了。

坐上出租车之后，建新控制不住自己激动的情绪。他开始对小县城表达自己的不满。他并没有说本地话，用的是普通话，他把自己假装成一个来自大地方的人，为了不引起出租车司机的怀疑，他甚至打听了一番附近的一些旅游景点，在司机给他介绍时，他装作十分感兴趣的样子。他逐渐地有了高人一等的感觉，真是个小地方啊，这街道也太窄了！仿佛只有这样说话，才能让他从刚才被戏弄的感觉里走出来。

本来他打算住那个招待所的，不过不一会儿他就改变了主意。他要出租车司机把自己拉到小县城最好的宾馆，当他表达出这个意思时，好像从司机的眼神里看出了一些羡慕与自卑，这让他越发地迷恋起自己的新身份。他好久没有这么美好的感觉了，用怜悯的目光打量着周围的一切。

刚到目的地，建新不禁被吓了一跳，没有想到小县城会有这么豪华的宾馆，这样的宾馆即使放到那个四百万人口的大城市，也算得上高级了。只是外表的装修，就让建新有点心虚了起来。他不得不偷偷地调整了一番，才装出司空见惯的表情下了车，在迎宾小姐彬彬有礼的问候声中通过了旋转门。没过多久，建新就站在了宾馆十一层的一个房间的窗户前，他研究了好久，才弄明白了房卡的使用方法，这让他终于松了口气，他害怕最终还是要叫来服务员请教。现在，在凉爽的空调下，建新逐渐地放松了下来，他对自己说，这一切都是值得的，这么贵的宾馆感觉果然不一样。他试图让自己踏实下来，却毫无效果。他在床上卫生间的马桶上沙发上来回换了好几回位置之后，突然他想起了一个人，对方是他中专时候的同学，恰好前段时间他们联系过，对方问他有没有门路给他的一个侄儿找个单位。仔细回想了一下，建新觉得自己当时的表现十分恰当，他没有拒绝对方，那样会让对方低看自己，他对对方说，这种事情得等机会，前段时间有单位托他给找人，他却没有合适的。他当时根本没有存下这个人的电话，含糊地对对方说，有机会了就给对方回电话。

还好的是，建新在通话记录里找到了对方的名字。正当他松了口气时，妻子的电话打过来了。她问建新在哪里，怎么中午不回去吃饭也不打声招呼。建新很快就从慌乱中恢复过来，他对妻子说，中午单位有点事，晚上下班他就回去了。挂掉电话后，建新靠在沙发上，头顶冒出了一层细细的汗。在这一瞬间，他感到悔恨交加。

这个名字叫胜利的小个子的表现让建新满意极了，建新给他打开房门时，从他脸上看出希望中的惴惴不安，很明显，他被豪华的宾馆给搞得手足无措。他客气地跟建新握手，动作生硬。建新让他坐的时候，他紧张得打翻了茶杯，还好的是，地毯足够

暴力史

厚，茶杯还好好的。对方这样的状态让建新很快就进入了角色，他比任何时候都放松，开始滔滔不绝地讲了起来，他惊奇地发现，自己竟然没有一句真话，他想把自己塑造成让对方羡慕甚至嫉妒的那种人，并且为此感到十分满足。他告诉对方，这次回来是参加一个会议，是关于小县城未来经济结构研究之类的。胜利被建新的话给震惊了，他没有想到，坐在自己面前的竟然是这么一个大人物。建新故意营造出一种神秘的迹象，越发让对方好奇和羡慕。

小个子是建新的中专同学，毕业后就回小县城来了。小个子很快就把自己的经历交代了一番，他现在在劳动局上班，孩子已经上小学了。得知建新还没生孩子，他没完没了地给他讲起了孩子的事。他情绪低落地对建新道，他真后悔回到这个小县城来。他悲伤地说，老兄，我这一辈子就这样了，每天浑浑噩噩，一想到这点，我就觉得害怕，我为什么要回这么个小地方呢？待在外面，说不定现在我也成了个什么大人物呢。还是老兄你有远见哪。因为建新的缘故，对方也结结巴巴地用上了普通话。

到了吃饭时间，建新已经完全进入状态了，胜利叫了几个建新已经记不起面貌的同学，就在宾馆下面的餐厅弄了个包间。不到一会儿，一个又一个灰头土脸的家伙出现了，他们脸上挂着不自然的笑容，两腿并紧小心翼翼地坐在沙发上。其中竟然还有两个女同学，看得出来，为了赴约，她们可是用尽心思打扮了一番。她们的目光始终放在建新脸上，哪怕一个微小的笑话，全桌人都会跟着哈哈大笑起来。

建新被自己扮演的角色给迷住了。他从来没像今天这样，说出那么多让自己都感到吃惊的有见解的话，他从来没有像现在这样侃侃而谈，他从来没有像这一刻这样，为自己感到骄傲和自豪。

哪怕他说出粗俗到极点的下流话，人们也不会感觉有什么不对。建新觉得自己的脑子运转得如此之快，许多平时记不得的东西，全部涌现了出来，段子一个接着一个，在每个恰当的停顿处，人们都会乐不可支，两个女同学浑身颤抖得都快晕倒过去了，她们脸上越来越多的红晕让建新感到满足。

时间过得如此之快，每次一抬头，墙上挂着的钟表指针都会让建新感到吃惊和不安，他竭尽全力地表演，他注意每一个人的表情，担心某个家伙流露出要走的表情，每当有人表现出这样的迹象来，建新就会加重语气开始另外一个段子，或者点对方的名，和对方开一些玩笑。对方一副受宠若惊的表情，屁股再次在椅子上坐实了。

建新突然想起了那年夏天跟这次几乎一模一样的提心吊胆，他端起分酒器，给饭桌上喝得最少的家伙敬酒。这个已经糖尿病多年的家伙正想推托，在座的各位就谴责起他来，小个子作为组织者武断地打断了他的话，喝，死了你也得喝这杯。对对对！得喝！大家纷纷对这个家伙说，不然我们以后都不理你了。他们还认为，为了表达自己的诚意，糖尿病还得多喝一些。糖尿病手都抖起来了，建新脸上的表情如此冷淡地看着对方，在手足无措地委屈了一小会儿后，糖尿病终于霍地一下站了起来，他脸上一副豁出去的表情，二话不说端起满满一分酒器的酒，一仰头就倒了下去，掌声瞬间猛烈地响了起来。

曹胖子，咱们就此别过

初中毕业后，曹胖子就不念书了，我呢，还继续上学。即使如此，我俩也经常见面，因为他在我们学校附近干活。

当时，我对一个叫李小染的姑娘有意思。具体情况如下：一、我每天去李小染上学路上等她，但，从不敢跟她说话，只是看着她擦肩而过，有时，我俩的距离近到能闻到她身上雪花膏的香气。二、我还每个星期六写一封情书，步行到邮局，贴上邮票塞进邮箱，寄给李小染，不过，我从来没有署过自己的名。三、每天晚上睡觉前，我都会把一张集体照拿出来，这张照片来得不容易，所以我格外珍惜，动作也相当小心。即使闭着眼，我也能准确地找到李小染，你知道的，那种集体照片，人的头像一般非常小，并且，集体性面容呆滞。我先是用食指在李小染的头发上摸几下，然后又用拇指捏捏她的鼻子。这样搞个十来分钟，才把照片压回床铺下。四、然后我就会想，一定要早点睡着，然后做

　　　　　　　　　　　　　　　　暴力史

个关于李小染的梦。可惜从来没有过。我睡不着，而一旦我睡着，又不做梦，或者做梦了，但是跟李小染一点关系也没有。

这情况搞得我很难受。

曹胖子来找我的时候，我就跟他讲了。我说我实在是太喜欢李小染了，其实我想说的是：我爱李小染！曹胖子跟我说了两句话：一、你跟李小染肯定没戏；二、李小染胸部太小了。这话让我很生气。我对他说，操你妈的，我喜欢李小染，跟她的胸部没关系。曹胖子一直抽烟，并未接话。当时我们在宿舍，经常有管卫生的老师过来查房，所以，他抽烟搞得我很紧张。不停地去宿舍门口张望。我对他说，你别抽烟了！曹胖子说，操，你小子现在真胆小。

很明显，曹胖子对跟我谈论李小染的话题不太感兴趣。我跟他谈得次数多了，他就对我不耐烦起来。于是有一天，曹胖子去找了李小染，并且还拉上了我。我记得我　路上都在哀求曹胖子，求求你了曹胖子，别这样搞我，让我回去吧。曹胖子说，不就是个女人么，你怎么这么麻烦。

我当时只有一个念头，就是想跑。到李小染在巷口出现时，我再也控制不住自己了。曹胖子试图拉住我，伴随这个动作，他还发出呵斥，站直了，别这么丢人。他的声音很大，李小染肯定已经听见。意识到这点，我更加用力。终于，曹胖子一歪，半个身子倒在了地上。即使如此，他仍然没松手。在拉扯的过程中，我看见李小染越来越近，终于站到了我们的面前。

仔细回想一下，曹胖子当时应该不是很胖。要知道我可是个瘦子，到现在仍然如此，如果他当时体重比较大，倒地的只能是我。有一段时间，我以为，曹胖子无所畏惧的模样是因为他的体形造成的，那样一个吨位，在跟人发生冲突时，很容易形成心理上的自信。也因为这种踏实的自信，让曹胖子跟人打交道时，显得格外自如。我就不行。而根据上面的描述，很明显，在我上高中，而干瘦的曹胖子在我们学校附近的玻璃厂上班时，他就已经是个无所畏惧的人了。

那天的结果是，曹胖子和李小染聊了半个小时，在此过程中，我只说了一句话，还是被迫说的。曹胖子对李小染说他在一中上学，说完把目光投向我，于是我马上配合道：是，他在一中上学。我搞不清楚自己为什么要这么说。因为从来没有这么长时间地待在李小染身边过，我不由得六神无主，过了一会儿脸色苍白，几乎要摔倒在地。李小染发出一声尖叫后，他俩的谈话终于结束。曹胖子对李小染说，我这哥们儿就这样，见了漂亮女孩子就腿抖。此话让李小染喜笑颜开。接下来，曹胖子扶着我，慢腾腾地朝和李小染相反的方向走。走了一会儿，曹胖子突然回头大喊，李小染，我喜欢你，以后我会经常去找你的。在我的印象里，李小染应该颇为胆小，没想到的是，她竟然也回头喊道，如果你不怕被人揍的话，尽管来找我，我男朋友可是北城老大。说完还大笑了几声。曹胖子挺了挺脖子，继续回道，全城老大我也不在乎，你就等着我吧。李小染没有再回话，一路小跑消失了。

几乎我们认识的每个漂亮女孩子，曹胖子都会声称和对方有

　　　　　　　　　　　　暴力史

过一腿。这次也不例外，没多久曹胖子就告诉我，他已经和李小染约会两次了，他甚至还拉过李小染的手。当然，曹胖子的原话不只如此，他还说，操，这女人还跟我装，等着吧，总有一天她会求我的。

曹胖子的这一点很让人讨厌，不过相比较初中而言，已经有了很大的进步。在初中的时候，曹胖子个子比较小，坐在我们教室的第二排。当时的他不仅吹女人的牛逼，还有一些让我们实在难以忍受的举动，比如，把擦过鼻血的卫生纸，扔到女同学的课桌上，当女同学发现时，他就发出怪异的笑声。

虽然我们每个人都会对女人有所想法，也经常会有一些恶作剧，但，曹胖子的作为，实在超出了我们的忍受极限。我们更喜欢散发着香气的五颜六色的情书，偷偷地目送某个姑娘远去之类的举动。

最终，曹胖子成了一个不受欢迎的家伙，一个无人搭理的可怜虫。无论干什么，大家都不带他，不过此人并不在意，仿佛没有任何感觉似的，不论发生了什么事，他都会排在第一，并且表现十分热烈。哪怕一丁点芝麻事，都能让他激动好长一段时间。我跟所有人一样，一度十分鄙视曹胖子，不仅鄙视，还曾在初中校园的乒乓球台前打过他。

当时的我，可以称作尖子生，受到老师宠幸，当然这一点不足以让我对着曹胖子扇耳光而他还不敢还手，主要的原因在于，我有一个表哥，虽然已经毕业，但仍威名远扬，在他出面帮我解决了几个麻烦之后，再也没有人敢对我说三道四。于是我横行霸道，扇人耳光上了瘾，自以为风光无限。

这么多年之后，回想起来，当初的我其实胆小如鼠，也没有强壮的身体，算得上狐假虎威。比如那次扇曹胖子耳光时，旁观者还有两三个人，人们目瞪口呆地看着我俩，我心里清楚，如果曹胖子奋起反击，那俩人肯定会袖手旁观，所以，挥动手掌之间，我不禁双腿颤抖，狠话也放不出来。情况看上去大概相当怪异，四周一片寂静，夏天的阳光烤得人头昏脑涨，我苦恼于，到底该在什么时候停下来，到底怎么停下来，之后做出什么后续动作，才能显得自然一些，不暴露出自己的虚弱。

还好的是，曹胖子尽管瞪着双眼看着我，最终却没有做出反应。

好吧，我承认，已经记不太清楚当初曹胖子的反应了，以上只是我现在的一个想象。也许他当时连眼都没瞪，也许他还战战发抖。不过，我的横行时间并不长久，随着我扇过耳光的人越来越多，逐渐地有了各种说法，尽管人们不会当面谈论，但蛛丝马迹我还是能感觉到的，最终，当有一次我去扇别人耳光的路上，快进到宿舍之时，听到里面有人说，怕什么，跟他干，他干不过你的。这是旁人在安慰即将被我扇耳光的家伙，听到这话，我不禁怒火中烧，试图冲进去大干一场，不过结果我却没这么做，因为，里面不止一个人这么说，几乎是所有的人都在七嘴八舌地谈论怎么干掉我。

最终，我鼓足勇气，爬上上铺，潦草地扇了该扇的耳光之后，故作从容地爬下来，还恶狠狠地环视四周。一迈出宿舍门，我就颤抖地点了支烟。当时是晚上，我几乎是跑着出了校门，在河滩上抽了好几根烟。

在我返回的路上，碰到了个黑影，吹着口哨，从后面赶来。我试图给他让开，没想到，他直直地朝我奔来，一把搂住了我的肩膀。我顿时吓得几乎尿出尿来。此人正是曹胖子，他兴冲冲地对我说，刚才，他搞了个女人。跟谁搞的？我十分好奇。曹胖子对着我的耳朵轻轻说了个名字，接下来，他几乎把所有的细节都告诉了我。搞得我一晚上几乎没有睡着。

就在那天晚上，当曹胖子搂着我的肩膀的时候，我突然感到害怕，在那一瞬间，我感到，即使是曹胖子，我也得罪不起。曹胖子几乎是夹着我向前走，我突然感到腰间被硬硬的什么给硌得生疼。在我的坚持下，曹胖子把那物事掏了出来，竟然是一把匕首，即使是晚上，在隐约的月光里，仍然能发出闪闪寒光。

有一段时间，我愿意把曹胖子作为自己的参照物。即使是在他和李小染谈过之后，仍然如此。当时的我觉得自己前途无量，而曹胖子呢，在玻璃厂早出晚归，每天总有各种烦心事。和他在一起，我难免扬扬得意，以至于对他充满怜悯。这个家伙，一辈子就待在这小地方，打打工，讨个老婆，生生孩子，最终挤在夏天的短途客车上，散发出让人忍不住掩鼻的臭味，牙齿发黄，脸色发黑，袜子粘在鞋底。以上就是我对曹胖子未来的想象。一般有这样想象的时候，都是曹胖子说到女人时，尤其是谈到李小染时，我更是如此。

在我想来，曹胖子关于李小染的话肯定是无中生有。事实好像也证实了这一点，比如，我从未见曹胖子和李小染一起出现过，再比如，尽管我花了许多工夫研究，仍然在曹胖子身上找不到一丁点儿李小染的痕迹。不过最终让我确信，曹胖子和李小染没戏的原因在于，有一天，李小染她爸出现了，毫无疑问，他当然是个胖子，从一辆红旗轿车上走下来，把李小染的东西放进后备厢，然后车子扬长而去。在那一瞬间，我首先想到的是，曹胖子啊，李小染这么一个有钱人，怎么会跟你搞在一起呢？你爸连自行车都不会骑呢。第二点我想到的是，如果让我爸坐进这样一辆轿车，他肯定会缩成一团，完全不知道该怎么办才好的表情。想到这里，我不禁感到难过。

再一次见到曹胖子时，我忍不住跟他说了自己看到的情况。我对他相当了解，知道他对轿车的了解，跟我差不了多少，仅仅是在街上路过旁观过而已。曹胖子露出不屑的表情道，红旗算个屁，我们厂长开的丰田呢。我本来想问问他们厂长跟他有什么关系，但，想了想，还是没说。我俩做以上对话时，正在东桥下的阴影里等车回家，时间已经算是夏天，大片的金黄色的麦子直立在田地里等待收割，曹胖子回家的任务就是：带上镰刀扁担下地去流汗。

买瓶啤酒喝？曹胖子道。我说，行吧。其实我喝不了多少。于是我俩步行向前，在这里我就可以想象一下当初的情景：从背后看上去，曹胖子黑瘦，肩膀还没有路过的电线杆宽，他胳膊上的铁链子一闪一闪的。以前我还真没注意，曹胖子竟然是外八字，走路时肩膀左右摇晃，有点眼熟，想了半天，我突然明白，这姿势完全是那些混混的姿势。虽然跟他们没有过接触，但放学时，他们三五成群站在校门口时，谁都可以看见，他们就是用这样的姿势混来混去，对着经过的女孩子打口哨的。不得不承认，曹胖子学得十分像，我不禁肃然起敬。

在路上，曹胖子问我，你说的是真的？什么？我没反应过来。曹胖子说，李小染的事啊。是真的，我对他说。本来以为他会有下文，等了半天他却转变了话题，我不想干了。他的意思是，他想从玻璃厂出来了。据我所知，他进玻璃厂还托了人，现在出来，搞什么去？我问他。我想去学点技术。曹胖子道。接下来他给我讲了一番道理，在这里干不出什么名堂，如果我有一技之长，以后会好混点。那就去啊！我对他说。曹胖子面露苦恼之色说，我爸不让。

在我上高中的几年，过段时间，曹胖子就会跟我说一次类似的话。但他始终没有行动。倒是越来越和玻璃厂的人们亲密了起来。直到老西皮出事。老西皮的情况是：有一天，曹胖子对我说，老西皮出事了。老西皮我知道，但不太熟，他跟曹胖子一样，初中毕业后也进了玻璃厂。出什么事了？我问曹胖子。这时候，我才发现曹胖子的脸色有点差，他古怪地看了看自己的手腕，然后比画着说，这里被车床搞断了。

我不知道该说点什么好，跟曹胖子一起在路边蹲下来抽起了烟。不时有摩托车呼啸而过。去看看？曹胖子抽完烟后说。我说，好。于是一起向前。在医院门口，曹胖子突然停住了脚步。

是不是应该买点东西？他问我。我迟疑了一会儿说，好像应该。你那里有钱没有？曹胖子问。我口袋里有点，但是是伙食费，对他说，没有。曹胖子说，我也没有，借点去吧。

结果是，到了地方，曹胖子没有提借钱的事。坐下跟别人打起了扑克。作为旁观者，我看见曹胖子从口袋里掏出了钱来，当然不多，全是毛票。过了会儿，我就发现不对了，很明显，曹胖子运气不好，几乎是一把也没赢，那么他就必须一直掏钱，这样的动作持续了很久，让我实在意外。曹胖子发现了我的眼神，对我说，你也来两把吧。我竟然点了点头，坐下也玩了起来。

我们一直玩到天色发黑，浑身精光为止。曹胖子跟两个人开口借钱，不是为了去医院看望老西皮，而是想再战。那两人一口回绝。曹胖子骂道，妈的，小气鬼。那两人也不以为意，摸着鼓囊囊的口袋面露笑容，倒是旁边一人插话，没钱就别玩了，这么多废话。曹胖子突然伸手往自己的腰间摸去。我连忙伸手，拉住了他。

你为什么要拉住我？回到街上后，曹胖子问我，不过拉得也好，不然我真砍了他，那可糟了。

就是在那天晚上，曹胖子带我七拐八拐地去了工会录像厅，之前我已经对这个录像厅听闻多次，但从未去过。坐在黑暗里，看着屏幕上赤裸裸的男女，曹胖子一边抽烟一边跟我说，等着吧，我非把李小染搞定不可。

我和曹胖子第一次分开，发生在我高考完之后。当时我十分想见他一面，因为我即将去上大学，更重要的是，李小染竟然跟我考上了同一所学校，并且同系。我想象过无数次装作随随便便的模样跟曹胖子提起此事，甚至连我的语调、他的表情等细节都梦到过。可惜的是，自从我成绩出来之后，曹胖子就失踪了。连他爸都不知道他去了哪里。在他家院子里，他爸对我态度很不好，你找他干什么？他问我。我说，也没什么事。没什么事你就别往我家跑。

为什么曹胖子他爸的态度如此恶劣，是有原因的。当初，作为大队会计的曹胖子他爸，几乎每个月都会来我家一趟，给我家送点东西之类。为的是，作为乡里会计的我爸，在审计时放他一马。好多年里，我爸并没对他下手，直到去年，搞不清楚为什么，也许打麻将时起了冲突，也许因为太熟开了个什么玩笑，也许仅仅因为我爸晚上睡不着觉，在月光里突然就想对曹胖子他爸动手。于是，曹胖子他爸被查了。这么多年，他捞进口袋的不少，事情搞得很大，人们议论纷纷。不过结果还好，并未进去，只是把钱吐出来了而已。听说，曹胖子他爸给书记送了点钱，逃过一劫，之后，自然对我态度不好起来。

所以，尽管曹胖子他爸对我横眉冷对，我也觉得理所当然。

两个多月之后，我离家开始了大学生活。所在城市是我们省的省会。当我在繁华的街道上走过时，忍不住就会想起曹胖子。当然，更多的是想到李小染。我本来以为自己的机会来了，结果军训还没结束，我就失去了希望。每天都有不下五个男生围在李小染周围。很快，李小染就和大家打成一片，军训结束时，有一个表演，我坐在角落里，看见李小染在舞台中央和一个男生双人舞，从他俩的第一个动作开始，我就明白，自己彻底没戏了。同时我还发现，当初被曹胖子诟病的李小染的胸部，已经发生了面目全非的改变，它们突兀地挺在李小染胸前，上下晃动。

自此，我和李小染算是兵分两路，各奔东西。表现在：一、李小染当选为学生会主席，在各种场合站立于人群中央，受到广泛的热烈的关注。二、尽管是老乡，尽管我们是同一个系，李小染却从未跟我说过话，即使在回家的火车上碰见了，她也有足够多的帮忙拎行李的人，我丝毫插不上手。如果需要的话，我还可以列举出三四五点。

我呢，把自己的大部分时间花在了睡觉和上网上。钱多的时候，我干后一种事情多一些，钱少的话，我就只好干前一种事情了。还好的是，这两种事情都不需要跟人打太多的交道。有时候，我会跑到某个指定地点，和某个女的见上一面，我试图尽快搞上个女的。却未能如愿。

李小染最近怎么样？有一天，我接起电话，里面的人就这么问我。毫无疑问，此人正是曹胖子。据他说，还在我之前，他就已经杀到这个城市了。现在他正在学理发。于是我俩约在我们学校北门见面。

让我意外的是，和曹胖子同行的，竟然有一个女的。这是这么久以来，听曹胖子说了那么多关于女人的话题之后，第一次当面看到他和一个女的手拉手，时不时还互相捏捏手臂和后背。对于这样的情景，我处理起来很不在行。气氛变得有点尴尬。我们一起吃了顿饭，奇怪的是，曹胖子在这顿饭中间没有说任何一句关于女人的话题。

接下来的好几年中，曹胖子再也没有跟李小染联系，刚开始他还会偶尔提到，后来他连提都不提了。他女朋友很快中专毕业，在一家宾馆当起了服务员。曹胖子呢，开理发店开了有三个月，把本都赔光了。在他女朋友开始上班之后，他开始开起了出租车。在此期间，我俩算是经常见面，我常常在饭点降落于他租的房子里，不得不承认，他女朋友做的饭不错，这个时常把嘴巴抹得通红的女同志，身上有不少的优点。因为常常见面，所以，当有一天曹胖子开着出租车停在我面前时，实在让我大吃一惊，这家伙是什么时候学的驾照呢？

我和曹胖子见面的频率是这样的：他住在城中村，家里只有一张床时，我几乎每天都会出现，在他换了个环境比较好的城中村，添置了电视电风扇之类的东西之后，我大概一个星期才去一次，一是因为距离比较远；二呢，去了他女朋友不会给我好脸色，曹胖子不一定，有时候脸色好，有时候脸色差。最终，等曹胖子租了个两室一厅之后，我就很少去他家了，印象中我大概只去过两次，一次是他女朋友回老家，我在他家客厅沙发上看了一场球赛。还有一次，我还没走，他和他女朋友就干起架来，他女朋友把火上下面的汤泼了一地，差点让我受伤。

不过，曹胖子还是会常常出现，他每一次送我们学校的女学生回来，都要去我宿舍找我。给我看餐巾纸上写的电话。在此期间，他关于女人的话题再次迅猛发展，几乎每一个月，他都会告诉我，他搞了一个我们学校的学生。他还告诉我，我们学校的学生中间，有女的在从事色情行业。当然，他的原话不是这样，他对我说，靠，你们学校的鸡不少呀。对此我表示怀疑，不过也没有跟他过多争论。只有一次，在他说，你觉得李小染会不会干这行。我不禁跳起来反驳，你傻啊，李小染家那么有钱。

　　撇开曹胖子的女朋友不谈，我和曹胖子的关系还是不错的，差不多一个星期，曹胖子就会拉着我在街上晃荡一次。毫无疑问，我们注意的对象根本不一样，我隔着车窗，目光几乎全被女人给吸引了。尤其是夏天来临，裙子们越来越短的时候，有一次我甚至尴尬地发现，自己的口水都快掉到裤子上去了。还好的是，曹胖子根本没有注意到我的模样。他一路上都在高谈阔论，当然，对于女人，他也有一定的兴趣，不过很明显，他比我挑剔得多，大部分女人他溜一眼就过去了。曹胖子的话题大都关于两样东西，一样是车，另外一样就是房子。关于前者，他几乎是了如指掌，每看见一辆好车，他就会从头给我讲起，这个牌子是哪个国家的，耗油量多少，价格多少，外形如何，同等价位的车还有哪些牌子。而对于后者，他了解得就比前者要差一些，有时候我都能看出来，他是在信口开河。他的梦想是，在豪情买套房子。据他说，那里的房子已经涨到快一万一平米了。

　　曹胖子还会说到自己的女朋友。她确实值得一说，尽管对我态度不好，但每次见了，我都忍不住要多看几眼。曹胖子告诉我，他女朋友的同事，一个中年妇女，最近老鼓动他女朋友跟他分手。为什么呢？原来中年妇女有一侄儿，三十已经出头，仍然未婚。中年妇女觉得曹胖子的女朋友不错，想介绍给自己的侄儿。但，她侄儿患有羊痫风，时不时就摔倒在地，口吐白沫。曹胖子老婆每天回来都会把中年妇女的原话复述给曹胖子，每一次，曹胖子都会感到十分生气。因为中年妇女所说实在符合情况，连我听了都十分认同。她的原话是：你赶紧跟小曹分了吧，开个出租车，还是租的别人的，又没有房子，户口还不在本地，没什么前途的，你跟着他以后肯定会吃亏的。你这么年轻漂亮，得为自己的将来多做打算。

以上，就是那段时间我和曹胖子谈话的内容。

仔细回想一下，在这个阶段的曹胖子比原来胖了一点，不过完全算不上一个真正的胖子，只是不像当初那样，如果不用皮带狠狠地勒住腰部的话，三分钟左右就得提一次裤子。从面貌上来说，曹胖子的下巴有变宽的趋势，总之，这么多年最显著的变化即将发生，但目前仅仅是个微小的开始而已。他的头发比原来短了一些，但仍然遮住了眉毛，由于洗发的频率不够，一缕一缕地贴在脑门上。

这算得上好日子了，它结束于我的大三下半学期。一共有两件事产生了作用，一是，曹胖子被打了一顿，尤其是，我还在场。具体经过是这样的，我俩照例瞎逛，在亲贤北街时，曹胖子试图转弯，结果被后面的一辆车挡住了，几个大汉跳下来，当时我根本没弄明白，到底是怎么一回事，其中一个穿白衬衫的家伙冲在最前面，他把拳头凶狠地穿过车窗打在曹胖子的脑袋上，我目瞪口呆，充满恐惧，完全不知道该如何是好。曹胖子并没有试图推门出去，照我的想象，他应该冲出去和这帮人干上一场的。他的表现让我实在意外，就好像这一切完全是他应得的似的，他逆来顺受，坐在座位上一动不动。最终，听了好多遍动手之人的喊叫之后，我才明白了这是因为什么，原来曹胖子拐弯的时候没有打转向。在那帮人扬长而去之后，曹胖子把车开出两公里左右才停下来。他心有余悸地对我说，你知道刚才那帮人开什么车么？我完全没有注意到这个，只好摇头。曹胖子点了支烟，我看见他胳膊上血红一片，他对我说，宝马。

这件事我怎么也忘不了，当我再次面对曹胖子时，忍不住就会感觉到浑身难受，我没法像他那样，挂出当作什么事情也没有发生过的表情。我难受到了不能看他的地步。

也许时间过得够久之后，我会恢复正常的。可惜的是，没多久，另外一件事就发生了。在一个冷得不能站在野地撒尿的凌晨两点，我在宿舍接到了曹胖子的电话。他说话的语调如此冷静，让我怀疑他说出内容的真假。他告诉我，他撞了个女的。我鬼使神差问他，多大的女的？曹胖子回答说，跟咱们差不多。撞得严重么？我问。曹胖子说，如果活下来，两条腿也不行了。我不知道接下来该说点什么，我们在电话里沉默了大概有三十秒钟之后，曹胖子说，你睡吧，我在医院呢。我躺下后首先想到的是，这个可怜的女人后半生该怎么度过，我甚至想到了她的男朋友等等，接下来我才想到，曹胖子完蛋了。

也许我潜意识里希望过曹胖子倒霉，尤其是在他女朋友脸上露出对我的厌恶的表情时，不过，倒这么大霉，绝对不是我所希望的。我觉得自己该做点什么，想了好久，直到第二天早晨，我才给他打了个传呼，对，传呼，那时候传呼机还不普及，更别提手机了。曹胖子的传呼机挂在腰间，大概半个小时左右，他就要掏出来看一次，我了解他这一点，我知道他恨不得告诉全世界，他拥有一台传呼机，所以，我确信他收到了我给他的信息，我不知道当时的他是个什么状态，在医院楼道里蹲着昏昏欲睡？双目通红？他没有给我回电话，后来也没针对我给他发的信息发表过什么说法。事实上有一个多月我都没见过他。

再一次见到曹胖子时，他并没有像我想的那样，流露出绝望的表情，或者再次干瘦起来，他没有。曹胖子着装很整齐，衣服也很干净，看得出来，他的头发上过啫喱，形状不错，显得人很精神。不过他的眼神还是有所变化，我觉得他好像是乞求似的看着我，可是我实在帮不上大忙，只给他拿了二百块。

他没有跟我说太多的话，我只知道，他需要八万块。这个数目把我给吓住了，你大概能想象一个一个月只有一百五十块生活费、父母年收入还不到一万块的家伙，被这个数目给吓住的表情。我就是那个样子。曹胖子拿着二百块走了，看着他表面上并没什么变化的背影，我再一次觉得，他完蛋了。同时我也预感到，我将和曹胖子各奔东西了，好日子结束了。

不停地有人冒出来，给我打来电话，兴冲冲地谈论曹胖子的事情。我并没有感到厌烦，恰好相反，我热衷于谈论这个。因为曹胖子的事，我和许多人恢复了联系，结果是，有人提议来一次聚会。在座的有李小染，她对曹胖子的好奇心并不比别人少一点，在大家谈论时，她的表情十分认真。然后，她还私下里跟我打听，我把自己知道的再次复述了好几遍，人们过会儿就叹一次气，每个人都被曹胖子给借过，没有人能拒绝，即使那些没钱的也去别人那里借来给了曹胖子，问题是即使如此，我们算了一下，仍然属于杯水车薪。大家都觉得，曹胖子就此完蛋了。

我从来没有和李小染说过这么多话，也从未这么近距离地接触过。这多年之后，我发现，李小染有淡淡的口臭，当她面对你时你才能发现，她的脸上有几颗雀斑，最主要的是，李小染竟然是个结巴，这么大的一个特点，我以前竟然毫无所知，尽管她把语速放到了最慢，听起来还是十分明显。我相信，从表面上看起来，谁都不会发现我对李小染有什么想法。我成功地把自己的心思给隐瞒了起来。

在那次聚会上，发生了两件意外之事，一是，聚会快结束时，李小染的男朋友突然出现，他脸上的表情很不好。我以为李小染的男朋友会是另外一些家伙，而不是这个戴着硕大的眼镜，说话不会拐弯的家伙，谁都看得出来他脸上的醋意，当他冲进来时，一副要捉奸在床的模样。我们这么多人的目光让他坐立不安起来，大家礼貌性地让他坐下来喝几杯，这是个糟糕的邀请，他被一种奇怪的情绪鼓舞，跟每一个人碰杯，不一会儿就舌头发直起来，也许我们对李小染的目光让他感觉到不安全，于是，我们目睹他无数次把手放到李小染的腰部，却被她给推了下去。如此

　　　　　　　　　　　暴力史

反复，他越发恼怒，却无计可施，这个可怜的家伙。

第二件事是，最终，李小染跟我打了一个出租车同走。而她男朋友，在发了一通火之后，消失在另外一个方向。这个没什么，让我意外的是，李小染在车上对我说了好多话。一是，她很喜欢她男朋友，这个有点出乎我的意料，李小染说，尽管她男朋友没有钱，长得也不怎么样，但是她就是喜欢他。第二是，李小染告诉我，曹胖子这几天经常给她打电话。你觉得他这人怎么样？李小染这么问我。说老实话，这个问题让我难以回答，不过很快，我就明白自己不需要回答了。李小染吐了我一身，她吐着吐着，我也跟着吐了起来，还好的是，当时我俩已经下了车，蹲在马路边的草丛里，并不碍人什么事。我俩相隔不到五米，不一会儿就在路过车灯下明亮一下。我能听见她的呕吐声，她当然也能听见我的。在一轮和下一轮的中间，我俩会抬头对视，不过来不及做什么表情。

我难免提到高中时候的事。李小染歪头想了半天，问，你是说，当初你也在？我说，是的。李小染摇头道，想不起来了，我以为只有曹胖子一个人的。我不禁感到伤心，问她，对曹胖子感觉怎么样？李小染说，我想起来了，当初你比现在胖一点，戴眼镜对不？我说，没有的，我从来没戴过眼镜，也从来没胖过。李小染露出有点抱歉的表情说，那我是真不记得了。接下来李小染说话的时候，我只是盯着她而已，我一直在想，现在我可以对李小染说，我喜欢你，老早就喜欢上了，或者我干脆对她说，我爱你李小染。但，最终，我还是没说出口。

相比较而言，我要比李小染更清醒一点，因为她已经不知道回去的路了，需要说明的是，在李小染的叙述中，我知道，她已经搬出去和男朋友住在了一起。在说这个事情的时候，她还问我，是否跟人睡过。我说，睡过。

我只好把李小染带回了我租来的房子里。

当天晚上，我俩什么也没干。具体情况如下，当我把李小染的外衣脱了，给她在卫生间洗的时候，不禁在心里涌出许多美好的感觉，这几乎是我的梦想，我从来没有这么认真地洗过衣服，那些污渍也不让我觉得恶心，我用手一点一点地把它们抓下来丢进马桶。当我快要完工时，突然感觉后面传来响动，回头一看，不禁目瞪口呆，只穿着一条内裤的李小染直接冲了进来，她蹲在马桶上撒了泡尿，然后抓起卫生纸擦了一把。跟你说，当时我一点生理反应也没有，不是说李小染不性感，事实上她性感极了，直到今天，我仍然忘不了她腰部的曲线，以及包在内裤里翘起的臀部，每当一想到她的模样，我就会有所反应，但是那天晚上我没有。我就那么看着她，在我旁边绕道而行。当她躺到床上时，我找出一条自己从未用过的被子，给她搭在了身上。

在很后来，我忍不住跟人讲过这事。对方正是曹胖子。曹胖子首先表示不信，你就别撒比了，曹胖子这么对我说。过了会儿，他又让我复述了一遍经过，在此过程中，我发现他的脸色越来越难看。你真的什么也没干？曹胖子问我。我说，真是什么也没干。我不信！曹胖子道。信不信由你！你小子可能什么也没干么？我还不了解你！谈话就此终止，无法再进行下去。

暴力史

等我再次见到曹胖子，他已经真的长成一个胖子了，并且已经结婚生子。

这么多年，曹胖子的经历如下，先是走投无路，跟着几个东北人混了段时间。具体干的事情是：带着一把砍刀、一部手机，躺在床上等电话。电话一响，就去指定地点集合。有时候三五个人，有时候几十号人。曹胖子通常都处于人群的中间靠后位置，一方面不引人注意，另外一方面也方便逃跑。他们目不斜视，最终围住某人，或者某几个人，抡起刀子冲上去乱砍一通。需要补充说明的一点是，砍刀除了不到一厘米的刀尖之外，其余部分都用布子裹了好几层。尽管这样的刀子发挥正常的话，是捅不死人的，但曹胖子还是尽量避免下手，下手的话也就做做样子。

没多久，曹胖子的老大就被抓了进去，这事情对曹胖子打击挺大，照曹胖子的话说，他这老大人实在不错，当初自己落魄得连饭都吃不起，老大就凭一面之缘给了自己一条活路。所以，得知老大被抓的消息之后，曹胖子躺在床上一宿没睡，他想了许多，想到了自己的女朋友，也想到了被自己撞残废的那个女人，他还想到，如果有一天老了，前列腺出了毛病的自己站在厕所里半天滴不出一滴尿，这样一想，他觉得浑身难受起来。第二天早上，他就去看守所看望老大去了。老大感动得一塌糊涂，对曹胖子说，小曹，只有你一个人来看我，只有你一个，那么多兄弟，我哪个亏待过他们。说到这里老大哭得眼泪和鼻涕一起流。曹胖子鼻子一酸，也哭了起来。

曹胖子所述让我大开眼界，不过我的好奇心在他的按摩店上。于是我问他，听说你开了家鸡店？曹胖子点头道，是开了一家。生意怎么样？我问。曹胖子说，凑凑合合，还行。关于鸡店的话题，很明显曹胖子不想多讲。他告诉我，之所以开鸡店，跟自己老大也有一定的关系。在坚持看望了老大五六次之后，老大已经不再流泪了。他对曹胖子说，小曹，你对大哥不错，大哥看你辛苦，给你指条道吧。这纯粹是意外之喜，曹胖子说，我从来没想到看老大能看出这种好事来。当时他过得并不好，老大进去之后，他也没再跟原来的人一起混，找了家歌城当保安。所谓保安，其实就是看场子的。曹胖子的体形和相貌都适合干这个。问题是，歌城老板开的钱少，事情也多，几乎每天都有喝醉的客人闹事，曹胖子负责拎着客人的衣服把他扔出去，如果对方试图反抗，就给他几拳几脚的。别腿软，歌城老板对曹胖子说，其实大部分人都是些软蛋，你一硬，他就灰溜溜地跑了。

后来发生的事情证实歌城老板说的简直是至理名言。有一天，曹胖子蹲在厕所拉屎，隔壁有个家伙也在拉，拉就拉吧，动静还挺大，曹胖子被搞得心烦意乱，如果不是外面出了点意外，他肯定会冲进去跟那家伙硬一下。外面发生大事了，警察扫黄。曹胖子刚开始还以为是客人在闹，提起裤子就往外冲，直到冲到楼梯口，听到"都别动"之后，才一个激灵反应过来，连忙缩了回去。厕所也不安全，曹胖子找了块砖头，敲烂了窗户玻璃，接着一蹦，就跳了上去，正当他准备逃之夭夭时，突然听见身后有个怪怪的音调，回头一看，竟然是歌城老板，曹胖子马上明白过来，刚才隔壁哼哼唧唧那个家伙正是此人。这家伙眼巴巴地看着曹胖子，浑身已经抖得不成样子了。小曹，这家伙道，拉一把我吧。曹胖子伸手道，来。这家伙夹着双腿走了过来，曹胖子对他怪异的姿势也没在意，平时想都不敢想的二百多斤的重量，曹胖子竟然一把就把他拎了上来。两人跳下后面的小巷后，迈开腿就往前跑，歌城老板竟然杀在了曹胖子前面，双腿跟车轱辘似的飞快地转。好几次，曹胖子都觉得应该没有危险了，但前面的人不停，他也不敢停，为了让自己转移一下停下来的念头，他只好死死地盯着老板肥胖的背影，那背影如此宽大，就好像涌动不止的一团猪肉。曹胖子突然就失去了兴趣，喊了两声，前面那家伙竟然如若无闻，后背已经湿透，屁股上一块一块的，曹胖子闻到一股子恶臭传来，不由一惊，这是他第一次见到有人被吓到大便失禁的地步。你跑吧，曹胖子道。

最终，老大给曹胖了介绍认识了一个派出所所长，走动几次之后，曹胖子就在他的辖区搞了一家按摩店。

在给我讲述自己经历的时候，曹胖子几次眼圈发红，有一次甚至不得不抬起手背擦去眼泪。他的这副模样不仅没让我觉得他软弱，相反，我的亲近感油然而生。当我拿出支烟递给曹胖子时，曹胖子道，我不抽烟。这实在出乎我的意料。我对他说，我记得你以前抽的呀。曹胖子说，我戒了。我不由感到佩服，要知道我可是尝试过不下二十次戒烟，每次都坚持不到一个星期。再一次，我觉得曹胖子实在不是一个普通人。我对曹胖子说，戒了好，对身体有好处。曹胖子说，跟身体没关系，我只是不喜欢被这么个小东西给控制而已。我被震撼得连话都说不出来了。本来我以为类似的话说出来怪怪的,在电影上看到有人说这些话时,我往往会觉得假惺惺的让人肉麻,我实在没有想到,现实中有人能把这句话说得如此合适,如此理所当然,如此自然。

就此,我和曹胖子密切联系起来。尤其是重逢后的一小段时间,我几乎每个星期都会坐着曹胖子的面包车出去吃饭。经过一段时间的接触,我发现曹胖子变化很大,在副驾驶的位置上经常有女的坐着,并且不是他老婆。他老婆我已经见过,干瘦,但是十分精神。曹胖子告诉我,他老婆当初混得很好,在北营十分出名(北营是这个城市众多城中村中的一个,街道十分狭窄,两旁全是土著居民盖的六层简易出租房),打架和男的有的一拼。对此我有所怀疑,一是因为他老婆个子瘦小,胳膊细弱;二是因为他老婆饭做得很好,在曹胖子租来的两室一厅里,我连干了两碗他老婆弄的手擀面。在我和曹胖子聊天的过程中,他老婆来来回回地在地上忙碌,等我们吃晚饭后,她又埋头于厨房,洗碗刷锅,发出响声。看着她的背影,我不禁想起自己那些还在乡下的嫂子们。我实在无法把这么一个良家妇女,和混社会的女人联系在一起。当然,对此我并没和曹胖子说什么,也就是想了一想。而曹胖子副驾驶座上的那些女的,和曹胖子老婆截然相反,全是浓妆艳抹,也不会像曹胖子老婆那样咧嘴朝你微笑,露出有点发黄的牙齿。

曹胖子从没带我去过他的按摩店,不过,有几次从他家出来之后，曹胖子会被一个或几个站在村口的女的拦住。这些女的大都手里夹烟，身材丰满。我认为，这些女的大概就是曹胖子店里的小姐。他们的对话并不出奇，大部分情况下，他们都在打听什么人，问完吃了没，吃了什么之后，其中一个女的就会问曹胖子，见那谁没？曹胖子说，没见。女的说，这鬼的，让我等他，都半小时了，还没出现。曹胖子说，那你再等等吧，说不定还在麻将桌上呢。女的说，那我就等等，你去哪里？曹胖子说，我去市里有点事。说到这里，尽管已经没话再说，那女的并不离开，曹胖子也不继续前行，女的胳膊架在曹胖子面包车的车窗上，和曹胖子一起看向路边，有时候，路边会有人踢踏着拖鞋走来，于是再次重复刚才的对话。我发现，在这样的环境下，曹胖子用的是当地话，我还发现，不仅当地话，他说的方言都很不错，东北话啊，湖南话啊，他都能说。

我所期盼的是，曹胖子突然回头对我说，走，下去，可们儿请你玩一次。于是，跟在他身后，我被几个大胸脯大屁股换腿之间内裤隐约闪现的女人直视。曹胖子对我也比较了解，他知道这种情况我没遇见过，于是不再啰嗦，直接指着其中一个道，陪陪我朋友去，我朋友还是处男呢！但，曹胖子从没这么做过。

不过，有一点并没变，就是女人。曹胖子仍然擅长于说这个。关于李小染，曹胖子也谈到过。有一天，曹胖子问我，没跟李小染联系？我摇头说，没有。那骚货现在干什么呢？曹胖子问我。我不知道他这"骚货"一说从何而来。于是对他说，不要这么说小染，停了一下，我又补充说，不过人家命好，现在肯定过得不错。曹胖子点头称是，他对我说，我现在跟她爸关系不错。这实在出乎我的意料，李小染她爸？我问曹胖子。曹胖子道，是的，现在弄了家公司，想找关系推销环保设备，我给他介绍认识了徐厅长。见我莫名其妙的模样，他问，你不知道徐建设？我确实不知道，老老实实地摇头。曹胖子道，咱们那儿做得最大的官就是这个了。接着曹胖子又说，这些家伙我都认识，都是哥们儿。

本来以为关于李小染的话题会就此打住，没想到，过了会儿曹胖子又绕了回来，他瞪着红眼睛看着我说，你信不信，我能把李小染搞定？我一阵慌乱，终于回答说，我相信。我确实能，曹胖子说，并且我也打算把她搞定。大概为了让自己显得更可信一点，他突然拿出手机拨了起来，接通后一笑，然后把手机放在了我手上，你听听。尽管已经好几年没见，尽管是隔着手机，但我马上就明白，对方正是李小染。她喂了好几声之后，我把电话挂了。

曹胖子对李小染这些年的经历了如指掌，据他说，李小染她老公考公务员，他也给出了一份力。曹胖子还说，李小染她爸并不同意李小染和她老公的事，因为对方不行，没什么能力。不过最终，还是没扛过李小染。曹胖子告诉我，李小染她爸在他这里放了二十万，让他帮忙给李小染她老公搞个工作。李小染他爸非常想让李小染的老公从政。做生意的都这样，曹胖子说，被当官的给搞怕了。说到这里，我才反应过来，你是说，李小染已经结婚了？曹胖子道，结不结婚有什么关系？

毫无疑问，我仍然会拿自己和曹胖子做比较。你知道的，早在高中时代，我就觉得自己高曹胖子一等，尤其是考上大学之后，更是如此。当初，我认为自己前途光明。到曹胖子开出租时，我更加看不起他了，在当时的我看来，这家伙搞得很失败，出租车司机，天哪，多么丢人。更别提后来他撞了人，不过，当时的我除了觉得自己比他好之外，多了一些可怜之情。没想到，这么多年过后，曹胖子竟然隐隐地凌驾于我之上了。我并不相信他那些说自己认识这个认识那个的大话，可是，即使刨去这些，他仍然比我混得好，毕竟，他已经有了一套自己的房子，虽然在郊区，虽然面积不大，但终归是个家。另外，他已经有了老婆，不仅如此，从他副驾驶座上那些女的来看，他还性生活丰富。说老实话，有时候坐在后座，看着前面曹胖子身旁那些女的脖子和肩膀，我竟然不止一次地勃起过。

　　我不由想起曹胖子那个当宾馆女服务员的女友，现在想起来，她长得实在不错，和曹胖子现在的老婆相比，她长得很是漂亮。据曹胖子说，在他撞人后没几天，这女的就卷铺盖跑了，没多久就结婚了，对象正是当初那个说他们坏话的大妈的侄儿，结婚后，她就被他们家弄进了公交公司。现在的情况是，已经离婚，对方三天两头打她，这羊痫风下手极狠。想想吧，一个女的，一个月一千多块，还带着女儿，在这个城市怎么生活？谈到这里，曹胖子感慨万千。这女的现在坐在下元一家超市给人充值公交卡，在城中村租了个单间，女儿送回老家，每天在泥地里打滚，浑身发黑。我马上就想起，冬天时候这个小女孩子双手发黑，有的地方已经裂开了血口子，要知道当初我们就是这么过来的。

曹胖子说，过段时间，他就会想起前女友。每次，他都想去看看她，再怎么说也一起过过，曹胖子这么说，但，这女的从来没见过曹胖子，每次都以各种理由推托。甚至有一次，曹胖子已经到了她上班的超市，刚上楼梯，就看见对方慌慌忙忙地冲进了女厕所，半个多小时都没出来。对于这种情况，我觉得相当理解。

每次，一说到前女友，曹胖子的感慨就比较多。一是，他会过度强调此女现在的悲惨状况，以显示她当初不选自己的失误；二呢，曹胖子还会谈到自己老婆，虽然他老婆长得没有前女友好，但，曹胖子认为，多亏自己没有跟前女友结婚，原因不言自明；三呢，曹胖子还会发挥，给我提出建议，他的说法是，他已经没有机会了，我要把握好。曹胖子给我提的建议很具体的，并且给出了实施方案。他说，我应该继续在城中村租房子，不过，要有目的地租，所谓目的，就是找那些房东有女儿的。曹胖子的意思是，我应该把注意力放在那些没怎么上过学、现在在家的城中村未婚少女身上。想想吧，曹胖子对我说，讨一个这样的老婆，一辈子就没什么可愁的了。房子一拆迁，就几百万到手了，即使不拆迁，光收房租也是十分有前途的事情。

忘了给你形容曹胖子现在的面貌了，经过这么多年之后，曹胖子的下巴比原来宽了足足有一倍之多，这让他的面貌添了几分自信。准确点说，他现在的模样给人一种有分量的感觉。不像我，仍然偏瘦，尽管有了点啤酒肚，但对于提升气场毫无作用。我和曹胖子结伴而行，通常都会被当作曹胖子的跟班。人们说话时一致目视曹胖子。

前面说过了，曹胖子联系的人多。当我俩喝完啤酒之后，他就会带我去见女人。名义上，是给我介绍女朋友，实际上，每次一到现场，曹胖子就会忘记这茬。那段时间，我见的女的比我前三十年加起来都多。干什么的都有，不过以学生为主，并且这些女人，无一例外都是我和曹胖子的老乡。根据我的感觉，几乎每一个学校的我们那里的女的，都认识曹胖子。或者说，是曹胖子认识她们。曹胖子有一个小本本，上面全是这些女的的电话。通常，见到某个女的之后，曹胖子会拉着我们去吃饭。有的，就在学校附近随便吃点，几十块就搞定了，有的，就要去好一些的饭店，说不定就得花个一二百。不同规格的选取标准在于，对方是否有背景，比如，我们那里财政局的侄女就能享受到后一种标准，其他父母亲戚类似的，同上处理。而那些没有背景的，和曹胖子一样，来自农民家庭的，就只能享受前一种待遇了。

不过，我得承认，曹胖子对付女人，确实很有一手。据我观察，在见过的那么多女的中间，还没有一个对曹胖子显露出反感的。有几个，曹胖子后来绝对搞上了床，剩下的，大都成了曹胖子的干妹妹。曹胖子和这些女的在我面前拉拉扯扯，我只好闷头吃菜。

除了曹胖子，和我还经常联系的，还有一大学同学，叫老鸟。在曹胖子跟我恢复联系之后，不可避免地，我们三个人有时候会一起出去玩。我这个同学对曹胖子佩服有加。他称呼曹胖子为"曹哥"。不止一次，他在我面前说过，曹胖子以后会发大财的。他还说过，咱们应该向曹胖子学习。我这个同学还在读博士。他的经历也比较复杂，大学毕业时被推荐上了教育硕士，花了几年读完，回签了协议的老家中学教书。教了不到一年，就和校长干了一架，只好再次出来。出来后他再次回到了大学，开始读博士。自从认识曹胖子之后，我这个博士同学来找我的频率猛增。每次一来就问我，曹胖子呢？确实，那段时间我和曹胖子几乎每天见面。他问完我之后，我就给曹胖子打电话，于是曹胖子的面包车十几分钟之后就会停在院子门口。

　　和我不一样，我这个同学酒量很大。据说，之前他从没喝过酒。在曹胖子的劝说之下，他才端起酒杯。没想到，五两下肚之后，他竟然毫无反应，并且越喝越猛，频频对着曹胖子举杯。曹胖子来者不拒，两人最终喝了三瓶，直到曹胖子在厕所呕吐一番之后，才算停止。我们不得不架着这个胖子回家。

　　曹胖子又吐了三次之后，才安静下来。他脱光衣服冲了个凉之后，盘腿坐在我的床上，开始谈话，所谓酒后吐真言。他说的是李小染。你知道不？他对我说，李小染现在开着大奔，在一报社上班。他一说这个，我马上想起，这个故事我听人说过。

　　曹胖子告诉我，其实，在李小染毕业之后，他和李小染联系过一段时间。不仅联系过，他们还上过床。这实在出乎我的意料。曹胖子告诉我，当时他认为自己肯定会和李小染结婚。为此，他把自己的按摩店关了。说到这里，他补充了一句，不要小看我那按摩店，一年里钱可是不少挣。因为想和李小染结婚，要面对李小染她爸，于是，曹胖子由黑转白，开了一家房屋中介公司。当时，李小染她爸花了二十万，找了个人，给李小染找单位。曹胖子对此一清二楚。最终，李小染进了日报社，他也一清二楚。

说到这里，曹胖子不禁感慨，你看看我，现在还开着面包，就是因为那几年荒废了。曹胖子的意思是，因为李小染，他很是浑浑噩噩地过了好几年。那些当初和我一样开着面包在街上奔走的那批人，现在早已换了好车。曹胖子还说，赚钱很容易的，随随便便一年还不跑个十几万？对于这样的话，一方面我表示怀疑，另外一方面我又觉得可信。因为曹胖子确实在跑，不过他并不告诉我他到底在做什么，有时候我觉得他在给人送酒，又有时候我觉得他在倒卖海鲜，说老实话，对于这个我太好奇了，每次他一打电话我就竖起耳朵。问题是，只能从只言片语中推断。我的博上同学了解得倒比我还多，有一次，他告诉我，曹胖子买了个铲车，正在某工地上挖土方。还有一次他告诉我，曹胖子贷了五十万的款。我搞不清楚，为什么曹胖子不愿意跟我谈论他的生意。实在是奇怪。

曹胖子告诉我，在那段时间里，他几乎每天做三顿饭，并且不带重样的。因为李小染肠胃不好，一吃饭店的饭，就拉肚子。不是吹，不到一个月，我就把李小染养胖了三斤。曹胖子不在乎李小染变胖，即使胖了，他仍然喜欢她。说到这里，曹胖子不禁喃喃自语道，李小染，我爱你。这么多年，我背地里也这么自语过。受到曹胖子感染，我不禁想起了那天晚上李小染裸体出现在我面前的情景，一时没有控制住，竟然以比曹胖子更大的声音道，李小染，我爱你。我的博士同学突然泪流满面，他把烟头扔到地上，狠狠地踩灭之后，也大喊，李小染，我爱你。由于声音太过响亮，连隔壁的狗都被惊着了，连续狂吠了半个多小时才停下来。

曹胖子情绪激动，他一口气把事情讲给了我。我之前从没听人说过这事。

情况是：曹胖子和李小染终于谈到了结婚的话题。李小染认为，她爸肯定不会同意此事。但曹胖子十分乐观，那时候他刚刚开始开中介公司，对前景充满信心。所以，他急切地想站到李小染她爸面前，和对方来个彻夜长谈。他认为，自己绝对能把那老家伙给搞定。遭到李小染再三阻挠之后，曹胖子决定偷偷采取行动。当他站在李小染家门口时，不禁想到，自己和李小染穿戴整齐，亲朋满座，举行婚礼的情景。他还想到，和李小染一人一把小椅子，坐在太阳下，互相寻找白头发的情景。曹胖子说到这里时，我不禁也进入状态，但，这么想了一下之后，我感到无比空虚，而不是如同曹胖子所说，感到分外激动。所以，我就不想了。

情况是：李小染她爸一口回绝了曹胖子，不仅如此，他还对曹胖子说，你是个什么玩意儿？不到半个小时，曹胖子就被扫地出门。李小染她奶奶，一个矮小的老太太，表现得比李小染她爸还愤怒，她忍不住尾随至门口，对着曹胖子的背影说，也不看看你什么模样，还敢打我家小染的主意？

尽管如此，曹胖子仍然认为，自己会和李小染结婚生子。李小染认为，曹胖子太操之过急了。她对曹胖子说，她有自己的计划。到时候一切难题自然迎刃而解。曹胖子自然没有跟李小染提起，当他从她家出来时，正是下午五点多，小县城里的街道上挤满汽车，已经许多年，曹胖子没有这么认真观察过这个地方了，他听着旁边熟悉得几乎是喊出来的对白，看到对面正在翻越栏杆的姑娘，突然间涌起一个念头，要跟李小染分手。这个念头把他自己都吓了一跳。他的另外一个念头是，一定要赚许多许多的钱。

　　结果是，李小染和曹胖子分手了。事情发生在李小染回家过年之时。当时曹胖子并没回去，在他撞人之后，他就和家里人闹翻了。说到这一点，曹胖子再次眼圈发红。他赔了八万，他爸竟然一分都没有拿。后来他结婚时，他爸也是一分没拿。两次他都张了口，但他爸毫不客气地给拒绝了。原因在于，曹胖子他哥显得更有前途，当兵后考上军校，现在留在部队，已经升到团级。在他爸跟邻居们谈论儿子们的过程中，从来不会提到曹胖子，所有的话题都集中于他哥。所以，曹胖子现在算是跟家里完全不相往来了。

　　虽然曹胖子没有回去，但，依然有人给他传来消息。说是，正月十五，看到李小染和一个男的手挽手亲密逛街。对此，曹胖子第一感觉是不信。曹胖子想起，那天自己和李小染通了两个多小时的电话，在电话里，李小染没有丝毫异状。放下电话后，曹胖子抽了支烟，突然又觉得，也许真的出了问题。想到这里，曹胖子马上换了衣服，下楼开着面包车上了高速。平时得用五个小时的路程，他用了不到四个小时就杀回去了。

曹胖子出发时，已经是晚上八点，他还从未这么晚跑过这么远的路。在高速上，车很少，很久才会有一辆擦肩而过。曹胖子觉得，这条路没完没了，一副永无尽头的模样。他盯着前方的黑色，突然感到，泪水滴在了握着方向盘的手。这时候，他才发现，自己的姿势是，上身极力往前，仿佛想从前面找到点什么似的。

等到了小县城，曹胖子怎么也鼓不起勇气来打电话。他躺在旅馆的床上，翻来覆去，不得已，下楼买了瓶酒，一口气灌下去，才让自己平静了一些。

接下来的情况是：李小染死活不接曹胖子电话，要么关机，要么直接给掐掉。曹胖子一天之内，给李小染打了一百二十七个电话。最终，他明白，事情已经不受自己控制了。除了流泪，他没有做其他事情。最终，他觉得自己应该干点什么，于是有一天下午，他提着已经许久未用的砍刀，开车到了李小染家门口。大门紧闭。李小染她爸的车停在门外。曹胖子叫了会儿门，听不见一点动静。本来，他打算蹲在那里，等到有人回来为止的。蹲了一会儿之后，他站了起来，在地上来来回回走动了一番，然后转出胡同，饥饿的感觉来了，他记起，自己已经一天半没吃东西了。于是，他走进一家面皮店，吃了两碗面皮，一个夹肉饼。结账后继续回到原地，等候李小染。

阳光灰蒙蒙的，曹胖子低头看见，自己的皮鞋上面也布满灰尘。他并没有擦它的意思。抬头朝巷口看去，突然他想到，如果李小染以及她的家人正迎面走来，他们脸上挂着微笑，小孩子们嘻嘻哈哈地打闹不停，想到这个情景，曹胖子突然感到害怕，他

　　　　　　　　　　　　　　　　　　暴力史

不知道该如何是好。他该和这帮人做点什么？一瞬间，他几乎想马上逃跑，跑得越远越好。

曹胖子真的这么干了，他迈动双脚，迅速朝巷口跑去。

跑动的过程中，曹胖子感到不甘心，于是动作放慢，终于反过身来。他举起手里的砍刀，朝李小染她爸的轿车抡了过去，车窗玻璃是如此结实，他不得不费尽全力，不停地撞击。有路过的人，好奇地看他一眼。曹胖子并没停止自己的动作，他把所有的车窗都砸烂后，又向四个轮胎下手。很明显，他已经好久没进行过这么剧烈的劳动了，没一会儿，汗水就淌了出来。曹胖子感觉到浑身逐渐黏糊糊起来，就跟当初，在麦地里弯腰挥动镰刀一样，他擦了把汗，休息了几秒钟，接着继续低头劳作。

话说，自从我上班以来，不时会接到亲戚们的电话。无一例外都是要我给帮个忙什么的。其中一个表哥，尤为执着，他甚至还不远万里杀到过我家，住了一个多星期。直到确定，我实在帮不上忙之后，才不满意地回了老家。在汽车站，接过我给他买的车票时，他突然语重心长地说，你得想想办法！这样下去不行的。我突然就感到羞愧无比。

本来以为，他不会再骚扰我了。没想到没多久，我就再次接到了他的电话。他直接问我，你认识曹胖子？我说是的。他说，那你跟他说说，把我工作解决一下吧？他怎么给你解决？我这个表哥马上对我的孤陋寡闻感到不解。他告诉我，曹胖子现在在一煤矿放着一辆前四后八的大车，并且，曹胖子和煤矿老板关系十分的好。我这个表哥看到过多次，曹胖子和老板一起出入。不过，我最终并未和曹胖子提起此事。关于这个表哥，我得多说几句。我本来以为，他会一直给我打电话的。没想到，他没再打。直到我过年回家，才知道，他已经跟着曹胖子干起来了。在我家的地板上，他对曹胖子表达了许多崇拜之情，认为曹胖子会混，有关系。连县长县委书记他都认识。我表哥先是给曹胖子开大车，后来在曹胖子的公司给曹胖子开小车。他还告诉我，曹胖子这人不错。原因是，自从得知他是我表哥之后，曹胖子对他的态度非常好，经常照顾他。并且，有一次他跟矿上发生矛盾，曹胖子也出面给解决了。最主要的是，曹胖子有报社的关系，他说到这里，我突然想起李小染。

在和我表哥聊天的过程中，我不禁有个感觉，那就是，曹胖子现在大部分时间都待在小县城里。我表哥对我的猜测予以肯定，他说，曹胖子已经在小县城买房，老婆儿子也过来了。我表哥去过曹胖子家不止一次。对他老婆比我还熟悉，当然，他并未吃过曹胖子老婆做的饭菜。

我过年在家待了不到一个星期，最起码有五个人跟我提到曹胖子。最终，人们提到，曹胖子不仅在白道混得好，在黑道也很牛的。接着，他们给我讲道，曹胖子和一个开化工厂的家伙发生冲突，这家伙做生意多年，对曹胖子并不以为然。不过为了防止曹胖子暗地里使坏，雇了北城一个出名的混混，每天在自己家，等候曹胖子来闹事。最终，曹胖子真的来了。让人意外的是，北城混混一见曹胖子，马上态度转变，曹哥曹哥地叫了一通，目睹曹胖子把对方的车给砸了，也没有反应。并且，还对化工厂说，你怎么不说是曹哥，我怎么会和曹哥对着干。曹胖子砸完车后，那人还给曹胖子递烟点烟。

最终，我一个同学证实了以上传说。我这个同学一向不说假话，我选择了相信他。他对我说，曹胖子发家的方法，就是贷款。问题是，大家都不知道，曹胖子怎么就认识了那么多大人物。我突然想起曹胖子那个小本本，不禁对这家伙感到无比佩服。

最终，我脑子里出现了一幅景象，发生在未来某年：曹胖子牛皮烘烘地从宝马上走下来，居高临下地和我握手，然后我战战兢兢地钻进他的宝马，被带到某某酒店，一顿好饭，机会好再来个美女，这样可以折腾那么几个小时，接下来我就又被丢回灰头土脸的人群中，骑着自己的破自行车走上被老板踩躏的路。

事实是，从目前来看，这种情况并不会发生，我和曹胖子已经久未联系了。最后一次联系时，我想请他帮个小忙，但他没来。具体情况如下：我爹坐汽车上来，带了几麻袋的白菜土豆之类。这实在出乎我的意料，尽管我知道他会带，照他的话说，城里的菜也太贵了，我应该为房贷等等多攒一些，但我没想到他会带这么多。我能想象到这些麻袋的命运，最终，它们在那不到两平方米的阳台上，被风吹日晒，散发出一股恶臭。当我把它们拖出去时，会在地板上留下几道黄色的湿痕，那气味终将持续多日。我忍不住就想对我爹发火。这么多麻袋，都不知道他怎么扛上汽车的。出租车司机无一例外，一看我们的架势就逃之夭夭。我只好给曹胖子打电话，希望他能帮忙跟我搬一下。曹胖子一口回绝，不行，我在谈业务呢，今天晚上也没空，得陪人吃饭。尽管我很想把这几麻袋扔下一走了之，但我爹固执地要把它们弄回去。于是，我俩轮流，扛着麻袋在大街上穿过，在别人怪异的眼神中，我逐渐忘记了麻袋的重量，脚步飞快，以至于身轻如燕。这是白菜，这是土豆，这是白面，这是大米，这些都是粮食。当我浑身湿透，黏糊糊地躺在床上时，想的是，曹胖子，咱们就此别过。

理想失踪记

　　理想失踪的事发生在〇六年夏天，刚开始在热衷者老瓜的组织下，我们尝试过几次寻找，也在电杆电视台报纸之类的媒体发布过消息，折腾了有两个多月之后，大家不得不接受一个事实，那就是：理想这狗日的真的消失了。后来不管老瓜怎么鼓动，都没人提得起兴趣来了，消失了就消失了吧，大家开玩笑地对老瓜说，说不定现在他狗日的正在天上呢。你这是什么意思？老瓜脸色都发青了，他就是这么问的，你这是什么意思？没有人会想到老瓜会这么认真起来，在他发红的目光中，大家不由自主地就低下了自己的头。接下来的老瓜激动得嘴唇发抖，你们太他妈不够意思了！他把目光投向上空说，在天上？在你妈的哪个天上？当时理想肥胖矮小的女朋友小干巴也在场，连她都对老瓜的激烈反应感到吃惊起来。为了不使气氛变得过于尴尬，她站起来，摇晃着自己的小脑袋说，老瓜，就这样吧。这是这个小干巴的口头禅，是的，就这样吧。我们丢下老瓜，各自忙各自的去了。在楼道里散去时，不知道是谁不满地嘟哝了一句，操，好像就你热心似的。

对于理想的失踪，大家都感到相当意外。事实上我们不是没有碰到过这样的事，这么多年里，过段时间我们就会失去一个朋友的消息。用一个老套的比喻就是，大家就像一滴水掉入了大海。不过大部分事先都会打个招呼，比如西图，在他回老家之前，还请我们喝了次酒，坐在大排档里他摇手打断了我们安慰他的话。对于我来说，西图当时是这么跟我们说的，回去是件好事情。西图的意思是，一回到老家所有的问题都会解决了，比如女人的问题，再比如房子的问题。我家的房子大了去了，西图试图跟我们开玩笑，娶二十个老婆都放得下。事实上当时我们并不伤感，我们认为，西图理所当然地应该回去，这么多年过去了，也没见他混出个什么名堂，并且，我们都认为他打工的那个搞研发的公司，毫无疑问是一个很没前途的公司，在这两年多里，我们经常会听到西图讲到他们正在设计的过滤污染的仪器，但是直到现在，仍然没有什么进展，最主要的是，两年过去了，西图的工资居然一分都还没涨，想一想一个月两千块离一套商品房的距离，西图绝对应该回去。回去在县一中当一个物理老师，是多么让人安心的一件事情。

再比如三板，这狗日的毕业后跟我们混了不到一年，就雄心万丈地去了广州。离开之前，他也跟我们每个人都打了个电话。兄弟我要杀到广州去了！他这么说。听到这样的话，每个人都忍不住马上松了口气，这是一件天大的好事。已经好长时间了，大家一直在期盼着这家伙离开，如果他继续待下去，大家就会被他每个月一次的借钱电话给搞疯掉。为此，在眼看着三板上了火车之后，我们马上找了个小饭店大喝了一顿，最高兴的莫过于老瓜，因为三板跟他是老乡，所以他被骚扰的次数大概比我们要多好几倍，最重要的一点是，那段时间他通过招生赚了点钱，而每个人对此都一清二楚，这家伙大概每天晚上都把那点钱塞在床板底下，每一次电话声响起，他都会感到心惊肉跳。现在好了，最大的麻烦离开了，值得喝到烂醉如泥。

尽管不停地有人离开我们，大家还是没有想到，有一天这样的事情会发生在理想的身上。这并不是说理想的状况比那些离开的人要好多少，只是因为这么多年里，理想一直保持着一种积极向上的姿态。我们为许多人感到绝望过，有时候也为自己，但是我们从来没有为理想发愁过，哪怕是他穷困潦倒地坐在我们中间喝啤酒的时候，哪怕是他再次丢掉工作时。无论什么时候，和理想坐到一起时，我们都会感到放松而踏实。因为理想从来不会跟你借钱。想想吧，一个朋友，不论多么艰难，甚至有时候连你都看不下去了，主动表示要给他点帮助，都会被他拒绝。理想是这么跟我们说的，我不需要，不就是缺钱么，怎么也对付得过去的。

我的意思是，在理想失踪之前，我们一致认为，他是唯一一个可以一直坚持下去的人。这并不是说，其他人就坚持不下去。只是其他人得靠运气，比如老瓜，如果他搞不定大屁股李玲，如果李玲不是父母有好几套房子的本地人，如果李玲没有一份供电局的正式工作，如果李玲爸妈在老瓜考公务员这件事情上帮不上什么忙，如果老瓜现在还是饥一顿饱一顿，或者现在他仍然干着那份卖轴承的工作，我相信，他肯定早就消失了，而不会开着别人借给他的标致车，每天在这个城市里晃来晃去。

理想恰好相反，他从来没有狗屎运发作过，但是照大家的话说就是，理想肯定会是我们中间最有前途的人。刚开始说这话的是西图，当时理想在五一路美特好门口支起了自己的第一个烧烤摊子。西图的原话是，咱们都不如理想，即使咱们饿得头昏眼花，也下不了上街卖烧烤的决心。那时候老瓜正春风得意，李玲妈已经同意了他和李玲的交往，并且已经开始打点关系，让他复习考公务员，所以他忍不住就硬邦邦起来。在西图把上面那句话说完后，老瓜流露出了不屑的表情，他说，我绝对可以做到的，不就是卖烧烤嘛，有什么了不起？

大家都喝了不少啤酒，钱毫无疑问是老瓜出的，他扮演过很长一段时间买单人的角色，直到他发现这样并不能让我们更加尊重他一些，也没人再对他的狗屎运表示羡慕之后，他才悄悄地减少了和我们的往来。满肚子咣当作响的液体，让人怎么也踏实不下来。于是西图说，去你妈的吧老瓜，你连个屁都不算，我真不知道，你狗日的怎么能不感到心虚？我可以打保票，一见到那个大屁股，你就连你的鸡巴都找不到了，充其量，你也就是个跟屁虫而已。

也许是因为嫉妒，我们那段时间看到老瓜就觉得不顺眼。有些人控制不住表达了出来，比如西图。也有些人忍住了，比如三板。三板这家伙成功地和老瓜培养出了友谊，不仅仅因为他们是

　　　　　　　　　　　　暴力史

老乡，还因为三板无条件地拥护老瓜，他像是跟屁虫似的，跟在了老瓜屁股后面，无论老瓜说什么，三板马上就会表示认同。这是没有办法的事情，穷困潦倒的三板需要钱，毫无疑问，老瓜的作用比我们更大一些。所以，那天下午当西图和老瓜发生冲突的时候，三板马上就站了起来，他对西图说，狗日的西图，说老实话，我一直觉得你是个傻逼，活该连个女朋友也看不住。这话戳到了西图的痛处，本来他有一个很漂亮的女朋友，还在一个大学的成教院读书，本来，西图以为这样一个和自己一样来自农村，并且没有任何能力的姑娘，会和自己一直走下去，让他意外的是，连这样的姑娘都心怀伟大的梦想，没过多久，就搭上了一个本地的有车有房的老男人，并且迅速地把西图清除出了自己的生活。在西图和这个漂亮姑娘一起时，他不止一次给我们吹嘘过这个姑娘的乳房，你们绝对没有见过那样的，大部分女人站着的时候乳房会下垂，躺下去的时候，乳房又会摊成一摊，但是我女朋友例外，无论她处于什么姿势，乳房都坚挺滚圆，弹性十足。

那天接下来的时间，西图突然地扑向了三板。已经好久没有人打架了，大家被眼前的情景给吓了一跳，过了半天，才想起来上前拉架。等人们终于把他俩分开的时候，西图突然又冲向了老瓜。操你妈老瓜，有种你就跟老子单挑，别你妈背后偷袭。周围的人都用一种莫名其妙的眼神看着我们。如果不看在朋友一场的分上，老瓜这么说，老子非找人搞死你不可。这家伙的表情相当认真，让所有的人都闭上了嘴，看着他打车扬长而去。

这件事情造成的后果是，由于老瓜突然离席，没人给付账了。我们翻了半天口袋，才把饭钱给凑齐了。从此，老瓜就跟我们很少往来了。让大家意外的是，当天晚上，三板就找西图道了歉，他态度相当诚恳，没有人愿意跟三板较真。三板是跟理想恰好相反的那种人，每天他都把搞大事业放在嘴巴上，几乎每份工作都坚持不到两个月，这样太慢了，他这么解释，一个月这么点工资，什么时候能攒够钱呢？我得搞点大的。兄弟们，我们不能再这样下去了。

除了卖烧烤，理想还干过许多其他事情，比如开出租了，推销化妆品了，给报纸拉广告了，等等等等。就在他开出租那段时间，我们鼓动他做了到现在为止，唯一不靠谱的事情。让他去追我们原来的一个同学，这个同学就是上文所述老瓜的老婆。我们一致认为，像理想这么一个脚踏实地的好青年，就应该有点好运气，我们相信，即使好运气降临到理想身上，他也不会翘起尾巴，不知道自己是谁。所以，我们对理想说，上吧理想，这种机会错过去就不会再来了。天知道当时我们的脑子是怎么想的，一个一个像是傻逼似的，一天到晚地给理想讲道理，你想想吧，她刚和男朋友分手，恰好处于空虚失落期，基本上随便一个男人就可以把她打动的。见理想还有点犹豫，我们又说，其实没什么的，不就是和几个男人发生过关系么？讲到底，那事情就是点活塞运动而已，充其量，也就十五分钟而已。

我们忽略了理想是一个什么样的人，我们忍不住就推己及人起来，那时候的我们，做梦都想着来点好运气，走在街上都低着头想捡点钱。如果有一个李玲这样的大屁股摆在面前，我相信没有人能控制住自己，肯定马上就像小狗一样扑上去。但是，真正当李玲摆了过来，我们全都感到心虚极了，连说句话的勇气都没有。我们缺乏底气，你都不知道为什么，大家就感到自惭形秽起来。几乎不需要多加思考，理想马上就成了我们认为的理想人选。是啊，理想和我们不一样，如果我们中间一定要有人得到好运气的话，除了理想，大家再想不起第二个人选了。

照西图的话说，理想，你就放心好了，肯定是手到擒来的事。西图这么鼓励理想是有其他原因的，那时候西图刚从老家上来没多久，之前他上了几年教育硕士，和他一起的同学都安心去乡下教书了，在我们欢迎西图回来的饭桌上，好几个人，包括那些混得鼻青脸肿的家伙们，都对西图说，应该回来的。三板喝多了后，抱着西图的肩膀，差点没把肚子里的东西给吐出来。这个每天跟在老瓜背后，总想指望老瓜给他点好处的家伙，对西图是这么说的，我最看不起那些回老家的人了，一点背井离乡的勇气也没有，难道人生就是打打麻将，喝喝啤酒？西图，你出来得很对，只有出来才能做出些大事来。

如果我没有记错的话，那次饭局，理想表现得最不激烈。哪怕是西图在发表慷慨万分的演说时，他都保持着足够的冷静。"我绝对不跟那些把学生往前调一排座位，就收家长五百块钱的家伙们做同事。我为他们感到可耻！"这是西图的原话。不知道谁起的头，大家还稀里哗啦地鼓了半天掌。

刚来时的西图，用了三个月的时间才找到工作。在这三个月的时间里，他一直住在理想那里。只有理想可以做到这点，几乎每个人跟他张开口，他都会帮你。这么多年里，我们每个人都被理想给帮忙过，搬家借钱找房子啊，接朋友取个东西了，只要你开了口，理想就会干劲儿十足地去完成。西图不仅在理想那里住了三个月，最主要的一点在于，那三个月里的一日三餐都是理想做的，就跟个家庭主妇似的，理想一下班就会戴上围裙在楼道里忙碌。不得不承认，理想做的饭好吃极了，每个吃过的人都赞不绝口，甚至做起自己学着做饭的打算，为什么我们不能对自己的胃好一些呢？工作不顺那是没办法的事情，做点饭总是自己可以控制的吧，我们的时间这么多，做饭总比浪费了好。于是我们陆续把灶具什么的买了回来，可惜的是，没有人可以坚持下来，没过多久，大家就又回到了街边的小饭店里，宁愿吃倒胃口的炒面，也不愿意站到煤气炉前。

在一次聊天中，西图表达了对理想的佩服，理想太牛了。大家对此都表示认同。这个身材不高、戴着黑边眼镜还有点结巴的家伙，拥有我们所缺少的脚踏实地的品质。

在理想追求李玲那段时间里，我们中的大部分，也都有了自己的女朋友。但是坐在一块儿，你能感觉到仍有一种非常不满足的情绪。我敢打赌，如果老天给我们一人丢一个女人，马上，我们就会把身边的这位给驱逐出境。对，就是这种感觉，我们需要的远远比现在拥有的多。

谁都给理想出过主意，什么送花、写情书、请看电影，事情也正在朝着我们预想的方向前进，到那一年夏天结束的时候，理

　　　　　　　　　　　　　　暴力史

想终于把李玲搞定了。所谓搞定一说，最先是西图跟我们说的。相比较而言，理想跟西图说的心里话更多一些，主要是因为，西图找到工作之后，租的房子就在理想隔壁。他兴奋地给我们每个人都打了电话，知道么，理想终于把李玲给弄到床上去了。这就对了！我们像西图一样大叫起来，理想完全应该吸引全世界女人的注意。

后来，就在老瓜和李玲搞到一块儿之后，我们和理想进行了一次很长时间的谈心活动。到底是哪里出了问题？我们不满地问理想，为什么要把这么好的事情让给老瓜那个混蛋？理想有点局促地坐在我们中间，他很不习惯成为人群的中心，你可以从他发抖的双腿看出这一点。我不行，他这么对我们说。看着我们迷惑的表情，他试图表达得更清楚一点，但是越说我们越不知道他到底想告诉我们什么。西图把手放在理想的肩膀上，你放松点吧哥们儿。过了半天，理想终于平静了一点。他是这么跟我们说的，不知道为什么，一和李玲到一块儿，就感到心虚。

怎么会？我们表示不解，我们这种没有一点内涵的家伙，心虚是正常的。但是理想你这么一个实干家，一个脚踏实地的人，我们都以为你应该充满自信啊。不就是钱多一点么？理想冲着我们摇了摇头。这种结果让我们感到绝望。

照理想说，和李玲一块儿没多久，李玲就开始鼓动他别开出租了，我父母肯定不会让我跟一个开出租的一起的。为什么？开出租有什么不好？西图明知故问，难道像老瓜一样，每天骗完这个骗那个，每天都为不劳而获而奋斗，就更好么？开出租有什么

理想失踪记

不好？通过自己辛勤劳动来赚钱，我不知道这有什么不对的，说老实话，李玲就是一个傻逼，我们这么多人，谁可以做到和理想一样，脚踏实地，勤劳勇敢？谁能？谁都不能！我们每天坐在这里，吹牛逼，做梦发财，但是我们想的全是歪门邪道。

很明显，西图有点太激动了。原因在于，这个夏天，老瓜赚到了钱，而他没有。这难免让他气急败坏，因为西图一直认为，老瓜纯粹是个废物。没想到有一天自己会败在他的脚下。事情是这样的，这个夏天刚开始的时候，西图和老瓜不知道从哪里找到了关系，替一所大学的下属学院招生，这学院连个屁都不是，学位证根本发不了。他们需要做的就是，跑回老家，把那些急于让自己孩子上大学的家长忽悠得团团转，乖乖地掏出钱交给他们，然后他们就可以从里面提成一大笔。

问题是，西图这三个月一个学生也没招到，而老瓜招了二十多个，二十多个是多少钱你知道么？他妈的整整六万。六万块让老瓜腰板直了许多，他硬邦邦地朝李玲靠了过去，很快就得了手。

而一直被我们寄予厚望的理想，现在却灰溜溜地坐在这里。不过，最后，理想还是把我们说服了。他说，不是你的东西，想得也得不到。理想还说，刚开始还好，当他和李玲进行到搂搂抱抱的阶段时，他没有任何犹豫，下面也硬得很正常。但是当李玲带上他去了她家一趟之后，他就软下来了。我知道，理想这么说，一跟李玲，我这辈子就什么都不用发愁了，但是我太心虚了，总感觉这不是真的。以至于，当李玲真的脱光躺到他床上时，他居然抬不起小头了。李玲认为这是他过于紧张的缘故，于是带他去放松，购物，玩乐，起到的作用却恰好相反，每次当理想看到白花花的银子，从李玲的口袋里转移到别人的口袋里，他就双腿哆嗦起来，到最后，一看见金碧辉煌的建筑，比如大商场了高档餐馆了，他就有一种去马桶上蹲下去的冲动。

〇六年夏天过了一个多月的时候，我们其中几个人在一个傍晚把理想的东西从他租的房子里搬了出来。干之前本来我们还抱有点幻想，希望能通过这次搬家在哪个犄角旮旯里发现点什么，比如理想的亲笔信之类，为此我们每个人都在房子里溜达好多个来回，不放过哪怕是铝合金窗户旁边的一小丝缝隙。弄得雇来的小货车师傅一遍遍地进出，他脸上流露出不耐烦的表情，那是告诉我们，快一点吧，我还有其他活干呢。可惜的是，我们人多势众，每个人脸上的表情都很不放松，于是他动了动嘴唇，却没说出话来。结果呢，尽管我们费了比以前每一次都大的力气，却仍然一无所获。等我们搬完家，地上就只剩下了一堆宣传单。这些宣传单大部分都是关于房子的，还有一些婚纱摄影、装修广告之类，理想在这些宣传单上画满了字，这些宣传单再次提醒我们，狗日的理想本来马上就要过上安稳日子了。大家的情绪忍不住就低落起来。你说说吧，老瓜和我站在阳台上说，理想到底在想什么呢？一切都好起来了，马上就要结婚了，这狗日的想什么呢？

这就是理想的全部家当了，一张紫色的木头沙发，一张已经掉了好几根横梁的床，还有一台组装电脑。最后这一样是理想最贵重的东西，它上面一尘不染，就跟刚买来时一样，我们可以想象，每天早上理想拿着布子仔细擦拭它的样子：滑到鼻梁上的眼镜、已经被汗水浸黄了的二股巾背心、瘦得跟木材似的肩膀和手臂。这些东西堆在货车上，你想不到它们会把车厢填满，褥子床单、锅碗瓢盆，在大街上，我们采取僵硬的蹲坐姿势，一边默不作声，一边听见理想的家当发出各种吮当声响。

小干巴陪着理想的父母，把东西搬进她新找的城中村简易房后，她朝我们挥舞了一下又短又粗的胳膊，腹部的肥肉随之乱晃。我们也同她挥手作别。就在我们准备掉头离开时，不知道出于什么心理，小干巴突然上身往下，向我们鞠了一个躬，等她再次抬起头来时，就满脸都是泪水了。这是小干巴第一次流泪，在这忙碌的两个多月里，她跟以前好多年里给我们的印象一样，就像一小块空气似的，经常被我们一不留神给遗忘掉，偶尔我们不经意地回头时，才能注意到身后的这条小尾巴。毫无疑问，一注意到她，大家就觉得浑身不自在起来，就好像我们做了许多对不起她的事情似的。

之所以我们会有此感觉，是因为我们确实干过对不起小干巴的事情。在得知理想和小干巴弄到一块儿时，我们所有人都表示极力反对。总不至于跟李玲没成，你就完全放弃自己的标准了吧？西图这么劝说理想。理想头戴满是油污的白色帽子，双手关节比原来粗壮了许多，他举手打断西图的话说，小干巴就是我的标准。切！西图露出不屑的表情来，别以为我没看见，坐这儿一小会儿工夫，你的眼睛已经在对面那个女人身上溜达了多少次了。我们回头，果然看见了对面短裙还不到膝盖的女人，忍不住回头朝理想会心地笑了起来。

那天接下来发生的事，让我们感到相当意外。理想第一次生气起来，他用手把桌子拍得咣当作响。你们一点都不了解小干巴，知道么？小干巴可以陪我卖烧烤，小干巴不会要求去买我买不了的东西，小干巴不会每天都要求我买房子，她比我还清楚，这是一个需要努力的过程，我认识的女人，还有哪个可以做到这一点？想想我们原来那些女朋友吧，为什么没有一个女人愿意跟你们长期发展？因为她们跟你们一样，都是些垃圾。你们都干了点什么？每天好吃懒做，对这也看不顺眼，那也看不顺眼，还觉得老天对自己不公平，问题是你做了些什么？你什么都没干，就想腰缠万贯，这可能么？

就在这个时候，老瓜打电话过来了。为了避免理想受刺激，我们没有叫老瓜。你想不到，这狗日的自从狗屎运发作之后，每天那股得意扬扬的劲儿。就好像，再大的空间也放不下他了似的。他是打到三板电话上的，声音大得我们每个人都听得见。怎么一起吃饭也不叫我，他在电话里叫道，别骗我了，我他妈都看见你们了，稍微等一等，我把车停好后马上就过去。我们能说些什么？我们什么也说不出来，只能安静地等待这家伙的到来。

我记得那天天气不错，本来大家心情都挺好的，即使是被理想给骂了，我们还是乐呵呵地继续喝啤酒。在理想发表完慷慨激昂的演讲之后，三板说了句，操，怎么感觉你说的跟唱的似的。连理想自己都忍不住笑了起来，不过我们都明白了一个道理，想把理想劝回头，是一件不可能的事情。当你需要做一件事情时，肯定会为他觉得麻烦，我是说我们中的大部分人，理想当然除外，不过我们这大部分人在放弃了自己的努力之后，一切都变得轻松起来。

但是，现在老瓜出现了，这家伙手里拿着叮当作响的车钥匙，大呼小叫地让老板给加张凳子，他的所有的动作都显得那么夸张，由于人多，老板的动作稍微慢了一点，老瓜马上就跳起来了，他嘴巴里的脏话蜂拥而出，操你妈，还想不想做生意了？这话一出，我们就都愣了，这么多年，我们中间还没人敢和别人这样说过话，不论碰到什么事情，我们都像孙子似的，更别提找别人麻烦了。我们静静地等待结果，没想到的是，什么结果也没有，老板腆着笑脸走了过来，小心翼翼地跟老瓜道歉，对不住小老弟，实在是人多。人多是理由么？老瓜继续黑着他的脸。当然不是，当然不是，肥胖的老板说，这就给你加，是老哥做得不对，来，给这小兄弟送瓶啤酒！

这样一个老瓜，坐在我们中间，所有的人都感到很不习惯。包括理想。

我们本来以为，理想和老瓜会因为李玲的事，发生点小矛盾什么的，甚至我们都做好了拉架的准备。但是，马上我们就发现，自己的担心是多余的。原因在于，老瓜居然能做到若无其事，他竟然当着我们的面吹起了牛逼，大谈特谈自己的未婚妻一个月发多少奖金，自己的老丈人有几套房子之类。过了一会儿，我们发现自己不由自主地就情绪低落起来，还涌起了些微嫉妒的感觉。这样的改变自然无法逃过老瓜的眼睛，他逐渐地飘浮了起来，刚开始为了掩饰，他还会伸手摁一下左脚，但是，在他摁的过程中，身体的另外一边竟然加快了一点速度。很明显，这样的情况让他稍微有点意外。还好的是，持续了那么一小会儿，老瓜就完全放松了下来，还不由自主地显露出扬扬得意的表情，来配合这种上升的趋势。

到最后，我们都变得小心翼翼起来，就跟刚才那个老板似的，脸上不由自主地出现了奴才的表情。

我们后来设想过，如果事情就这么正常地发展下去，老瓜毫无疑问会离我们越来越远，最终以至于消失。这是一种崭新的消失方法，不再是因为穷，而是因为富。这种情况我们想一想都觉得有点不习惯。

根据老瓜后来的描述，当他打算开一家婚庆公司的时候，第一个想到的就是理想，如你所知，开一家公司，哪怕小到只有一间门面房，也是一件很麻烦的事情，而理想，毫无疑问是这个世界上最不怕麻烦的朋友。后来事实证明果然如此，理想可以站在街上发整整一天的传单，老瓜在他旁边站了十五分钟，就觉得路人的目光快把自己给淹死了。于是他匆匆钻进自己的轿车，落荒而逃。

你讲不清楚出于什么心理，老瓜老想让理想富裕起来，在他的婚庆公司开起来之后，他无数次跟我们表达过这个愿望，有时候理想在场，有时候小干巴在场，有时候甚至仅仅只有我一个人，老瓜总是拿出一副过于干脆的表情说，我要让理想富起来。

如果三板在场，我就会把目光放到他的脸上，要知道当初是他鼓动老瓜开婚庆公司的，不得不承认，三板还是有点眼光的，他的问题是他太缺少钱了，这家伙以为老瓜接受了自己的建议，理所当然地自己就成了合伙人，所以，在婚庆公司的筹备阶段，三板每天干劲儿十足，蠢蠢欲动，见人就谈论未来。

后来西图对这家伙的嘴脸厌烦起来了，拜托，他这么对三板说，我敢打赌，你的未来就是一坨屎。

这句话太过于直白了，把三板给噎得差点摔倒在地，从头到脚泛出了一层红色的光，并且一连好几天缓不过劲儿来。等他好不容易调整得稍微正常了一点，准备还击西图时，没想到老瓜扬扬得意地带来了那个消息。

老瓜说，他根本就没有费一丁点力气，理想很快就缴械投降了。当时是理想比较倒霉的时期，他每天不得不花大把的时间，跟前来赶他走的市容管理员打游击，市容管理员之所以不能放过他，是因为他烧烤摊附近的居民，对每天没完没了的散发着胡椒粉味的蓝色气体厌烦极了，由于时刻保持着紧张状态，理想那段时间身体逐渐稳定在前倾十五度的状态。我们都相信，只要有稍微的风吹草动，这家伙马上就能跟离弦的箭似的，把自己成功地发射出去。

形成一个坏习惯是容易的，要改掉就很麻烦了，即使是理想这样一个不怕麻烦的家伙，也再也无法把自己拉直了，他成了一个弓形的人，但是这丝毫没有影响他踏实下去，充满干劲地绕着婚庆公司陀螺似的旋转。

当然，他旋转的效果非常明显，这可以从老瓜的表情上看出来，每次一和我们见面，他就大呼小叫，你想象不到我的生意有多好。他还拍着胸脯表示自己的慷慨，我把收入的百分之五十都给了理想。你可以想象，如果三板在场的话，听到这样的消息，他脸上的表情该有多么复杂。我们的表情也简单不到哪里去。不过最终我们还是把自己说服了，这是应该的，理想完全应该得到这样的好处。

后来我们尝试着总结理想。有的人认为，这狗日的之所以失踪，是因为他想甩掉小干巴。肯定是这样的，在电话里，西图这么跟我说，我早就说过了，小干巴不行，她不配理想。这家伙正在飞速前进，刚回去一年半，就连老婆带孩子都搞定了，照这样下去，再过个三五年的，他肯定就会成为一个挂着拐杖，在太阳下面悠闲地晒太阳的老年人，这是多么完美的一辈子啊。也有人认为，理想是自己崩溃了，持这种看法的是二板，这家伙在深圳折腾了一年多一点之后，就再次杀回了我们中间，他在我刚买的六十平米的还没装修好的二手房的地板上打了一夜地铺之后，突然下定决心，要考个研究生，继续回学校上学，听到这个消息，我忍不住佩服起这家伙来，要知道，这样一种从头开始的勇气不是谁都能拿得出来的。毫无疑问，老瓜是思考这个问题最深入的家伙，最终，他得出的结论让我们的看法趋于一致起来。老瓜是这么认为的，理想这家伙实在是不适合这个社会的，他的节奏完全融入不进来。老瓜还说，理想老是感到心虚，每次他给理想钱的时候，他都会手脚发抖起来。你搞不清楚，为什么理想老认为，他对不起自己拿的钱。照老瓜转述的理想的原话是这么说的，老瓜，我干的活不值得你给我这么多钱。并且，理想还无数次地劝说老瓜，他认为，婚庆公司的收费不应该这么高，我们做了点什么？他这么跟老瓜说，我们什么也没做，就把钱从别人那里拿了回来，这不对。每次老瓜忽悠那些即将结婚的家伙，要他们消费一些根本没什么用处的项目时，理想都会不安地涨红脸庞。

不知道我说过没有，在理想失踪这件事情上，我们都感到心有愧疚。原因在于：理想失踪前有一段时间，几乎每天都会出现在我们这些穷兄弟面前，口袋里塞满百元大钞，我们理所当然地认为，这家伙太有钱了，他把我们领到装修豪华人声鼎沸的各种娱乐场所，我们看着钱从他手里迅速地转移到了那些化着浓妆的女人、五大三粗戴着金链子的壮汉手里。理想坐在角落里，脸上露出奇怪的微笑。那样一种微笑就好像刚送给儿子一大块糖的老子似的。

后来我们才知道，理想用不到两个月的时间，就把自己挣的那点钱给挥霍完了，他甚至没有给小干巴留下一点点。这样做的结果是：当有一天，我在街上看见重抄旧业、埋头烧烤的小干巴时，突然就有一种想哭的感觉，你知道的，大街上总有那么多疯狂来去的汽车，它们就好像要去参加一场狂欢似的，我没有等到绿灯亮起，也不做出一点躲避的动作，朝小干巴走去，幸运的是，居然没有被撞飞安全地抵达了。很快我就牵上了小干巴的手。就在那会儿，我突然感到了久违的温暖的感觉，这感觉让我觉得十分的幸福，是的，幸福。

图书在版编目（CIP）数据

暴力史 / 手指著 . -- 北京：作家出版社，2015.3

ISBN 978-7-5063-7352-4

Ⅰ. ①暴… Ⅱ. ①手… Ⅲ. ①中篇小说 – 小说集 – 中国 – 当代②短篇小说 – 小说集 – 中国 – 当代 Ⅳ. ①I247.7

中国版本图书馆CIP数据核字（2014）第060094号

暴 力 史

作　　者：手　指

责任编辑：李宏伟

装帧设计：申晓声

出版发行：作家出版社

社　　址：北京农展馆南里10号　　邮　　编：100125

电话传真：86-10-65930756（出版发行部）

　　　　　86-10-65004079（总编室）

　　　　　86-10-65015116（邮购部）

E-mail:zuojia@zuojia.net.cn

http://www.haozuojia.com（作家在线）

印　　刷：三河市紫恒印装有限公司

成品尺寸：142×210

字　　数：170千

印　　张：8.5

版　　次：2015年3月第1版

印　　次：2015年3月第1次印刷

ISBN　978-7-5063-7352-4

定　　价：28.00元